김홍도,
조선의 산수를 그리다

2023년 11월 21일 초판 1쇄 발행
2024년 12월 30일 초판 2쇄 발행

글 권혁진
펴낸이 원미경
펴낸곳 도서출판 산책
편집 김미나 정은미

등록 1993년 5월 1일 춘천80호
주소 강원특별자치도 춘천시 우두강둑길 185
전화 (033)254_8912
이메일 book8912@naver.com

작품출처 김홍도, 『금강사군첩』, 1788년, 견본담채, 30×43.7cm, 개인소장.
김홍도, 『해동명산도첩』, 1788년, 지본수묵, 30.5×43.0cm, 국립중앙박물관.
김응환, 『해악전도첩』, 1788년, 견본담채, 32.2×43cm, 개인소장.
작자 미상, 『금강산도권』, 1816년, 견본담채, 26.7×43.8cm, 국립중앙박물관.

ISBN 978-89-7864-128-9 정가 18,000원

김홍도, 조선의 산수를 그리다

권혁진

김홍도, 김응환의 봉명사경

김홍도(金弘道)와 김응환(金應煥)은 1788년 가을 정조의 어명으로 금강산 및 관동팔경 지역으로 사생여행을 떠난다. 강세황(姜世晃)은 「찰방 김홍도와 찰방 김응환을 전송하며」에서 사건의 전말을 증언해 준다. "찰방 김홍도와 찰방 김응환은 그림을 잘 그려서 한 시대에 이름을 독차지하였는데 무신년(1788) 가을 특별히 임금의 명을 받들어 영동 지방을 두루 돌아다니며 산천을 그림으로 그렸다." 무신년(1788) 가을이라는 시간이 분명하게 표시됐으며, 영동 지방의 산천을 그림으로 그렸다는 장소와 왕명을 내린 이유까지 알 수 있다.

강세황은 「유금강산기(遊金剛山記)」에서도 1788년 김홍도와 김응환의 행적을 또 밝혀준다.

> 무신년(1788) 가을, 아들이 회양 부사가 되었다. 나는 뒤따라가서 회양부 관아에 도착했는데, 금강산은 회양 땅이고 읍치와의 거리가 1백 30리였다. 이때 마침 찰방 김응환과 찰방 김홍도가 영동지역 아홉 군에서부터 명승지를 두루 유람하며 지나가는 곳마다 그 승경의 대강을 그리고 있었는데, 장차 이 산에 들어오려 했다.

두 사람이 그릴 대상은 영동 지방의 산천 뿐만 아니라 금강산도 포함된다는 것을 알려준다. 들린 곳마다 명승지의 승경을 만나면 화폭에 남기곤했다.

정조가 그려오라고 명을 내린 이유는 명확하게 나타나있지 않지만 당연한 것 아닌가. 금강산과 관동팔경을 그림으로나마 보고 싶었기 때문이었을 것이다. 금강산은 당시 중국인들도 그 명성을 듣고 가보고 싶어했을 정도였다.

서유구는『임원경제지(林園經濟志)』에서 다음과 같이 말한다.

> 김홍도는 일찍이 왕명을 받들어 비단화첩을 들고 금강산에 들어가 연 50여 일을 머물면서 일만 이천 봉우리와 구룡연 등 여러 승경을 유람하고 그것을 형상으로 그려 수십 장 길이의 두루마리로 만들었다. 채색이 아름답고 운치가 있으며 붓놀림이 아주 정밀하니, 화가의 채색산수라고 소홀하게 볼 것이 아니다.

이 기록에서 그림 여행 기간이 대략 50여 일 정도라는 것을 알 수 있고, 여러 승경들이 그림의 대상이 됨을 알려준다. 그림을 수십 장 길이의 두루마리로 만들었다는 것도 중요한 정보다. 조희룡의『호산외사』에 의하면 경연(經筵)에서 모시는 대신처럼 대접하라고 두 사람이 거쳐가는 지방의 수령들에게 지시를 했다고 한다. 왕명에 따른 특별한 그림 여행이었음을 알려주는 자료들이다.

김홍도와 김응환의 화첩여행은 한양에서 출발하면서 시작한다. 50여 일의 긴 여정을 알려주는 자료는 60점으로 알려진『금강사군첩』이다.『금강사군첩』을 분석해 보면 강원도 평창을 거쳐 대관령을 넘은 뒤, 영동의 9개 군을 두루 유람하였다. 강릉부, 삼척부, 울진현을 거쳐 평해군까지 남하했다가 다시 양양부, 간성군, 고성군, 통천군을 거쳐 흡곡현까지 북상하였다. 회양에서 강세황과 합류하여 내금강을 사경하고, 안무재령 너머 외금강과 해금강을 거쳐 다시 강세황이 머물고 있던 회양관아를 갔다가 한양으로 귀경한 것으로 보인다. 유존작 중 유일하게 각 장면마다 순번이 매겨져 있는 『해동명산도첩』은 여러 상황으로 살펴볼 때, 김홍도가 정조에게 바친 화첩을 그리기 위한 초본으로 보여진다.

강세황은 60점이 전부가 아님을 알려준다. 김홍도와 김응환 일행이 내외금강을 그린 후 십여 일이 지난 뒤에 돌아왔는데, 그들의 행낭을 뒤지니 앞뒤로 모두 백여 폭의 그림이 나왔다는 기록이 있기 때문이다. 백여 폭의 그림이 나왔다는 의미는 김홍도와 김응환 각각 100여 폭을 의미한다. 현재 김홍도의 그림은 『금강사군첩』에 60점이 전하며, 김응환은 『해악전도첩』에 60폭이 공개되었다.

홍석주(洪奭周)는 1821년에 「제단원해산첩(題檀園海山帖)」이란 시를 지었다. 제목 옆에 모두 70수인데 23수만 뽑았다는 해설이 있는 것으로 보아 홍석주가 본 『해산첩』은 70점으로 구성되었다는 것을 알 수 있다. 『금강사군첩』과 다른 화첩인 것이다. 『해산첩』은 정조에게 바쳐진 후 궁궐에 소장되었다. 1809년에 순조는 정조의 사위였던 홍현주에게 이 화첩을 하사했고, 3년 후 홍현주의 둘째형인 홍석주는 이 화첩을 보고 「단원의 해산첩 뒤에 쓰다」는 글을 지었고, 다시 9년 후 매 폭에 시를 지었다. 당시 홍석주가 매 폭마다 쓴 시는 현재 23수만 문집에 전하고 있다. 김홍도의 『해동명산도첩』에 32점의 초본이 전해지는 것으로 보아 70폭은 정조에게 진상하기 위해 초본을 편집 후 완성하여 진상한 것으로 보여진다. 『금강사군첩』에 보이지 않으나 「제단원해산첩(題檀園海山帖)」에 보이는 것은 청허루, 천연정, 영랑호, 정양사이다.

김홍도와 김응환은 동행하였기 때문에 김응환의 『해악전도첩』에 등장하나 김홍도의 『금강사군첩』에 없는 것은 분실된 것으로 보는 것이 합당하다. 강세황이 그들의 행낭을 뒤지니 모두 백여 폭의 그림이 있었다고 했으니 말이다. 동일한 장소에서 그림을 그렸을 가능성이 높으니 『해악전도첩』에 있으면 김홍도도 그렸을 것이고, 『금강사군첩』이나 『해산첩』에 있으면 김응환도 그렸을 것이다.

봉명사경 이후 『해산첩』이 유통되면서 김홍도 화풍이 직업화가들에게 승경을 그리는 효과적인 표현으로 인식되면서 19세기 전반에 김홍도 화풍의 임모본(臨摹本)이 유행하였는데, 이풍익의 『동유첩』이 대표적이다. 여기에 신계사, 옥류동, 유점사, 만폭동, 단발령 등이 화제로 남아 있다. 이의성의 『관동명승첩』 중에 삼척의 용추와 능파대, 설악산의 비선대를 그린 그림은 김홍도의 『금강사군첩』과 같은 장면들과 화면 구성, 구도, 시점 등이 거의 같다. 바위를 묘사한 부분의 필치는 이 그림들이 더 간략하다. 19세기 이후에 제작되어 화첩이나 낱장으로 전해지는 많은 금강산, 관동 명승의 그림들이 이와 같이 김홍도의 그림을 모사한 것으로 보인다.

작가미상의 『금강산도권(金剛山圖卷)』은 북관정에서 여주 신륵사까지 금강산 주변의 승경과 관동지방의 여러 명소를 총 76점으로 그려 만든 두루마리다. 화면의 구성이나 구도, 수목 표현은 전적으로 김홍도의 『금강사군첩』에서 영향을 받은 것으로 보인다.

여러 자료들을 종합하여 그들의 행적과 그림을 그린 곳을 추적해 보자. 한양을 출발한 김홍도와 김응환은 여주 신륵사에 도착하였다. 신륵사를 처음에 든 이유는 문일평의 『호암전집(湖岩全集)』에 다음과 같은 내용이 있기 때문이다. "단원의 대작은 금강사군산수도일 것이다. 이 역시 그가 정조의 어명을 받들어 몸소 가서 실경을 그려 바친 것이니, 그것이 철원 북관정을 비롯하여 내외금강제승으로 관동팔경으로 여주 신륵사에 마쳤는데 무릇 70점의 화폭이다."

강원도 주천에 이르러 청허루를 그렸다. 이어 평창 청심대를 그렸다. 청심대를 지나 진부를 거쳐 오대산으로 들어간다. 월정사, 사고(史庫), 상원, 중대를 그리고 다시 큰길로 나와 횡계를 거쳐 대관령을 넘었다. 대관령 고개마루에서 좀 내려와 멀리 강릉을 조감하며 대관령을 그렸다. 강릉에서는 천연정, 구산서원, 경포대, 호해정 등을 그리고 난 후 남쪽 삼척으로 갔다. 삼척에서는 죽서루와 능파대, 두타산 무릉계와 용추폭포를 그렸다. 계속 남쪽으로 울진 성류굴, 망양정, 평해 월송정을 그렸는데 이곳이 남쪽 끝이다.

다음부터는 다시 북상하여 강릉을 지나 양양으로 갔다. 낙산사, 관음굴을 그리고 설악산으로 들어가, 토왕폭, 계조굴(울산바위), 와선대, 비선대 등을 그렸다. 속초를 지나 간성의 청간정과 선유담을 그렸다. 더 북상하여 감호와 영랑호를 그렸다. 고성에서는 대호정, 해산정, 해금강, 삼일포를 그렸다. 이어 북상하여 통천 초입의 옹천을 그리고, 문암, 금란굴, 총석정, 환선정을 그렸다. 또 북상하여 흡곡에 이르러 안변에 있는 시중대를 그렸다.

철령을 넘어 회양에서 취병암과 맥판을 그렸다. 강세황 일행과 함께 내금강으로 들어가 장안사와 내금강 일대를 그렸다. 내금강에서 우선 명경대 골짜기를 그렸다. 다음 명연, 삼불암, 백화암 부도, 표훈사를 그리고 정양사로 올라가 헐성루에서 금강산을 조망한 모습을 그렸다. 다음 원통암 골짜기로 가서 원통암, 수미탑을 그리고 다시 내려와, 만폭동 골짜기를 그려 나갔다. 내금강을 다 그린 후에는 내무재령을 넘어 외금강으로 갔다. 유점사로 내려가는 길목에서 은선대에서 십이폭포를 바라 보고 그렸다. 효운동과 선담, 유점사를 그렸다. 이어 발연과 치폭도 그렸다. 다음 신계사 계곡으로 들어가 신계사, 옥류동, 비봉폭, 구룡연 등을 그렸다. 다시 만물초와 온정령을 넘어 회양으로 가서 강세황에게 그림들을 보여 주었다. 단발령에 올라 금강산과 작별하고 내려오면서 맥판을 그렸을 것이다. 귀로에 금성 피금정을 그리고, 철원에서 북관정에 오른 후 한양으로 향했다.

주변의 도움 없는 일이 어디 있으랴. 김남덕 선생은 김응환의 그림을 제공해 줬고, 많은 대화를 통해 글을 가다듬을 수 있었다. 옆에서 응원해준 순지와 순원, 그리고 아내에게 고마움을 전한다.

차례

관동 남부

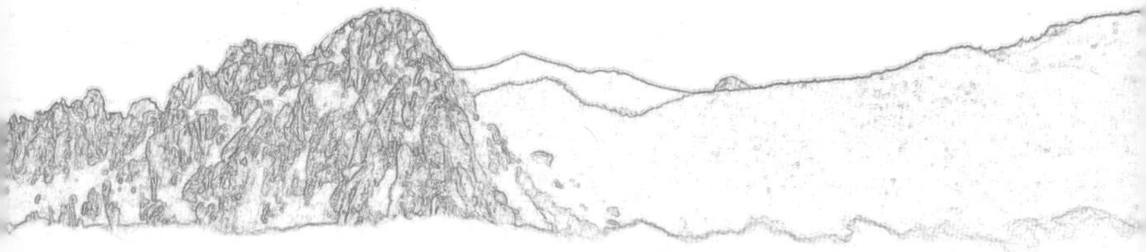

관동 북부

금강산 내금강

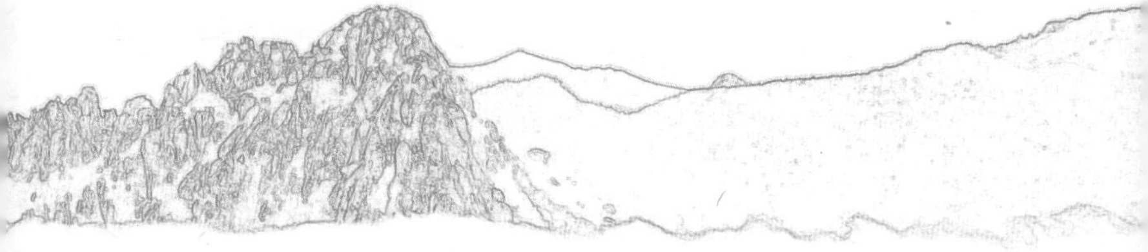

금강산 외금강

회양 철원

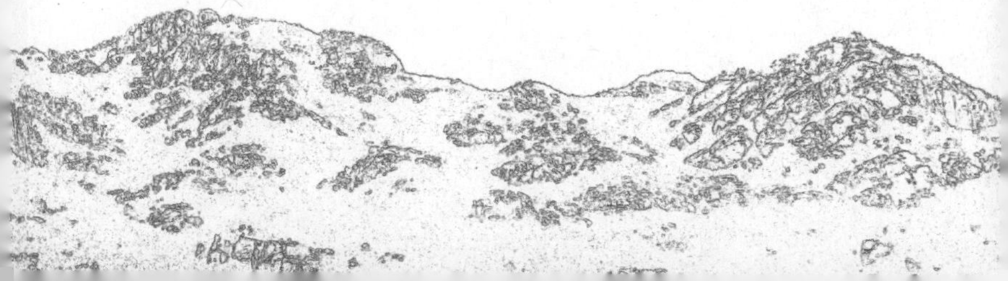

■

푸른 바닷가에서 술잔 잡고 동해를 보네

신륵사

강세황의 「송김찰방홍도김찰방응환서送金察訪弘道金察訪應煥序」에 의하면 김홍도와 김응환은 그림을 잘 그려서 한 시대에 이름을 독차지하였다. 1788년 가을, 특별히 정조의 명을 받들어 영동 지방을 두루 돌아다니며 산천을 그리게 된다. 이때 정조는 지방 수령들에게 필요한 물자를 부족함이 없이 준비해 주라고 특별히 지시하였다. 명을 내린 이유는 금강산과 관동팔경을 그림으로나마 보고 싶었기 때문이었을 것이다.

김홍도와 김응환은 동해안으로 향하였다. 먼저 여주 신륵사에 들렀던 것으로 추정된다. 김홍도의 그림을 본떠 그린 『금강산도권』과 『와유첩』 등에 신륵사 그림이 있기 때문이다. 신륵사를 조망하기에 적당한 곳은 배이다. 남한강에 배를 띄우고 배 안에서 절을 바라보는 풍경이 제일 뛰어났다. 천년고찰 신륵사와 동대탑東臺塔 등의 전경이 잘 묘사되어 있다. 김홍도의 그림도 이러하지 않았을까.

신라 진평왕 때 원효가 신륵사神勒寺를 창건하였다. 고려 말인 1376년에 나옹화상이 머물렀던 곳으로도 유명하다. 1472년에는 세종과 소헌왕후 심 씨의 합장릉인 영릉의 원찰로 삼아 보은사報恩寺라고 불렀다. 신륵사의 유래는 두 가지 설이 전해지고 있다.

하나는 나옹화상이 신기한 굴레로 용마龍馬를 막았다는 것이다. 고려 고종 때 건너 마을에서 용마가 나타났는데 걷잡을 수 없이 사나우므로 사람들이 붙잡을 수가 없었다. 이 때 인당대사印塘大師가 나서서 고삐를 잡자 말이 순해졌다. '신력神力으로 말을 제압하였다.'하여 신륵사라고 했다는 것이 또 다른 설이다. 벽사甓寺라 불려지기도 하였는데, 이는 동대東臺 위에 탑을 벽돌로 쌓은 데서 유래한 것이다.

신륵사는 여주팔영에서 노래할 정도였다. 여강驪江 · 나룻배渡舟 · 팔대수八大藪 · 벽사甓寺 · 마암馬巖 · 영릉英陵 · 청심루淸心樓 · 연사烟寺가 여주의 대표적인 명소 여덟 군데인데, 그 중 '벽사甓寺'가 신륵사이다. 배를 타고 남한강을 유람하던 이들은 강월헌이 있는 바위인 동대에 곧장 배를 대고 오르기도 했다. 동대는 신륵사에서 가장 즐겨 찾는 장소였다. 달밤에 동대에 앉아 여강에 비치는 달빛을 바라보는 것이 풍류의 하나였다.

정약용은 충주의 선영에 오가던 어느 날 동대에 올라 「밤에 신륵사 앞에다 배를 대고 동대에 오르다」란 시를 짓는다.

밤에 홀로 동대 탑에 올라 獨夜東臺塔
오사모 쓰고 멀리 보며 섰노라니 烏紗立迥然
무심한 소나무에 속삭이듯 바람 불고 松虛風淅淅
강이 고요하여 달빛 유난히 밝네 江靜月娟娟
남은 길 무슨 별수 있다던가 末路無長策
뜬 인생 이미 늘그막인 것을 浮生已晚年
조각배를 여기다 댄 것이 扁舟有歇泊
구름 연기 좋아서가 아니라네 不是愛雲煙

작자미상, 〈신륵사〉, 《금강산도권》, 국립중앙박물관

정약용이 동대에 올라 강바람을 맞으며 달빛을 구경했듯이, 김홍도도 달빛 아래 앞으로 펼쳐질 사경寫景 길을 생각했을 것이다. 불안과 희망이 겹치는 날이었을 것이다.

청심루

1779년에 정조는 여주를 방문해서 세종의 영릉英陵과 효종의 영릉寧陵을 참배했다. 청심루에서 하룻밤을 묵었는데, 이날 송시열의 충절을 기리고 과거시험을 치뤘다. 유생들의 요청을 받아들여 송시열의 사당을 세우라고 명령했다.

작자미상, 〈청심루〉, 《금강산도권》, 국립중앙박물관

정조가 아꼈던 정약용은 남한강 물길을 따라 여러 차례 여행을 하였다. 충주는 다산의 조부와 조모, 아버지와 어머니가 묻힌 곳이다. 형 약현과 약전도 이곳에 묻혔다. 정약용은 삶의 중요한 순간마다 충주를 방문했고 들리는 곳마다 다수의 작품을 남겼다. 어릴 때부터 명절에 성묘를 다니던 곳이며 과거에 합격하고 찾아왔고, 부모님이 돌아가신 후 시묘살이를 하던 곳이다. 귀양길에도 이곳을 거쳐갔다. 남한강을 따라 배로 여행하다가 「청심루에 올라가」를 짓는다.

수양버들 제방 위에 단청 누각 해맑은데 楊柳堤頭畫閣淸
고르디고른 맑은 강 비단무늬 깔리었네 澄江一面錦紋平
남한강에 헤엄친 물결 그 자취 아득하고 黃驪寶馬波無跡
검은 학 신선 고을 이름 아직 남았구나 玄鶴仙人洞有名
봄 지난 강기슭에 향그런 풀 깔리었고 斷港經春芳草遍
비 보낸 맑은 안개 먼 돛배 또렷하다 晴煙送雨遠帆明
어촌에서 빚은 박주 취한 기운 돌지 않아 漁村薄酒難成醉
서북 하늘 뜬구름에 나그네 마음 흔들려 西北浮雲動客情

수양버들 우거진 강둑에 있던 청심루에서 바라본 남한강의 풍경이 눈에 보이는 듯 하다. 정조의 발자취가 있는 곳에 정조의 명을 받고 그림을 그리기 위해 여행을 나선 김홍도와 김응환의 발걸음이 청심루에 닿은 것은 당연한 것이리라. 『금강산도권』에 신륵사와 청심루를 그린 것이 남아 있다. 강 건너편에서 강가에 인접한 여주 관아와 청심루를 묘사하였다. 배 안에 있는 유람객은 청심루에 앉아 있는 선비들을 바라보고 있다. 선비들의 다양한 모습이 이채롭다. 서 있는 사람, 앉아 있는 이, 강가로 걸어가는 사람 등 제각각이다. 배의 모양도 돛을 단 배, 고기를 잡는 배, 유람용 배 등 다양하다.

청심루는 남한강 가에 자리 잡았던 누각으로, 고려시대부터 문헌에 등장하는 오랜 건물이다. 경관이 아름다워 이색, 정몽주, 정추, 김구용 등 많은 문인 학사들이 찾아와 놀며 시를 읊은 곳이다. 여주목사를 지낸 최숙정은 중국의 유명한 악양루와 황학루도 청심루의 빼어남에 고개 들지 못한 정도라 노래할 정도였다. 신익성申翊聖은 「금강산유람소기」에서 청심루를 이렇게 평가한다.

> 섬강과 여강 일대에는 누대의 승경이 없고, 청심루에 이르러서야 자못 시야가 트였다. 용문산의 산세가 멀리까지 뻗어 있는 것이 보인다. 목은 이색이 남긴 자취가 있어 오랫동안 나그네로 다니는 이의 회포를 달래기에 충분하다.

『동국여지지』는 임원준任元濬의 기문을 인용하여 '벽사甓寺; 신륵사가 강 가운데 그림자 어른대고, 마암馬巖이 중요한 데에서 물을 막아섰으니, 실로 도읍지 한양의 상류요 경기지방의 명승지로다.'라고 하였다.

문류헌

문류헌외담탕춘기聞柳軒外淡蕩春氣. '문류헌 바깥은 맑고 화창한 봄 기운'이 화제다. 버드나무 울창한 강가에 건물이 보인다. 그 건물 이름이 문류헌일 것이다. 기와 지붕인 것으로 보아 관청의 부속 건물인 것 같다. 좌우로 배치된 민가는 초가집에 나무로 울타리를 만들었다. 제법 많은 집이 모여있는 것으로 보아 강가에 있는 커다란 마을이다.

작자미상, 〈문류헌〉, 《금강산도권》, 국립중앙박물관

담탕춘기淡蕩春氣에서 담탕淡蕩은 맑고 화창함이다. 이제현李齊賢의 「달존의 살구꽃 시 운대로[達尊杏花韻]」에 묘사된 봄날의 분위기가 맑고 화창한 분위기를 잘 보여 준다.

화창한 봄날 작은 마을 서쪽에서 淡蕩春光小巷西
담을 의지해 말 없이 긴 뚝 굽어보네 倚墻無語俯長堤
붉은 납으로 단장된 꼭지 바람이 불어 꺾고 蔕裝絳蠟風吹拆
단사로 뭉친 꽃 비가 나직이 눌렀구나 花蔟丹砂雨壓低
예쁜 여인 금한발*에 놀라 떨어지고 驚墮佳人金捍撥
노니는 말 비단 장니*에 공교히 묻어가네 巧黏游騎錦障泥
녹음 되고 열매 열면 속절없이 슬퍼지리 綠陰靑子空惆悵
꽃놀이 실컷하며 헤어지지 마세나 滿意尋芳莫解携

*금한발(金捍撥): 비파 끝에 붙인 장식
*비단장니(障泥): 호화스러운 사람들은 말의 발굽에 비단으로 장니(障泥)를 만들어 타고 다닌다.

화창한 봄날의 즐거움은 지속되지 않는다. 시간이 흘러 녹음이 찾아오면 이별을 준비해야 한다. 물가의 버드나무가 상징적으로 보여준다. 중국에선 길 떠나는 사람에게 버드나무를 꺾어주었다. 꺾어다가 아무데나 심어도 잘 자라므로 길 떠나는 사람이 새로운 곳에 잘 정착하길 바란다는 의미와, 자라나는 버드나무를 볼 때마다 자신을 잊지 말라는 의미, 또한 류柳자의 발음이 '머무를 류留'와 비슷하여 떠나가지 말고 머물러 달라는 만류의 심정을 모두 상징한다. 이리하여 이별을 할 때 버드나무 가지를 꺾어서 주기 시작하였다.

위성渭城의 아침 비 가벼운 먼지 적시는데 渭城朝雨浥輕塵
객사 앞 푸릇푸릇 버들 빛이 새롭구나 客舍靑靑柳色新
그대에게 다시 술 한 잔 권하노니 勸君更進一杯酒
서쪽으로 양관陽關 나서면 친구 없으리 西出陽關無故人

옛 사람들은 양관곡陽關曲을 부르며 이별의 아쉬움을 달랬다. 양관곡은 왕유의 「송원이사안서送元二使安西」를 말한다. 친구인 원이元二를 떠나보내면서 지은 이별시다. 이 시를 노래할 때면 그냥 한 번 부르기엔 너무 아쉬운 나머지 '양관'이 들어가는 마지막 구절을 세 번씩 불렀다 해서 '양관삼첩陽關三疊'으로도 불린다. 시 제목에 등장하는 안서安西는 오늘날 신강 위구르 자치구다. 여기로 가려면 양관을 거쳐 가야 했다. 서쪽으로 길을 떠나는 이들을 송별하기 위해 서쪽에 위치한 '위성'까지 와서 송별을 했다. '경진更進'이란 표현은 이미 여러 차례 술을 주고받았음을 암시한다. 보내기가 아쉬워 마지막으로 한 잔 술을 더 권함으로써 떠남을 만류하고픈 심정을 표현하고 있다. 신륵사와 청심루 그림 뒤에 실린 이 그림은 어디를 그린 것일까.

주천 청허루

"땅이 술을 사랑하지 않았다면, 땅에 마땅히 주천酒泉이 없었으리" 이백의 시를 읊조리며 다리를 건너니 '주천'의 유래를 알려주는 조형물이 보인다. 주천은 예전부터 유명했다. 『해동역사』는 술이 주암酒巖 아래에서 흘러나온다고 설명한다. 술샘[酒泉]은 양반이 오면 약주가 나오고 천민이 오면 막걸리가 나왔다고 한다. 한 번은 천민이 양반인 척하며 의관을 정제하고 갔는데 여전히 막걸리가 나왔다. 화가 나서 샘터를 부순 이후에는 술이 나오지 않고 맑은 샘물만 나오게 되었다는 이야기가 전해진다.

조형물 오른쪽을 보니 돌계단이 강 쪽으로 내려간다. 강가 바위틈 아래서 샘이 나온다. 주천강은 안흥에서 내려오며 활처럼 휘면서 마을을 감싸고 돈다. 강물은 흙을 안쪽에 수북이 쌓아 넓은 벌판을 만들어 주었다. 이곳은 고구려의 주연현酒淵縣이었는데 신라가 차지하고 주천현으로 고쳤다. 따로 학성鶴城으로 부르기도 했다. 신라 때 영월군의 관할현이 되었다가 고려 때 원주의 속현이 되었고, 1905년에 영월군에 귀속되었다. 옛 문헌에 원주땅이라고 한 이유다.

영월 주천 빙허루, 빙허루 자리에 청허루가 있었다

선정비 뒤 등산로를 따라 올라가니 빙허루憑虛樓가 우뚝 섰다. 누대 아래로 주천강이 흐르고 건너편으로 건물들이 빼곡하다. 주천을 대표하는 누정은 빙허루와 청허루淸虛樓다. 심정보沈廷輔가 원주목사로 있을 적에 숙종은 단종의 유배길에 있었던 일들을 소상히 묻는다. 주천현에 두 누각이 있다는 말을 듣고 시를 지어 청허루에 걸게 했다. 시판을 누대에 걸었는데 중간에 화재를 만나 소실되었다. 중건하자 영조는 손수 숙종이 지은 시를 다시 쓴 후 짤막한 글을 적어서 다시 걸게 하였다. 그로부터 30년이 지난 1788년, 정조는 두 선왕의 글이 누대에 걸려있다는 사실을 듣는다. 칭찬하는 글을 써서 현판으로 달게 했다.

선왕께서 술 주천에 내렸다 아직도 말하니 尙說黃封降酒泉
청허루는 이로부터 승지란 이름 온전하였네 淸虛從此勝名全
누대 모습 거듭 왕의 시와 함께 빛나고 樓容重與雲章煥
땅 기운은 도리어 문장과 서로 연하였도다 地氣還應壁宿連
백 리의 시골 풍경은 전혀 변함 없거니와 百里桑麻渾不改
한봄의 꽃과 새들 모두 예전 그대로일세 一春花鳥摠依前
내가 지척에서 지방관을 보고 있노니 瞻言咫尺分憂在
태수는 부디 술 마시고 자지 말지어다 太守休爲醉後眠

정조가 시를 지은 해는 1788년이다. 시를 지은 것이 먼저인지, 김홍도가 그림을 그리기 위해 청허루에 오른 일이 먼저인지 알 수 없다. 두 사람의 인연이 교차하는 해이며 장소다. 정조는 왕위에 오른 지 5년인 1781년에 영조가 한 일을 따라서 어진을 그리려 하였다. 신하들이 모두 말하길 김홍도가 있으니 다른 사람을 구할 필요가 없다고 했다. 김홍도는 김목, 한종유와 함께 그리는 일을 수행하였다.

다시 다리를 건너 '술샘박물관'으로 향한다. 박물관 옆 '청허루'에 오른다. 『신증동국여지승람』은 청허루가 주천현 객관 서쪽에 있다고 했다. 석벽이 깎아지른 듯하고, 아래에 맑은 못이 있다고 묘사하고 있으니 예전의 위치와 다르다. 청허루가 있던 자리에 빙허루가 섰으니 어찌된 일인가. 김홍도는 객관 서쪽 돌벼랑 위 누대를 그렸다. 아래 흐르는 주천강과 직각으로 솟아오른 벼랑, 그 위에 날아갈 듯한 청허루는 그림 같았을 것이다.

청심대

김홍도는 7~8세 무렵부터 그림을 배웠다. 어린 시절부터 못 그리는 그림이 없었다. 스승인 강세황은 이렇게 극찬했다. "옛 사람과 비교할지라도 그와 대항할 사람이 거의 없을 것이다. 특히 인물과 풍속에 뛰어나다. 그림 그리는 사람은 천과 종이에 그려진 것을 보고 배우고 익혀 공력을 쌓아야 비로소 비슷하게 할 수 있는데, 그는 독창적으로 스스로 알아내어 교묘하게 자연의 조화를 빼앗을 수 있는 데까지 이르렀다."

평창 대화를 지나 모릿재를 넘은 후 청심대淸心臺 앞 하천을 건넌 김홍도는 화폭을 꺼냈다. 대부분 시와 여행기에 묘사된 청심대는 김홍도가 섰던 곳이 아닌 청심대 뒤로 난 오솔길에서 본 모습이었다. 오대천 가에 우뚝 선 바위가 백 척 이상 되는 듯했다. 뾰족한 바위도 기이하지만 바위 틈에 늠름하게 가지를 드리운 소나무가 인상적이었다. 밑에 흐르는 오대천과 모릿재로 향하는 오솔길도 그렸다. 길 위에선 여행객은 아마도 44세인 김홍도 자신일 것이다.

청심대와 관련된 청심淸心의 이야기는 심언광沈彦光, 1487~1540의 시에 등장할 정도니 유명한 이야기였던 것 같다. 강릉대도호부 부사로 있던 양수梁需가 한양으로 돌아갈 무렵인 1418년부터 이야기가 전해져 왔다. 태종실록에 따르면 병조참의로 있던 양수가 강릉대도호부부사로 임명된 것은 1412년인 태종 12년이다. 강릉에 머물던 그는 청심과 정을 나누었다. 임기가 끝나 떠나는 양수를 배웅하기 위해 청심은 대관령을 넘어 오대천까지 왔다. 부사 일행이 오대천 가의 높은 바위에 앉아 쉬는 동안, 그녀는 벼랑 아래로 몸을 날려 불귀의 객이 되고 말았다.

청심대 위 정자는 1927년에 세웠다. 청심대 아래는 청심의 초상을 모신 사당이 보인다. 청심의 절개를 기리는 여러 개의 비석이 유난스럽다. 청심은 왜 자기 몸을 던졌을까? 청심이 받아들일 수 없는 어떤 상황이 있었던 것이 아닐까. 임기가 끝나면서 사랑도 끝내려는 양수를 고발하기 위해 자신의 목숨과 바꾼 것은 아닐까? 청심이 죽고 난 후 그녀는 절개의 화신이 되었다.

김홍도, 〈청심루〉, 《금강사군첩》

지금은 청심대로 쉽게 오를 수 있지만, 예전에는 쉽게 올라갈 수 없었다. 멀찍이 바라보고 지나가기 일쑤였다. 홍우원洪宇遠, 1605~1687은 직접 청심대에 올랐다. 가파른 바위를 잡고 오르니 발길 아래가 까마득하다. 오대산 우통수에서 발원한 물이 금강연을 거쳐 청심대 발치를 가볍게 부딪친다. 물은 다시 정선을 거쳐 한양으로 흘러간다. 길은 청심대에서 진부로 향하기도 하고 정선으로 갈라지기도 한다. 한양길이 바쁜 이는 모릿재를 넘는다. 시를 짓지 않을 수 없다. 「청심대에 올라」서다.

흰 안개 펼쳐졌다 다시 모이고 白霧舒還斂
푸른 산 어두웠다 환히 개이네 靑山暗復開
달리는 시냇물 벼랑에서 갈라지고 奔川兩崖坼
가느다란 잔도 한 줄기 돌아나네 細棧一條回
높은 데 오르니 피곤함을 잊고 陟險身忘倦
그윽한 곳 찾으니 흥 가라앉지 않네 探幽興未裁
백 척이나 되는 청심대에서 淸心臺百尺
말 세워놓고 다시 이리저리 거니네 駐馬更徘徊

신익성申翊聖은 「유금강소기」에서 청심대 옆에 우물이 있는데 우동于同이라 하며, 물맛이 아주 훌륭하여 오대산의 물과 다르지 않다고 기록하였다. 시간이 흐르며 오솔길은 넓은 길이 되었다. 모릿재는 이제 터널이 생겨서 평범한 고개가 되었다. 길손에게 시원한 물을 선사하던 우물은 도로공사를 하면서 사라져버렸다.

월정사

나라 안의 명산 중에서도 가장 좋은 곳, 불법이 길이 번창할 곳, 그곳에 세워진 월정사의 역사는 신라 선덕여왕 12년(643) 자장율사부터 시작된다. 자장율사가 중국 오대산에서 문수보살을 친견하게 되는데, 이때 문수보살이 부처님의 사리와 가사를 전해주며 신라에서 오대산을 찾으라는 가르침을 준다. 귀국한 자장율사는 강원도 오대산 중대에 진신사리를 묻고 문수보살을 친견하고자 지금의 월정사터에 움막을 짓고 기도를 하였다. "월정사는 처음에 자장법사가 모옥을 지었으며, 다음에는 신효거사가 와서 살았다. 다음에는 범일의 제자인 신의두타가 와서 암자를 세우고 살았으며, 뒤에 수다사 장로 유연이 와서 살면서 점점 큰 절이 되었다." 『삼국유사』의 기록이다.

고려 태조 왕건은 월정사에 매년 봄 · 가을로 백미 200석과 소금 50석을 공양하고, 이러한 원칙이 계승되도록 하였다. 충렬왕 33년(1377)에 화재로 모두 타버리자 중창했고, 조선 순조 33년(1833)에 다시 큰 화재를 입었다. 헌종 10년(1844)에 중건하여 대찰의 모습을 회복했다. 1950년 한국전쟁을 맞아 칠불보전을 비롯한 문화재가 잿더미가 되었다. 전소된 적광전이 중건된 것은 1968년이며, 이후 월정사 주요 전각 대부분이 중건되었다.

월정사는 화려한 탑과 불상으로 유명하지만, 더 중요한 것은 깨달음을 주는 공간이라는 점이다. 이민구李敏求, 1589~1670는 1635년에 강원도 관찰사가 되어 오대산에 왔다가 「오대산 월정사에서」란 시를 남긴다.

천년 고찰 월정사月精寺 千年月精寺
물은 한강의 근원이라 하네 水號漢江源
나그네 흰 구름과 함께 와서 客與白雲到
스님과 맑은 밤에 담소하는데 僧來淸夜言
탑은 빛나 창문에 어른대고 塔光搖戶牖
풍경 소리 마음을 일깨우네 鈴語警心魂
내일 호계虎溪 건너게 되면 明日虎溪渡
고독원孤獨園을 잊지 못하리 依依孤獨園

김홍도, 〈월정사〉, 《금강사군첩》

유람객으로 요란한 월정사의 낮에 생각하기 어려운 경계다. 주위가 고요한 밤이면 이민구의 시 속으로 들어갈 수 있다. 달 밝은 밤이면 탑에 달린 풍경이 빛을 발한다. 바람에 흔들리는 빛은 풍경소리를 내면서 창호지에서 명멸한다. 이러한 경계 속에 있노라면 속세의 끓던 욕망은 어느새 헛된 것이 되어서 사라져버린다.

이명한李明漢, 1595~1645은 1639년에 강원 감사가 되어서 이곳에 왔다가 「월정사」를 『백주집』에 남긴다. 연작시 중 한 수다.

> 탑 그림자 누대와 조용하고, 종소리 건물에 이르자 작아지는데, 새벽 나무에 까마귀 울고, 등 희미한데 스님은 염불하네. 양치하는데 바리때에 얼음 얼고, 문을 여니 옷에 눈 내리는데, 향 사르고 경전을 보니, 문득 평생의 잘못 깨닫네.

새벽의 월정사는 고요하기 그지없다. 속인들이 사라진 시간. 새벽 종소리마저 사라져서 잠을 더 청하려다가 스님 독경 소리에 이불 밖으로 나왔다. 산속은 이미 한겨울이다. 양치할 물은 얼고 눈까지 내린다. 눈 내리는 소리가 들릴 정도로 적막하기 그지없다. 산책하려다가 경전을 펼쳐 한 구절 읽자 죽비로 맞은 듯 깨달음을 얻는다.

오대산 사고

조선 전기에 『조선왕조실록』을 비롯한 역사 기록이나 주요 서책은 춘추관과 외사고外史庫인 충주 · 전주 · 성주의 사고에 보관하였다. 임진왜란 때 전주사고본만 병화를 피하여 다시 실록에 대한 소장처가 논의되었다. 새로이 선정된 사고로 내사고인 춘추관을 비롯하여 외사고인 강화 · 묘향산 · 태백산 · 오대산의 5사고가 마련되었다. 1568년부터 영감암에 머물던 사명대사의 건의로 오대산사고가 건립되었다.

오대산사고는 태조부터 명종까지의 실록 초고본을 1606년에 봉안하였고, 1805년(순조 5)에 정조실록을 봉안하기까지 59회 가량 행해졌다. 오대산사고에 봉안된 『조선왕조실록』은 일제강점기에 일본 동경제국대학으로 옮겨졌다가 관동대지진 때 대부분 소실되었으며, 최근에 일부 남아 있던 실록이 반환되어 규장각에 소장되었다.

사고에서 중요한 일은 서책을 꺼내어 말리는 포쇄다. 채제공蔡濟恭, 1720~1799은 포쇄하기 위해 오대산에 올랐다가 「사각에서 포쇄하다」를 지었다. 추사 김정희金正喜, 1786~1856도 왕명을 받고 영감사를 찾았다가 「포쇄하기 위해 오대산에 오르다」를 남겼다.

김홍도, 〈사고〉, 《금강사군첩》

온 길 굽어보자 가깝게 여겨지니 俯看來路近
모르는 사이에 그윽한 이곳 왔네 不覺入幽冥
봉우리 반은 모두 구름에 잠기고 峯半全沈白
숲 끝은 멀리 푸른 하늘과 얽혔는데 林端遠錯靑
스님은 밖에서 보호해 주고 法雲呈外護
신선 불은 그윽이 듣는 걸 돕네 仙火攝幽聽
바위 골짜기에 남은 땅 넉넉하니 巖洞饒餘地
무슨 인연으로 조그만 정자 지을까 何緣結小亭

*화섭자(火攝子): 불을 붙일 때 쓰는 도구

한양서 강원도 오대산까지 왔으니 얼마나 힘들었을까. 막상 오대산사고에 도착하니 언제 왔는가 싶을 정도로 마음에 들었다. 산은 높아 반은 구름이 덮고 울창한 숲은 하늘을 찌를듯하다. 그림 속 홍살문이 사고 앞에 있고, 돌담은 이중으로 쌓은 것이 지금과는 다르다. 갑자기 오대산에 땅을 얻어 조그만 암자를 짓고 싶어진다. 오대산은 골짜기마다 포근하다. 위압적인 기세로 사람을 누르지 않는다. 어머니처럼 찾는 이를 안아준다. 오대산의 미덕을 몸으로 느끼자 이곳에 머무르고 싶어졌다.

사명대사의 건의로 영감사 자리에 사고가 건립되면서 영감사는 사고 옆으로 옮기게 되었다. 사고를 수호하기 때문에 수직사라고도 하였다. 1740년 4월에 영감사를 찾은 채지홍蔡之洪, 1683~1741의 행적이 「동정기」에 남아 있다. "점심을 먹고 말에서 내려 가마를 타고 북쪽으로 15리를 가니 선원璿源과 실록을 보관하는 두 건물이 있다. 각각 기둥이 셋이고 이 층이다. 위에는 책을 아래에는 잡다한 준비물을 쌓았고, 담장을 둘러치고 자물쇠를 채웠다. 곁에는 작은 암자 두 채가 있다. 참봉과 승려들이 매우 부지런히 지키고 있다. 영동과 영서의 모든 승려가 번을 나눠 교대로 지킨다고 한다."

영감사는 한국전쟁 와중에 전소되었고 수직사터는 채마밭이 되었다. 1961년에 현재 위치에 새로 건립되었고, 1989년에 지금의 건물이 세워졌다.

상원사

신라 신문왕의 아들 보천과 효명이 오대산으로 들어왔다. 보천은 오대산 중대 밑 진여원 터 아래에 푸른 연꽃이 핀 것을 보고 그곳에 암자를 짓고 살았다. 아우 효명은 북대 남쪽 산 끝에 푸른 연꽃이 핀 것을 보고 그곳에 암자를 짓고 살았다. 두 사람은 함께 예배하고 염불하면서 수행하였다. 오대에 나아가 참배하던 중 보살을 친견한 뒤로, 날마다 이른 아침에 차를 달여 문수보살에게 공양했다. 후에 왕이 된 효명태자는 진여원眞如院을 개창하면서 상원사의 역사가 시작되었다.

상원사로 향하던 세조는 계곡물을 만나자 지나던 동자승에게 등을 밀게 하면서 임금의 옥체를 본 사실을 말하지 말라고 한다. 동자승은 문수보살을 친견했다 말하지 말라며 사라졌고, 병은 씻은 듯 사라졌다. 이 일화는 세조가 1466년에 오대산 상원사로 행차한 일을 근거로 하였을 것이다. 일화를 뒷받침하는 관대걸이가 상원사 입구에 세워졌다.

문수전을 오르기 전 계단 왼쪽을 보니 두 마리 고양이 석상이 세조의 이야기를 또 들려준다. 세조가 법당에 들어가려 하자 갑자기 고양이가 나타나 들어가지 못하도록 옷소매를 물고 늘어졌다. 이상하게 여긴 세조는 사람을 시켜 법당 안을 뒤지게 했다.

세조를 암살하려던 자객이 붙잡혔다. 이를 기특하게 여겨 고양이의 은혜에 보답하고자 묘전猫田을 하사했다. 『강원도지』에 이와 관련된 기록이 보인다. 계곡에서 목욕할 때 문수동자를 친견한 후 그 때문에 피부병이 완쾌되어 동자상을 조성하였다는 화소와, 고양이가 옷을 잡아끌어 화를 면할 수 있었다는 화소가 결합되면서 다양하게 변주되었다.

상원사 오른쪽에 오대산의 근현대를 지켜온 한암 스님과 탄허 스님, 그리고 만화 스님의 부도가 보인다. 한암 스님은 한국전쟁 때 상원사를 지켜낸 일화로 유명하다. 퇴각하던 국군이 월정사를 불태우고 상원사를 태우러 올라오자 가사와 장삼을 단정히 갖추

김홍도, 〈상원〉, 《금강사군첩》

고 법당에 들어가 정좌한 뒤 '이제 불을 지르라'고 하였다. 군인들은 결국 법당 문짝을 떼어내 태우고 산을 내려가야만 했다. 탄허 스님은 본래 유학을 공부한 유학자였다. 한암 스님과 편지를 나누다가 한암 스님에게 감복하여 제자가 되었다. 불경 번역과 승려 교육에 힘을 쏟은 것으로 유명하다. 만화 스님은 전쟁 때 한암 스님을 모시고 상원사에 남았으며 스님의 입적을 홀로 지켜보았던 스님이다. 후에 월정사를 일으켜 세웠다.

상원사와 관련된 시 중에 율곡의 시가 눈에 들어온다. 그는 「남대 · 서대 · 중대에서 노닐고 상원사에서 묵다」를 남겼다. 일부분이다.

옹기종기 작은 산들을 굽어보니 俯覽衆山小
여기저기 안개 낀 나무 가지런하고 浩浩煙樹平
돌 틈에 흐르는 차가운 샘물 冷冷石竇泉
한 번 마시자 세상일 다 잊혀지네 一飮遺世情
선방에서 부들방석 앉으니 禪房坐蒲團
상쾌한 기분에 꿈마저 맑고 灑落魂夢淸
새벽 종소리에 깊은 반성 일어나니 晨磬發深省
담담한 심정 무어라 말 못하겠네 澹澹吾何營

오대산 이곳저곳의 암자를 찾아다닌 후 감상문을 시로 쓴다면 이럴 것이다. 더 무엇이 필요할 것인가. 그림처럼 깊은 산속 상원사에 머문다면 세상일 다 잊힐 것이다.

오대산 중대

아득한 중대 어지러운 세상과 끊어졌으니 縹緲中臺絶世紛
신선과 범부로 향하는 길 여기서 갈라지네 仙凡剛向此間分

최석정崔錫鼎, 1646~1715이 지은 「상원사를 찾아 중대에 오르다」 중 일부분이다. 사자암을 지나 적멸보궁을 향하던 순례객은 금몽암金夢菴에서 쉬면서 샘물을 마신다. 세조가 꿈속에서 얻은 우물이라 전해진다. 금몽암은 사라지고 샘물은 용안수란 이름으로 남아 적멸보궁을 찾는 사람들이 목을 축인다. 금몽암은 새벽, 저녁으로 적멸보궁에서 향을 피우는 스님들이 머물던 곳이었으나 지금은 사자암이 역할을 대신한다.

금몽암 뒤 돌계단을 밟고 올라가면 적멸보궁이다. 적멸보궁 뒤는 신라의 자장율사가 중국 오대산에 들어가 문수보살을 뵙고 전해 받은 부처님의 진신사리를 봉안한 곳이다. 이때부터 오대산은 문수보살 성지로 자리매김하게 되었다. 강재항은 "적멸각 뒤쪽에 부처의 유골을 간직해 두었다고 한다. 어지러이 바위가 무더기로 층층이 쌓여있는데, 이런 곳이 모두 두 곳이다."라고 적는다. 김창흡은 「오대산기」에서 "석축 아래에 바위가 이어져 있는데, 이는 자연적으로 생긴 것이지 사람이 만든 것이 아니다. 여기서부터 비로봉에 이르기까지 중요한 길목에 석축이 있다."라고 기록하였다.

진신사리가 봉안된 중대를 주위의 산들이 호위하듯 병풍처럼 에워싸고 있다. 용이 여의주를 희롱하는 형국이다. 중대는 용의 머리에 해당된다. 조선시대 암행어사 박문수가 이곳을 방문하고 "스님들이 좋은 기와집에서 일도 하지 않고 남의 공양만 편히 받아먹고 사는 이유를 이제야 알겠다."며 천하의 명당이라고 감탄한 곳이다. 스님들도 "한 구역 내에 있는 수많은 중들의 탯줄이 바로 여기에 있으니, 이곳이 아니면 성불할 씨앗이 사라진다."라고 말할 정도로 명당 중의 명당이다.

김창흡은 비록 명산이 많다고 하나, 오대산에 비할 곳은 드물다며 「오대산」이란 시를 짓는다.

김홍도, 〈오대산중대〉, 《금강사군첩》

중대는 산 가운데 차지하여 中臺占位正
산속의 경승 독차지했으니 擅勝一山中
용이 나는 듯 모든 산 인사하며 龍飛萬嶺拱
독수리 웅크린 듯 누각은 높네 鷲蹲孤閣崇

이곳에 오른 송광연은 「오대산기」에서 이렇게 적는다. "적멸보궁에 앉았으니 오대산의 진면목이 바로 눈앞에 있는 듯 역력하게 보인다. 태백산과 소백산이 구름 사이로 점을 찍어 놓은 것처럼 보인다. 이곳저곳을 자유롭게 보며 회포를 펼치니 속세를 벗어나고 싶다. 비가 오려는 조짐이 있더니 눈꽃이 날린다. 시름없이 바라보다가 산에서 내려와 상원사로 돌아왔다." 한겨울에 찾으면 이러하지 않을까.

김시습은 이곳에서 「중대」를 짓는다. "자줏빛 구름 끼자 빈 전각 영롱하고, 초목이 무성하니 뜰엔 꽃 만발한데, 우담발화 상서로운 꽃 삼계에 피고, 끝없는 상서로운 빛 구천에 뻗쳤네." 자줏빛 구름은 인간의 세계가 아니다. 그곳에 우담발화가 피었다. 3천 년에 한 번 피는 꽃은 부처가 세상에 출현하여 설법하는 것을 비유하는 말로도 쓰인다. 꽃이 욕계欲界뿐만 아니라 색계色界와 무색계無色界까지 폈다. 상서로운 빛은 천제가 사는 곳까지 비추니 이곳은 바로 적멸寂滅의 세계다. 바람 소리뿐만 아니라 풍경 소리와 솔바람 소리도 부처님 말씀처럼 들리는 중대다.

대관령

신라시대에는 대령大嶺, 고려시대에는 대현大峴, 또는 굴령堀嶺이라 했다. 1530년에 편찬된 『신증동국여지승람』은 "대관령은 강릉부 서쪽 45리에 있으며 이 주州의 진산이다. 여진 지역인 장백산에서 산맥이 구불구불 비틀비틀 남쪽으로 뻗어 내리면서 동해의 가장자리를 차지한 것이 몇 곳인지 모르나 이 고개가 가장 높다. 산허리에 옆으로 뻗은 길이 아흔아홉 굽이며 서쪽으로 서울과 통하는 큰 길이다. 부의 치소에서 50리 거리이고 '대령'이라 부르기도 한다."라고 기록하고 있다.

김창흡이 강릉에서 출발하여 오대산으로 가기 위해 대관령을 넘은 것은 1718년이었다. 대관령을 오르는 과정을 실감있게 표현하였다. "조금 힘들게 5~6리를 나아가자 고갯길이 끝나고 바다가 보이는데, 망망대해가 끝없이 탁 트였다. 경포호를 굽어보니 잔속의 물과 같다. 어제 뱃길로 거슬러 온 곳이 얼마나 좁은지 알게 되었다. 이른바 대관령이란 곳은 여기가 꼭대기인데, 서쪽은 길이 비로소 평탄해지고 바위가 없이 순전히 흙뿐이다. 미시령과 비교해 보면, 도회지의 번화한 길과 다를 바 없다. 처음에는 도달하기 어렵겠거니 걱정하였으나, 지나는 길이 편한 듯하여 종들을 돌아보며 상쾌하다고 외쳤다."

김홍도, 〈대관령〉, 《금강사군첩》

김시습이 고개를 넘을 때는 대령大嶺이라고 불렀다. 시 제목이 「대령」이다.

대관령 구름이 차츰 걷히니 大嶺雲初捲
가파른 산마루에 눈 남아있고 危巓雪未消
양 창자처럼 산길은 험하며 羊腸山路險
새만 다니는 역 가는 길 머네 鳥道驛程遙
늙은 나무 신당을 에워싸고 老樹圍神廟
맑은 안개 바다 산에 이어져서 晴煙接海嶠
높이 오르자 시를 지을만하고 登高堪作賦
풍경이 시흥을 일으키는구나 風景使人撩

조선 전기에 대관령은 길 옆 늙은 나무가 신당을 에워싼 길이었다. 강릉에서 산길을 따라 계속 오르면 반정半程에 도착한다. 강릉 쪽 구산역과 서울 쪽 횡계역의 중간 지점이어서 반정이다. 옛 고속도로 옆에 위치한 반정을 통과한 옛길은 고속도로를 가로질러 가파르게 올라가 국사성황당까지 연결된다. 늙은 나무가 에워싼 신당은 국사성황당을 말한다. 이유원李裕元, 1814~1888의 『임하필기』를 보면, "경성으로부터 대관령을 넘자면 그 재에는 아홉 구비가 있고 위에는 성황당이 있다. 거기에 이르면 바다가 보인다."라는 대목도 예전의 길을 설명해준다.

국사성황당은 대관산신사大關山神祠로 알려져 왔다. 『신증동국여지승람』은 대관산신사가 부 서쪽 40리 지점에 있다고 알려준다. 『강원도지』도 대관산신사가 군의 서쪽에 있으며, 고려 태조가 건립하였고, 매년 단오에 고을 사람들이 제사를 올린다고 기록하고 있다.

국사성황인 범일국사는 강릉시 구정면 학산 출생으로 탄생설화가 전한다. 처녀가 해가 떠 있는 샘물을 마시고 태기가 있어 아이를 낳았다. 처녀가 아이를 낳은 것이 두려워 뒷산 학바위에 버렸으나, 학이 보살펴 기이하게 여겨 다시 데려와 키웠다. 국사는 비범한 외모와 뛰어난 학문으로 많은 사람들을 놀라게 했다. 출가하여 신라 말에 국사가 되어 이름을 떨쳤고, 죽어서 대관령 서낭신이 되었다.

천연정

1718년, 경포호의 경관에 매료되어 호해정에서 머물며 학문을 강론하던 김창흡은 유독 오대산만 유람하지 못하여 마음의 빚으로 여기고 있었다. 신택지와 구산서원에서 만나기로 약속하고 방도교에 도착해 시내를 건너 연어대鳶魚臺에 올랐다. 여울은 세차게 흐르고 소나무가 무성하여 그윽한 멋이 있었다. 10여 년 전에 왔던 곳인데, 다시 와보니 예전 그대로였다. 신택지의 아들은 호해정에서 글을 배우던 자이다. 이별을 슬퍼하여 연어대에 와서 기다리고 있었다. 구산서원으로 가기 전 대관령에서 흘러 내려와 마을을 가로지르며 흐르는 시내에 놓은 다리가 방도교이고, 시냇가 우뚝 선 바위가 연어대이다.

연어대 위에 18세기 후반 건립한 정자가 천연정天淵亭이다. 김형진金衡鎭은 향리에서 높은 뜻을 세우고 은둔하던 선비였다. 강릉지방의 거성인 강릉김씨이며, 누대로 재산을 상속받아 재력을 갖춘 인물로 백련거사白蓮居士라 불렀다. 정자를 세운 후 지은 시에 "구산의 좋은 경치 마음에 쏠렸는데, 그리던 정자를 이제 지었네, 자사가 남긴 뜻 생각하면서 퇴로대退老臺 옛 이름 그대로 땄네. 솔개는 하늘에서 강탑을 돌고, 고기는 못에서 거문고 소리를 듣네. 학동이 예닐곱 풍월 읊으니, 봄날 눈 녹인 물의 풍정과 다를 바 없네."라 하는 시가 있다. 연어대를 퇴로대라고도 불렀다.

천연정은 구산의 명물이 되었다. 오고가다가 개울 옆에 있는 정자에 올라 세차게 흐르는 물을 보며 다리쉼을 하곤 했다. 김홍도도 천연정에 올랐다. 주변의 집채만한 바위들이 눈에 가득 들어왔다. 대관령부터 흘러온 물이 하얗게 부서지며 청량한 소리를 냈다. 피곤한 것도 잊고 천연정을 화폭에 담았다. 그림은 전해지지 않고 임모한 『금강산도권』 속에 천연정이 들어있다. 홍석주는 김홍도의 그림을 보고 시를 짓는다.

나무숲 그늘 속 수수한 정자 萬樹陰中一草亭
칠월의 서늘한 바람 정자로 부네 凉風七月入虛扃
은둔자는 종각宗慤의 소원 지니고 幽人不解宗生操
물가의 적막한 산봉우리 푸르르네 臨水羣巒寂寞靑

작자미상, 〈천연정〉, 《금강산도권》

송나라의 장군 종각宗慤이 소년 시절에 숙부의 질문을 받고 자기의 소원을 말하기를, "긴 바람을 타고 만 리의 물결을 부수는 것이 소원입니다."라고 하였다. 그림 속 선비를 종각에 빗댔으니 그림을 보지 않아도 그림이 풍기는 분위기를 짐작할 수 있다.

1868년, 송병선宋秉璿의 「동유기」에 천연정이 등장한다. 지나가다 천연정에 오르니 시내에 임하여서 정신이 맑아졌다고 언급하였다. 이상수李象秀, 1820~1882도 대관령을 내려오다 천연정에 올랐다.

대관령 삼십 리 길에 大嶺三十里
정신과 혼은 이미 피로한데 神魂良已疲
문득 청량한 곳을 만났네 忽遇爽朗處
옷섶을 헤치고 즐거워하다 披襟以陶之
긴 다리 건너가노라니 長橋踏空去
기이한 조각 바위 보이네 片石又獻奇

천연정은 일제강점기까지 사진으로 남아 있다가 홍수를 만나 소실되었다.

구산서원

대관령을 굽이굽이 돌아 어흘리를 지난 물과 보광리에서 흘러온 물이 구산리에서 만나 강릉 시내를 통과한다. 구산리 명칭 유래가 독특하다. 공자의 어머니가 이구산尼丘山에 치성을 드리고 공자를 낳았는데, 구산리 산이 이구산과 비슷하게 생겨 이구산이라 했다가 '니尼'자를 빼고 '구산丘山'이라 했다. 뒤에 공자의 이름에 쓰인 구丘자를 함부로 쓸 수 없다 해서 '구산邱山'으로 고쳤다. 구산이란 이름 때문에 마을에 서원이 세워지게 되었다. 1552년에 함헌咸軒이 사신으로 중국에 갔을 때 공자 영정을 가져와서 서원을 지었다. 허목許穆, 1595~1682의 글에 강릉 서쪽 30리 떨어진 곳에 공자사당이 있는데, 공자의 초상화를 얻고 구산에 사당을 세웠다는 대목이 보인다.

구산은 교통의 요지였다. 한양으로 가는 사람들뿐만 아니라 정선으로 향하는 사람들로 붐볐다. 여행자들은 구산역에서 한숨 돌리곤 했다. 『신증동국여지승람』에 따르면 구산역은 강릉 서쪽에 있는데, 정자가 있어 사람을 서쪽으로 전송하는 곳이라고 기록한다. 조운흘趙云仡, 1332~1404의 「구산역」은 이곳이 예부터 이별의 장소였음을 알려준다.

구산은 연어대鳶魚臺로 유명하였다. 오고 가다가 개울 옆에 있는 연어대에 올라 흐르는 물을 보며 다리쉼을 하곤 했다. 김홍도도 대관령에서 내려오다가 연어대에 올랐다. 연어대 위에 천연정이라는 정자가 세워져 있었다. 천연정을 그린 후 구산서원으로 향했다. 구산서원을 그린 그림은 서원을 중심으로 구산리 일대가 하늘에서 내려다본 듯하다. 구산서원을 요즘은 오봉서원이라 부른다.

김창흡이 사당에 들어가 공자의 초상에 절을 올리고 나오자 서원의 유생들이 술과 음식을 차려 놓았다. 식사를 마치고 대관령 길을 찾아 길을 나섰다. 윤증尹拯, 1629~1714은 서원에서 공자의 초상에 예를 올리고 퇴계 선생의 시에 운자를 맞추어 시를 짓는다.

김홍도, 〈구산서원〉, 《금강사군첩》

강릉에 사당 있단 말 일찍이 들었는데 曾聞祠廟在臨瀛
오늘 아침 처음으로 초상에 절 올렸네 遺像今朝拜肅淸
관동의 한 구역을 직접 와서 밟아 보니 脚踏關東一頭地
세속 먼지 덮였던 눈 시원하게 확 트이네 塵眸刮得十分明

서원의 건립 내력과 연혁을 기록한 기적비가 비각 안에 세워져 있다. 공자 진영의 봉안 인물과 과정, 서원의 건립과정, 주자와 송시열의 제향 등의 내용을 기술한 묘정비도 세워져 있다. 오봉강당은 바깥에 세워졌는데 일반 집과 같이 친숙한 분위기다.

서원 앞 시내는 공부하던 유생들이 머리를 식히던 곳이고, 유람하는 이가 즐겨 찾던 곳이다. 넓게 펼쳐진 바위가 장관이다. 바위 곳곳에 계원들의 이름을 새겼다. 오랜 세월을 두고 많은 계원이 유람하였다. 그 사이에 영귀암詠歸巖이 보인다. 논어에 나오는 네 제자 이야기를 염두에 둔 것이리라. 공자가 제자에게 하고 싶은 것을 말하라고 한다. 자로는 강병의 나라, 염유는 부자의 나라, 공서화는 예악의 나라를 만들겠다고 말한다. 증점은 물놀이 하다가 바람 쐬고 시를 읊으며 돌아오겠다[詠歸]고 했다. 공자는 증점의 말을 인정하고 허락하였다. 자신이 처한 위치에서 일상 생활을 즐기는 삶. 자신을 버리고 남을 위하려는 욕심도 버리고 천지 만물과 더불어 일체가 되겠다는 생각에 대한 동감이다. 인욕人慾이 다한 곳, 천리天理가 흐르는 곳이 구산서원이다.

경포대

박숙정朴淑貞이 안축安軸, 1287~1348을 만난 때는 1326년이었다. 경포대는 신라 때 영랑 등 네 화랑이 놀던 곳으로 유명하였다. 명소에 유람왔다 비바람이 치면 유람객들이 괴로워해서 작은 정자를 지었으니 글을 써달라고 안축에게 부탁을 하자, 직접 유람한 후 1331년 2월에 글을 짓는다. 1349년에 이곡李穀, 1298~1351은 금강산을 유람한 후 경포대에 들렀다. "배를 나란히 하고 강 복판에서 가무를 즐기다가 해가 서쪽으로 넘어가기 전에 경포대에 올랐다. 경포대에 예전에는 건물이 없었는데, 근래에 풍류를 좋아하는 자가 그 위에 정자를 지었다고 한다. 또 옛날 신선의 유적이라는 돌 아궁이가 있는데, 아마도 차를 달일 때 썼던 도구일 것이다. 경포의 경치는 삼일포와 비교해서 우열을 가릴 수가 없지만, 분명하게 멀리까지 보이는 점에서는 삼일포보다 낫다."라고 「동유기」에 남긴다. 안축과 이곡의 글은 1326년에 경포대에 정자가 세워졌다는 것을 알려준다. 경포대는 호수 옆에 있는 야트막한 산을 가리키다가 정자가 세워지면서 정자의 이름이 되었다.

정자는 방해정 뒷산에 세웠다가 중종 3년인 1508년에 강릉부사 한급이 지금의 자리에 옮겼고, 여러 차례의 중수 끝에 현재의 모습을 갖추었다. 예전에는 따뜻한 방과 서늘한 방이 있었는데 오래 묵지 못하게 철거했다고 하니 뛰어난 풍광이 민폐를 끼친 것이다. 정자의 위치와 모습도 변했고 호수도 변했다. 『신증동국여지승람』은 호수의 둘레가 20리고, 물은 깊지도 얕지도 않아 사람 어깨가 잠길 만하다고 기록하였다. 김시습은 방해정 뒷산에 있을 때의 경포대에 올랐다.

머나 먼 부상扶桑 바라보니 아득한데 萬里扶桑望眼賖
한없는 푸른 물결 아침노을에 잠겨있네 蒼波淼淼蘸朝霞
진시황은 부질없이 삼신산 약 좋아했고 秦皇謾愛三山藥
한나라 사신은 헛되이 팔월에 배 띄웠네 漢使空浮八月槎
흰 물결 하늘로 솟으며 자라 등 치는데 白浪滔天鼇背抃
붉은 구름 땅에 꽂혀 신기루처럼 비껴있네 紅雲插地蜃樓斜
이제 문득 선경에서 유람 장한 줄 알아 從今陡覺仙遊壯
푸른 바닷가에서 술잔 잡고 동해를 보네 杯視東溟碧海涯

부상扶桑은 동쪽 바다 해 뜨는 곳에 있다는 신성한 나무를 가리키는데 동쪽바다를 의미하기도 한다. 여기선 바다를 말한다. 원래 정자가 있던 곳에서 바다를 바라보며 시를 지었다. 삼신산은 동해에 있다는 봉래산 · 방장산 · 영주산을 가리킨다. 진시황과 한무제가 불로장생의 명약을 구하기 위하여 이곳으로 동남동녀 수천 명을 보냈다고 전해진다. 경포대에 서니 신화 속에 있는 것 같다. 이곳이 선경이라 여겼다. 경포대에서 술잔을 잡고 바다를 바라보며 신선이 되었다.

김홍도, 〈경포대〉, 《금강사군첩》

김응환, 〈경포대〉, 《해악전도첩》

김홍도는 경포대에서 뱃놀이를 하였던 것 같다. 경포대는 텅 비어 있고 호수에 떠 있는 배 안에 유람객이 보인다. 배 위로 홍장암과 조도가 보인다. 홍장암은 경포팔경 가운데 하나인 '홍장암의 밤비'에 해당하는 바위다. 경포대의 아름다움은 낮에도 유명하지만 밤에도 뛰어나다는 것을 보여준다. 달빛이 환한 밤에 경포대에 앉으면 하늘에 뜬 달, 바다에 뜬 달, 호수에 뜬 달, 술잔에 뜬 달, 그리고 마주한 임의 눈동자에 비친 달까지 무려 다섯 개의 달을 볼 수 있다는 이야기도 밤의 아름다움이다.

호해정

김창흡이 인제에서 출발하여 미시령을 넘었을 때는 66살이었다. 바다를 따라 내려오는데 경포호가 발길을 잡는다. 특히 호해정湖海亭이 마음에 들었다. 노년을 보낼 만했다. 1718년 아들 양겸養謙에게 편지를 썼다. "경포호 가운데 있는 조도鳥島, 경포호의 안개가 만나는 경치는 더욱 기이하구나! 거기다가 사람들이 머물기를 권하니, 정성스런 마음을 거절할 수 없구나." 노인은 호해정에 머물면서 학문과 시문을 강론하였다. 틈틈이 경포호에 배를 띄우고 흥에 겨우면 시를 읊었다.

마름 따자 속이 빈 껍데기 採菱或空殼
물고기 없어 텅 빈 그물 收網亦無魚
예부터 잃고 얻음 잊은지라 由來忘得失
풍류 즐기며 호숫가에 사네 風韻在湖居

「호정잡영湖亭雜吟」은 세속적 욕망이 사라진 노인의 편안한 심사를 편안하게 묘사하였다. 시비를 잊고 망연히 배에 앉은 모습도 보인다. 기쁨과 슬픔의 경계도 넘은 듯하다. 그렇게 한동안 김창흡은 호해정에서 유유자적하였다.

1767년에 김귀주金龜柱, 1740~1786가 호해정 앞에 배를 대었다. 호해정에 올라 돌아보니 서쪽, 남쪽, 북쪽이 모두 산이다. 산이면서도 부드러우며, 호수는 평평하여 거울과 같다. 둘레는 10여 리쯤 되는데, 남쪽 언덕은 더욱 낮게 이어지며 바다 어귀를 에워쌌으며, 모래둑 일대는 멀리 바닷물과 떨어져 있다. 밝고 환하며 탁 트여 가슴속이 시원할 정도였다.

송환기가 찾았을 때는 1781년 8월이었다. 저물녘에 경포호에 배를 띄웠다. 물결이 잔잔하여 배가 평온하니 매우 즐길 만했다. 호해정이 소나무와 단풍나무 사이에서 은은히 비친다. 매우 깨끗해 보인다. 노를 저어 배를 돌려 대려고 하는데 어둑한 빛이 밀려와 배에 탄 사람들이 모두 서둘러 가자고 해서 구경하지 못하고 지나치니 매우 아쉬웠다.

김홍도, 〈호해정〉, 《금강사군첩》

1788년엔 김홍도가 김응환과 함께 이곳에 들려 화폭에 호해정을 담았다. 호해정과 매립되기 전의 경포호의 물결, 그리고 그 위에 떠 있는 배가 흔들거린다. 아무도 타지 않은 배는 한가로움과 고요함, 무위無爲를 보여준다. 정자 앞 바위에 앉아있는 백로는 호해정을 찾는 김홍도 일행을 물끄러미 바라보고 있다. 뭔가 해 보려는 사심을 모두 잊어버린 망기忘機의 상태를 보여준다.

「단원기檀園記 우일본又一本」에 의하면 김홍도는 음악에 달통하여 거문고와 피리가 매우 절묘했다고 한다. 풍류가 호탕하여 칼을 치면서 슬픈 노래를 부르며 더러는 비장하게 눈물을 흘리는 적도 있었다. 그가 거처하는 곳은 걸상이나 책상이 깨끗이 정돈되었고 뜨락과 계단이 조출하였다. 집안을 둘러보면 곧 속세에서 벗어난 생각을 가지게 된다고 한다. 호해정의 분위기가 김홍도와 어울리는 것 같다.

홍장암에서 인월사를 지나 좁을 길을 따라 가니 호해정이 언덕 위에 자리 잡고 있다. 좁은 계단을 올라가니 굵은 배롱나무가 입구를 지킨다. 정자의 전면에는 초서체 '호해정'과 측면에 해서체 '호해정' 편액이 걸려있다. 정자 뒤로 호위하는 듯 노송들이 늠름하다. 처마 밑에서 눈을 감고 김창흡의 마구막 연을 읊조리니 호수에 물이 그득하게 보인다.

물고기를 잊으니 물고기는 물가에 있고 已是忘魚魚在渚
낚시 배는 비어있고 달빛만 가득 釣舡虛受月美明

창석정

정자도 운수가 있는가. 창석정滄石亭은 1765년 영조 때에 진사 김한성金漢星이 죽도봉 자락에 지었고, 정자의 이름에 자신의 호를 붙였다. 경포호의 대표적 정자로 김홍도의 그림에도 등장하였던 것으로 추정된다. 김홍도의 그림을 보고 본떠 그린『금강산도권』에는 있지만 김홍도의 그림은 아직 발견되지 않았기 때문이다.

정자는 김한성의 손자인 김윤경金潤卿의 손에서 떠나게 된다. 강릉지역의 동갑계가 인수하였다. 정자의 이름은 계의 모임이 창랑滄浪이어서 창랑정이라 바꾼다. 이후 호텔이 세워짐에 따라 정자 앞쪽에는 경포호수가 펼쳐져 있고, 뒤쪽은 동해바다가 감싸고 있는 현재의 위치에 다시 옮겨 세웠다.

창랑이라는 정자의 이름은 초나라의 굴원屈原이 지은「어부사漁父詞」에서 취했을 것이다. 어느 날 초라한 모습으로 강가를 거닐고 있는 '굴원'을 본 어부가 물었다. '당신은 삼려대부가 아니십니까 어쩌다 이런 처지가 되었습니까?' 이에 굴원이 한숨을 쉬며 말하기를 '온 세상이 모두 혼탁한데 나만 홀로 깨끗하고 모든 사람들이 모두 취해있는데 나만 홀로 깨어 있으니 그래서 쫓겨났소.' 그러자 어부가 '총명한 사람은 자기 생각만 고집할 것이 아니라 시대의 흐름에 순응할 줄 알아야 합니다. 온 세상이 혼탁하다면

작자미상, 〈창석정〉, 《금강산도권》

그것에 옳고 그름의 기준을 맞추고 그들과 한편이 되면 되지 않겠습니까. 모든 사람이 취했다면 당신도 그들이 먹다 남은 술지게미를 먹고 그들과 함께 취하면 될 것이지 어째서 고집스러움과 고상한 행동으로 추방을 당하셨습니까?' 이에 굴원은 자신의 뜻을 결연히 말한다. '방금 머리를 감은 사람은 갓에 묻은 먼지를 털어내고서 쓰고 방금 목욕을 한 사람은 옷에 묻은 먼지를 털어내고서 입어야 한다 했소, 어찌 깨끗한 몸으로 세상의 더러움과 가까이 할 수 있겠소. 나는 차라리 강물에 뛰어들어 물고기 밥이 될지언정 깨끗한 마음을 속세의 먼지로 더럽히지는 않을 것이요.' 어부는 이 말에 빙그레 웃고는 배의 노를 두드려 떠나가면서 노래를 불렀다. '창랑滄浪의 물 맑으면 내 갓끈을 씻으리.', '창랑의 물 흐리면 내 발 씻으리.'

어부가 부른 창랑가의 의미는 창랑의 물 맑으면 갓끈을 씻듯이 세상이 맑을 때는 고귀한 뜻을 펼치고, 창랑의 물 흐리면 발을 씻듯이 혼탁한 세상에서는 세상에 순응하며 살라는 뜻이다. 어부는 굴원에게 혼탁한 세상에 독야청청하지 말고 세상사에 순응하며 살라는 메시지를 던진 것이다. 굴원은 가슴에 돌을 품고 멱라강에 뛰어내려 생을 마감하였다. 창랑정이라 이름 지은 까닭은 무엇일까? 자신의 절개를 지켜가며 살아갈 것과, 세상의 변화에 맞추어 함께 변화해 가는 것 중 어느 쪽을 택할 것인가.

그림을 보니 관어지락觀魚之樂이란 화제가 보인다. 『장자』에 나오는 장자와 혜자의 이야기를 떠올리며 그림을 그린 것일까. 장자가 혜자와 함께 호수濠水에 있는 다리 위에서 놀고 있었다. 이 때 장자가 "피라미가 나와 조용히 노네. 이것이야말로 저 고기의 즐거움이네."라고 하자, 혜자가 "자네가 물고기도 아닌데 어떻게 물고기의 즐거움을 아는가?"하였다. 이에 장자는 다시 "그렇다면 자네는 내가 아닌데 어떻게 내가 물고기의 즐거움을 모르는 것으로 아는가?"라고 했다. 장자는 나와 만물이 하나가 되는 물아일체의 경지에 서면 나와 사물이 하나가 되기 때문에 자기 마음으로 미루어 남의 마음을 알 수 있다는 것을 말한다. 장자는 직관주의적 태도를 혜자는 논리적 태도를 견지한다. 혜자는 사람이 서로의 마음을 알 수 없는데 물고기의 마음을 안다는 것은 불가능하다고 본다. 창석정에 있으면 물아일체가 된다는 의미일 것이다.

매학정

1868년 3월이었다. 송병선宋秉璿은 늦봄에 숙부가 동쪽으로 떠나려고 하자, 함께 갈 것을 청하였다. 금강산을 구경하고자 하는 소원이 있었으나 꿈속에서 상상한 것이 30년이 되었기 때문이다. 금강산을 유람한 후 동해안을 따라 내려오다가 강릉에 도착했다. 경포대에 올라 구경하고 내려와 수백 보를 가서 매학정梅鶴亭에 올랐다. 맑고 깨끗한 것이 즐길만 했다. 동쪽 물가에 송시열의 글씨가 새겨진 홍장암이 보였다.

작자미상, 〈매학정〉, 《금강산도권》

『금강산도권』의 매학정 그림을 보면 왼쪽에 기이한 모양의 바위는 홍장암이다. 실제보다 과장되게 그린 것은 경포대 그림에도 동일하다. 중앙에 정자가 무성한 나무 사이에 보인다. 소쇄蕭灑한 분위기를 엿볼 수 있다. 오른쪽에 조그마한 정자는 경포대이다.

송병선 이전에 성근묵成近默, 1784~1852이 매학정에 들려 시를 한 수 남긴다.

경포호가 면목을 달리하니 鏡湖移面目
온화한데다가 숲동산이 있네 蘊藉更林園
산은 소나무 사이로 멀리 보이고 山出松間逈
하늘은 바닷가 아득히 낮게 보이네 天低海際昏
백사장에 배를 대니 거룻배 비껴있고 泊沙橫小艇
나그네 머무니 술동이에 취했네 留客醉芳樽
낫다 못하다고 품평하지 마시오 甲乙休題品
정자에는 마땅히 두 가지 다 있으니 臺亭合兩存

송병선은 매학정을 소쇄蕭灑라는 평어로 그려냈다. 성근묵의 눈에 비친 매학정의 미학은 온자蘊藉였다. 너그럽고 여유 있으며, 온화하고 인자함이다. 주변이 숲으로 이루어졌기 때문인 것 같다. 경포호 주변에는 정자가 많은 것으로 유명하다. 호사가들은 정자를 품평하면서 순위를 매겼던 것 같다. 정자마다 장단점이 있다며 일침을 놓는다.

김형진金衡鎭이 시루봉 아래에 정자를 세우고 매학정이라 부른 것으로 알려졌다. 정범조丁範祖, 1723~1801가 1779년에 지은 「매학정기」에 의하면 주인이 김지윤金志尹으로 되어있다. 1779년 이전에 김지윤에 의해 매학정이 건립되었음을 알 수 있다. 고종 26년인 1889년에 금란계원들이 인수하였고 계모임의 이름에 따라 금란정金蘭亭이라 명명하였다. 앞면에 '금란정'이라는 현판이 걸려 있고, 옆면에 '경중별업鏡中別業'이라는 현판이 걸려 있다. 송병선의 「동유기」를 보면 매학정 왼쪽에 방학정放鶴亭이 있는데, 통천군수 이봉구李鳳九의 별업이라고 기록하였다. '방해정'이 처음에는 방학정이었음을 알려준다. 매처학자梅妻鶴子는 매화를 아내로 삼고 학을 자식으로 삼는다는 말로, 아무 근심 없이 편안하게 풍류를 즐기며 사는 생활을 비유적으로 이르는 말이다. 임포林逋는 중국 항주에 있는 서호의 동산에 살면서 매화를 심고, 학을 기르며 20년 동안 성안에 들어오지 않고 풍류생활을 한 것으로 전해진다. 매화를 사랑했던 임포는 매화가 필 때가 되면 한 달이나 문밖을 나가지 않고 종일 매화를 감상하고 노래를 부르며 혼자 즐겁게 지냈다. 방학정放鶴亭은 임포가 학을 키운 곳으로, 그가 학을 날려 보내면 학이 되돌아왔다고 한다. 방해정은 이봉구가 만년을 보낸 곳이다. 자신을 임포에 빗대지 않았을까.

활래정

효령대군 10대손 이내번李乃蕃, 1703~1781은 충주에서 외가가 있는 강릉으로 이주하였다. 어느 날 족제비가 떼를 지어 서북쪽으로 이동하는 것을 보고 이를 쫓다가 지금의 선교장터를 발견했다. 왼쪽으로는 살아 있는 용의 형상이고, 오른쪽으로 내달린 언덕은 자손의 번창을 보여준다. 뒤쪽에 높지 않은 산줄기가 둘러져 있고, 앞으로는 얕은 내가 흐르는 천하의 명당이었다. 이곳에 새집을 짓고 살았다.

1816년에 이후李垕, 1773~1832는 정자를 짓고 주희가 쓴 시에서 활래活來를 따와서 이름붙였다. 조인영에게 「활래정기」를 요청하였다.

> "선교장의 왼쪽에 둑을 쌓아 물을 가두고 중국에 있던 연을 심었습니다. 그 위에다 정자를 세우고 주자의 시에서 '살아있는 물이 온다[活水來]'라는 뜻을 취하여 편액을 '활래정'이라 하고 아침저녁으로 거닐면서 즐기고 있습니다. 저를 위하여 기문을 써 주십시오.", "대개 주자는 마음을 물에 비유하신 것입니다.…… 사람의 마음은 본래 살아 있는데, 살아 있지 못할까 염려하는 것은 바깥 사물을 소유함으로 인해 누를 받음이 있기 때문입니다.…… 그대는 그

렇지 않습니다. …… 정자는 발자취를 거두고 세상사를 쉬면서 그 마음에 살아 있는 것을 깃들이고자 한 것입니다. 마음에 맞는 곳은 진정 멀리 있는 것이 아닙니다. 작은 연못도 또한 호수와 바다인 것입니다."

하늘과 구름이 배회하는 맑은 연못은 마음의 본래적인 모습을 형용하는 비유적인 표현이다. 근원에서 살아 있는 물이 솟아나기 때문에 맑은 본체를 갖게 되었다는 것을 말한 것이다. 외물에 구애를 받지 않아서 연못을 호수와 바다처럼 여기게 된 주인을 칭송한 글이다.

작자미상, 〈활래정〉, 《금강산도권》

정조를 모셨던 김계온金啓溫, 1773~1823은 1816년 금강산 일대를 유람한 뒤 김홍도의 『금강사군첩』을 본떠 그리게 한 뒤 시를 덧붙여 『와유록』을 만들었다. 여기서 의문이 생긴다. 김홍도가 강릉에 도착하여 그림을 그린 시기는 1788년이다. 김홍도의 그림을 보고 1816년에 본떠 그린 『와유록』에 1816년에 완성된 활래정이 포함된 것이다. 김계온의 강릉 선영을 그린 모선재慕先齋 그림도 원본에 있었는지 의심스럽다. 아마도 원본에다 활래정과 모선재 등 몇 작품을 추가한 것이 아닐까.

조병현趙秉鉉, 1791~1849의 「활래정」을 살펴보자.

경포 동쪽으로 유람온 나그네 鏡浦東遊客
활래정을 잠시 지나게 되었네 溪亭又暫過
소나무 푸르고 주인은 책 읽고 松堪秋士讀
연꽃은 바다 신선을 위해 피었네 荷爲海仙歌
놀과 달은 정을 따라 얻어지고 霞月緣情得
새와 물고기는 자신 뜻대로 사네 禽魚盡意多
걸음 멈추고 오랫동안 둘러보니 駐笻流眄久
도회지에서 사는 게 부끄럽네 翻愧軟塵珂

조만영·조인영 등과 함께 풍양조씨의 중심인물로 활동한 조병현의 작품이다, 그는 천주교도의 처형이 계속되자 무죄한 교도들을 학살한 것에 가책을 느껴 형조판서직에서 사임했다. 그는 자신의 뜻대로 사는 활래정 주인을 보고 부끄러움을 느낄 정도로 부러웠다.

취적정

김창흡金昌翕이 1705년에 향호香湖를 찾았을 때는 저녁 무렵이었다. 조그만 배를 호수에 띄우고 한 잔 하였다. 저녁이 되자 더욱 아름다웠노라고 「설악일기」에 적는다. 이후 「동유소기」에서 향호에 대한 자신의 심미관을 피력한다. "향호는 맑고 깨끗하여 사랑스러우니, 우계牛溪의 평에 부끄럽지 않다. 누정이 위치한 곳이 조금 낮은 곳인 듯하다. 만약 문장에 비유한다면 경포는 대가이며 이곳은 명가名家다. 왕유와 맹호연, 이백과 두보의 관계와 같다." 우계牛溪의 평이란 성혼成渾, 1535~1598이 향호에 대해 평가했던 것을 말한다.

> 집 곁 몇 리 밖에서 경치 좋은 곳을 찾았는데, 이름을 향포香浦라 한다. 두 산이 에워싸고 앞에 호수가 있으며 백사장과 낙락장송이 우거져 별유천지別有天地이니, 참으로 신선이 사는 경치라 할 만하다. 깨끗하고 아늑한 정취가 자못 경포호보다 낫다. 이 호수는 둘레가 10리 이고 경포호는 둘레가 30리라 한다.

성혼은 깨끗하고 아늑한 정취가 경포호보다 낫다고 보았으나, 김창흡은 정자가 위치한 곳이 낮아서 조금 아쉬웠다고 본 것이다.

작자미상, 〈취적정〉, 《금강산도권》

길은 마을 입구에 있는 취적정取適亭 앞을 지나간다. 정자를 처음 지은 이는 이영부李永敷, 1644~1708다. 『강원도지』는 송시열의 문인으로 숙종 정사년(1677)에 상소를 올려 당시 폐단을 강하게 간하였으나, 당시 뜻과 크게 어긋나서 향호에 물러나 살면서 정자를 짓고 고기와 새를 벗 삼아 세상을 피해 유유자적했다고 기록한다.

『조선왕조실록』을 펼치니 숙종 3년인 1677년 4월 8일에 일어난 사건이 기록되어 있는데, 주인공이 이영부다.

광주廣州 사는 생원 이영부李永敷가 상소하여, 작년에 농사가 잘되고 못되고 한 정도를 급으로 나눈 것이 균등하지 못하여 민원이 떼로 일어나고 있는 것과, 과거가 공정하지 못해서 인재 등용이 난잡해진 폐단을 극력 말하고, 또한 예禮를 의논하다 죄를 입은 원통한 사람 및 최신崔愼 등은 은덕을 입지 못한 것을 극력 말했다.

이 일이 있은 후 이영부는 향호로 내려와서 살게 되었다. 이에 김간金幹은 향호로 돌아가는 이영부를 보내는 글을 짓는다. 송시열은 「이영부의 취적정 운에 차운하다」를 짓는다.

이러한 풍광 얻기 쉽지 않은데 如許江山不易圖
그대의 집터 정말 신령스러운 곳이네 君家能卜此靈區
침향沈香과 신선은 천년의 자취이고 沈香仙子千年跡
세상 피하는 생활 한 구비 호수로다 避世生涯一曲湖
힘써 미친 물결 막으니 참으로 선비고 力捍狂瀾眞介士
몸소 들에 와서 밭가니 곧 농부네 身耕荒野卽農夫
한 가닥 맑은 뜻을 뉘라서 알 것인가 一般淸意誰知道
모래사장 여기저기 갈매기만 알 뿐 惟有沙鷗點點孤

취적정에 오르니 이영부의 시가 걸려 있다. "달 밝고 물결 잔잔한 밤에, 한가로이 취적정에 올라, 창랑곡 한 곡조 부르니, 모든 세상일 욕심이 없네." 향호에서 어떻게 살고 있는지, 심리상태가 어떠한지를 담담하게 보여준다. 잔잔한 향호와 같은 삶이다. 그림이 잘 보여준다.

모선재

김계온金啓溫, 1773~1823은 50일에 걸쳐 금강산 일대를 유람한 후, 화원에게 부탁해 김홍도의 『금강사군첩』을 그대로 본떠 그리게 하였다. 여행 틈틈이 지은 시를 화첩에 덧붙이고 『와유록』이라 하였다. 그때가 1816년이다. 함께 유람했던 김학빈의 아들이 화첩을 더 남기기 위해 다시 다른 화원에게 본떠 그리게 하였다. 시문은 김병성에게 원본과 똑같이 쓰게 해서 1853년에 완성하였다.

『와유록』를 임모한 것으로 보이는 작품이 『금강산도권』이다. 두루마리에 그린 그림이다. 모두 76점인데 김계온의 강릉 선영을 그린 모선재慕先齋가 포함되어 있다. 화제는 '재호모선상재경지齋號慕先桑梓敬止'다. 재호모선齋號慕先은 사당의 이름이 모선재慕先齋란 뜻이다. 상재경지桑梓敬止는 『시경』「소반小弁」에 나온다. 이런 구절이 있다.

뽕나무와 가래나무에 대해서도 維桑與梓
반드시 공경해야 하리니 必恭敬止
바라보면 아버지 아닌 것이 없고 靡瞻匪父
그리워하는 건 어머니 아닌 것 없네 靡依匪母

작자미상, 〈모선재〉, 《금강산도권》

고향에 있는 집, 나무 등이 모두 추억이 엉킨 그리움의 대상이다. 부모형제는 고향에 없어도 이런 것들을 통해서 고향에 애정을 붙이고, 부모를 그리워한다. 부모님이나 조상들이 심어 키운 뽕나무, 가래나무 등을 통해서 부모님을 연상할 수 있는 도구로 삼아 부모님 그리는 정을 노래한 것이다.

홍경모洪敬謨, 1774~1851의 『관암전서』에 「오헌寤軒 김옥여金玉如-계온啓溫-와유첩臥遊帖에 쓰다」란 글이 있다. 그림을 보고 느낌을 적은 것이다. 『와유첩』 전 작품에 대한 것이 아닌 금강산 명승 29개소에 대하여 썼다. 피금정, 단발령, 장안사부터 시작해서 내금강, 외금강을 망라하였다. 동해안의 옹천, 총석, 삼일호, 해산정, 대호정, 해금강도 포함되었다. 간성, 양양, 강릉 등의 명소에 대한 글은 없는 것이 특징이다.

그 중 장안사에 대한 평은 이렇다.

> 만천교를 건너 계곡물을 지나가 곧바로 신선루에 오르면 이 마음은 이미 날아갈 듯 하다.
> [渡萬川橋過溪水寮, 直上神仙樓, 此心已飛越矣]

구룡연에 대한 평은 절묘하다.

> 모양은 기궤하고, 형세는 달리는 듯하고, 정신은 순수하며, 소리는 멀리서 들리며, 색은 위엄이 있으며, 정취는 영원하고, 기운은 냉랭하다.
> [其形也詭, 其勢也駃, 其神也粹, 其聲也遠, 其色也厲, 其趣也永, 其氣也凜]

모선재는 강릉 어디를 그린 것인지 묘연하다. 김홍도가 모선재를 그렸을까. 김계온이 원작에는 없지만 특별히 그려달라고 부탁을 했을까.

죽서루

김홍도와 김응환은 죽서루를 화폭에 담기 위해 오십천을 건넜다. 언덕에 앉아 죽서루를 휘감아 도는 오십천을 묘사하기 시작했다. 왼쪽을 보니 백로 세 마리가 한가롭다. 정조의 명을 받들어 그림여행을 떠난 김홍도의 그림은 산천이 주제다. 간혹 유람하는 나그네가 조그맣게 그려져 있기도 하고, 말이 등장하기도 한다. 새를 그린 경우는 아주 드문데 죽서루에는 백로가 등장한다. 정약용은 「어사부용선기御賜芙蓉扇記」에서 이렇게 적고 있다. "부채를 접으면 한 주먹에 불과하지만, 펴면 세 자나 된다. 한쪽에는 활짝 핀 연꽃 한 쌍과 아직 피지 못한 연꽃 봉오리 세 송이를 그렸다. 잎은 완전한 것이 다섯, 중첩되어 반만 그려진 것이 셋, 오그라져서 축 늘어진 것이 하나, 위로 말아올라간 것 두 개를 그렸다. 오리는 물결을 차면서 가는 것이 한 쌍, 조는 것이 한 마리, 주둥이를 깃털 속에 박고 깃털을 다듬는 것 한 마리를 그렸다. 이는 김홍도의 작품이다." 연꽃과 오리를 그린 부채를 설명하는 글이지만 새 종류의 묘사도 탁월했음을 보여준다. 세 마리 백로가 이야기를 주고 받는 듯하다.

죽서루 아래로 노 젓는 배는 한가롭다. 뱃놀이를 즐기는 중이다. 오른쪽엔 지금은 사라진 섬이 보인다. 바다로 향하는 오십천은 죽서루를 포위하듯 에워싸며 흘렀지만 지금은 물길을 직선화시켰다. 오십천이 부드러움이라면 물의 흐름을 막고 우뚝 선 절벽은 강인함이다. 바위를 힘찬 붓 터치로 그리기 시작한다. 가로로 절개된 바위와 도끼로 찍어 내린 듯한 바위를 짙게 칠하니 견고한 성벽이 따로 없다. 절벽 위로 짙푸른 나무가 우뚝하다. 커다란 고목 두 그루를 중심으로 왼쪽 산기슭엔 소나무, 오른쪽 절벽과 오십천이 만나는 곳엔 버드나무가 균형을 맞췄다. 바위와 나무 사이에 건물을 자연스럽게 배치시켰다. 가운데는 죽서루, 오른쪽은 연근당, 왼쪽은 응벽헌이다. 아스라한 배경은 봉황산이다. 옛 모습은 많이 훼손됐지만 김홍도의 시선으로 죽서루를 감상하려면 먼저 죽서루 건너편에서 조망해야 한다. 김홍도 이전에 정선도 이곳에서 죽서루를 그렸다. 강세황도 마찬가지다. 무작정 죽서루에 오르기 전에 화가의 시선으로 죽서루를 감상해야 한다.

죽서루에 오르니 걸려 있는 현판들이 역사와 문화와 풍류를 보여준다. '관동제일루關東第一樓'라는 현판은 죽서루의 위상을 압축적으로 보여준다. 관동지방에서 제일이라는 자부심은 '해선유희지소海仙遊戲之所'라는 현판에서도 읽을 수 있다. 바다의 신선이 노니는 곳이다. 바다의 신선은 아마도 바다에 싫증이 났는가 보다. 더 아름다운 곳을 찾다 죽서루에서 놀았다는 뜻일까? '제일계정第一溪亭'도 죽서루의 특징을 요약하였다. 층층 바위 벼랑이 천 길이나 되고 맑은 못과 긴 여울이 휘감아 도는 이곳은, 바다의 볼거리와 차별화된다. 그곳에 죽서루가 자연과 조화를 이루며 하나가 되었다. 시냇가에 있는 정자 중에 제일이라는 이름에 걸맞다.

김홍도, 〈죽서루〉, 《금강사군첩》

김응환, 〈죽서루〉, 《해악전도첩》

난간에 기대 서쪽을 바라보면 백두대간과 우뚝한 두타산이 장대하다. 정철은 "진주관 죽서루 오십천의 흘러내리는 물이, 태백산 그림자를 동해로 담아 가니."라고 「관동별곡」에서 노래할 수밖에 없었다. 태백산 그림자를 담아 흘러온 물은 죽서루 밑에 쌓이고 쌓여 짙푸른 응벽담이 되었다.

죽서루를 대표하는 미학 중의 하나가 자연스러움이다. 죽서루의 기둥은 자연 그대로의 바위 위에 세웠다. 주춧돌은 모습이 일정하지 않고 다듬지 않았다. 자연 그대로의 모습을 존중할 뿐만 아니라, 인공을 가미해서 미안해하는 마음까지도 읽을 수 있다. 누대 마루는 바위와 자연스럽게 연결된다. 맞은편은 마루보다 바위가 더 높아 자연 속에 앉은 듯하다.

능파대

예전에는 '추암'이라고 불렀다. 조선시대에 '능파대'라고 이름을 바꾸고 내내 그렇게 불렀다. 유람 온 사람도, 이곳에 올라 감격을 노래한 사람도 능파대라고 기록하였다. 그림을 그린 사람도 화제에 능파대라 적었다. 지금은 다시 추암이라 부르기도 하고, 촛대바위라고도 한다.

김홍도, 〈능파대〉, 《금강사군첩》

이곳은 지질이 특이하다. 능파대는 육지와 연결된 섬과 촛대바위와 같은 암석기둥을 포함한 지역을 가리킨다. 라피에는 석회암이 지하수의 용식작용을 받아 형성된 암석기둥을 말하는데, 이곳은 다른 지역과 달리 파도에 의해 만들어진 국내 유일의 해안 라피에다. 촛대바위를 비롯하여 다양한 바위는 숲을 이룬 것 같아 석림石林이라고도 한다. 촛대바위는 파랑의 침식작용으로 만들어진 시스택sea stack에 해당되는 지형이다.

김창흡金昌翕, 1653~1722은 새벽에 능파대에서 일출을 보았다. 일출을 보고 나니 옥을 쌓은 듯한 바위가 눈앞에 우뚝 솟았다.

많은 바위 둘러싸인 대에서 푸른 파도 굽어보니 萬石環臺瞰碧瀾
금강산 줄기 떨어져 나와 험한 바위 되었네 衆香餘脉落孱顔
자라 머리 들어 바위 이니 바위는 좁기만 하고 鰲兒小戴雲根窄
늙은 신선 홀로 쭈그리니 발은 차기만 하네 僊叟孤蹲玉趾寒
깊은 동굴에 물결치니 황종黃鐘 가락 같고 浪漱嵌空鐘律會
우뚝한 바위에 해초 끼니 이끼 꽃 알록달록 藻延嶢岏蘚花斑
온갖 자태 모두 묘사하려면 천 날이 필요한데 描窮萬態須千日
생각 짧아 아침에 말 세우고 바라만 보네 意短崇朝立馬看

능파대에 서면 필설로 표현 할 수 없을 정도의 기이함에 탄복한다. 언어도단이란 표현을 이런데 쓸 수 있을 것이다. 능파대를 표현하려면 천 일이 필요하다고 천하의 김창흡이 엄살을 부릴 정도다. 그래도 억지로 묘사한다. 금강산에서 떨어져 나온 것이라고. 자라가 머리에 메고 있는 것 같다고. 「영남일기嶺南日記」에서도 능파대를 언급하고 있는데, 능파대 가운데 바위 하나가 홀로 뛰어난데 마르면서 굳센 것이 늙은 신선의 모습과 같다고 보았다. '마르면서 굳센[瘦勁]' 미학으로 촛대바위를 읽어낸 그의 심미안이 탁월하다. 김창흡의 시를 예서체로 전아하게 새겨서 해암정에 걸어놓았다. 시에선 아직도 기괴한 바위와 파도가 만들어내는 굵고 낮은 저음이 들린다. 가장 낮은 음인 황종黃鍾이 계속 울린다.

능파대는 유람의 공간이기도 하지만 신선이 사는 신령스러운 공간이다. 탈속의 공간이다. 가뭄이 지속되면 삼척부사들은 이곳에 와서 기우제를 지냈다. 이헌경李獻慶, 1719~1791의 「삼척능파대기우제문三涉凌波臺祈雨祭文」에서 간절함을 엿볼 수 있다.

고성에도 능파대가 있다. 이곳과 구별되는 것은 무엇일까? 먼저 촛대바위처럼 바다 위에 솟은 바위의 유무에서 다른 점을 찾을 수 있다. 고성의 능파대에선 촛대바위 같은 것을 찾을 수 없다. 또 다른 것은 고성의 능파대는 풍화작용이 많이 진행되어서 곰보처럼 구멍 뚫린 것을 쉽게 찾아볼 수 있다. 동해의 능파대는 견고한 바위의 모습을 보여준다. 깡마르면서 굳센 촛대바위가 대표적이다. 숲의 모양 같은 석림도 동해 능파대만의 특징이다.

무릉계

무릉武陵에 사는 어부가 복숭아꽃을 따라가다 어떤 곳에 이르게 되었다. 그곳 사람들은 전쟁을 피해 수백 년 동안 바깥 세상과 접촉을 끊고 살고 있었다. 동굴 밖으로 나온 뒤에는 다시 찾을 수 없었다는 낙원 같은 이상향을 '무릉도원武陵桃源'이라 한다. 전국의 곳곳에 보이는 '무릉'은 여기서 유래한다. 두타산에도 무릉도원이 있다. 경치가 뛰어나 신선의 세계에서나 볼 수 있는 계곡을 무릉계武陵溪라 불렀다.

허목許穆, 1595~1682은 1661년에 「두타산기」를 남겼다. 당시에 삼화사는 무릉계곡 입구에 있었는데 임진왜란 중에 불타버린 후였다. 가시덩굴이 우거진 속에 허물어진 옛 탑과 철불만 남아 있었다. 철불을 중대사로 옮겼는데 장마가 들어 중대사도 무너지고 철불이 다시 땅에 묻혔다. 밭을 갈던 농부가 발견해 절로 옮겼다가 골동품상이 밀반출해서 묵호로 가져갔다. 기자의 꿈에 철불이 나타나 현장을 가니 꿈에서 본대로 철불이 숨겨져 있었다. 경찰이 골동품상을 체포하고 철불은 다시 절로 돌아올 수 있었다.

산으로 들어가 보니 계곡은 온통 무성한 소나무와 거대한 바위뿐이다. 여울을 굽어보며 마주하여 우뚝한 바위가 '범바위[虎巖]'다. 밑은 호암소다. 옛날 도술에 능한 스님이 지나가다가 호랑이가 해치려 하자 신통력을 발휘하여 소沼를 훌쩍 건너뛰었다. 호랑이가 뒤따라 건너뛰다가 소에 빠져 죽었다는 전설이 전해진다. 암벽에는 호암이란 글씨가 새겨져 있다.

위로 올라가 '사자목[獅子項]'에 섰다. 앞에 펼쳐진 너럭바위가 '마당바위[石場]'다. 시냇물은 맑고 바위는 희다. 물이 바위 위로 흐르는데 맑고 얕아 건널 만하다. 날이 저물자 소나무 그림자가 길게 늘어진다. 1600년에 무릉계를 유람한 김효원金孝元은 마당바위를 '버린 바가지 바위[棄瓢巖]', 북쪽 벼랑을 '반학대伴鶴臺'라 했다. 금란정에서 본 너럭바위를 김홍도가 그대로 묘사하였다. 가운데 넓게 펴쳐진 너럭바위와 와폭, 그리고 와폭 옆의 반학대는 실경 그대로다. 용추폭포 옆에 겸재 정선의 이름이 새겨진 것으로 보아 김홍도 이전에 정선은 무릉계를 들렀던 것으로 보인다. 빼어

김홍도, 〈무릉계〉, 《금강사군첩》

난 경관을 보고 그대로 지나치지 않았을 것이다. 동행했던 이병연李秉淵은 「무릉계곡 반석」을 노래한다.

숲이 끝나자마자 밝게 빛나니 林端來皓色
신선 사는 곳은 온통 너럭바위 洞府一盤陀
평평하게 펼쳐져 흠 없는 옥이요 平展無瑕玉
오랫동안 갈려서 물결 일지 않네 長磨不盡波

이병연의 눈엔 너럭바위 밖에 보이지 않았다. 숲속에서 나오자마자 하얗게 빛나는 바위, 선경이 따로 없다. 오랜 세월 마모된 바위는 옥과 같다. 그 위로 흐르는 물은 소리도 없이 미끄러진다. 또 하나의 장관은 바위 위에 새겨진 글씨다. 수백 명이 빼곡히 들어섰다. 너럭바위에 새기지 못한 이는 주변의 크고 작은 돌에 새겼다. 단연 눈길을 끄는 글씨는 삼척부사를 지낸 옥호거사 정하언鄭夏彦이 쓴 초서 글씨이다. 무릉선원武陵仙源 중대천석中臺泉石 두타동천頭陀洞天은 무릉계의 도원, 중대사의 산수, 두타산의 선경을 표현한 것이다.

마당바위를 지나 서북쪽으로 올라가면 중대사中臺寺다. 산불이 나서 전소된 것을 다시 지었다. 산속의 시내와 바위가 엇갈리는 지점에 있어서 가장 아름다운 절이다. 앞 계곡이 '무릉계武陵溪'다. 지금 삼화사는 중대사가 있던 자리였다. 삼화사 일대가 시멘트 개발에 들어가면서 사찰이 철거되고 중대사의 옛터에 사찰을 중창해 옮기면서 무릉계의 주인이 되었다.

용추

무릉계곡에 갔다가 신선의 세상에 다녀왔다는 이야기가 전해진다. 신광한申光漢, 1484~1555의 소설집 『기재기이企齋記異』에 등장하는 「최생우진기崔生遇眞記」가 바로 그것이다. 신광한은 조광조 등과 함께 고금의 시무時務를 논하여 채택되는 바가 매우 많았으며, 1518년 특명으로 대사성에 올랐다. 이듬해 기묘사화가 일어나자 조광조 일파라고 탄핵을 받아 삼척부사로 좌천되고, 이듬해에 파직되었다. 이때에 두타산에 왔다가 소설을 착안했던 것 같다.

삼척부 서쪽 두타산에 골짜기가 있다. 연못 위에 검은 학이 둥지를 틀고 살아 학소동鶴巢洞이라고 부르기도 하고 용추동龍湫洞이라고 부르기도 한다. 세상 사람들은 그곳을 진경眞境이라고 하는데 아무도 끝까지 들어가 본 사람이 없었다. 최생이란 선비가 두타산 스님과 함께 무릉계곡에 들었다가 용추폭포에서 추락해 행방불명되었다. 용궁으로 들어가 융숭한 대접을 받고 노래와 춤으로 즐겁게 지내다 학을 타고 돌아왔다는 이야기다.

김효원金孝元, 1532~1590은 1577년 3월 20일 행장을 꾸려 두타산으로 향했다. 일주일 동안 무릉계와 두타산을 유람하고 「두타산일기」를 지었다. "물소리가 격렬하여 마치 우레 같으며, 일천 장

아래로 떨어져서 못이 되었는데, 짙푸르고 물이 많아서 깊이를 헤아릴 수가 없다. 웅덩이가 넘쳐 쏟아지는데 세 개 절구 모양을 이루었다. 세간에 전하길, 용이 숨어 있어서 비를 빌면 곧 응답한다고 한다. 바위를 우화羽化라 이름 지었다." 용추폭포 일대를 묘사를 한 것이다. 허목許穆, 1595~1682은 두타산을 찾았던 일을 「두타산기」에 기록하였다. 넘어진 항아리같이 생긴 바위가 넓게 골짜기를 독차지하고, 물이 그 가운데에 고여 있는데, 짙고 검은 빛이어서 굽어보아도 헤아릴 수가 없을 정도라고 묘사하였다. 가뭄이 들면 이곳에서 기우제를 지낸다고 하였다.

작자미상, 〈용추〉, 《금강산도권》

이병연李秉淵은 1732년에 삼척부사로 발령받았다가 1736년 4월 삼척을 떠났다. 5년 가까운 시간을 삼척에서 지낸 것이다. 이 시기 정선鄭敾은 포항 북쪽 청하淸河 현감으로 제수받았다. 1733년 6월부터 모친이 세상을 떠난 1735년 5월까지 약 2년을 삼척 가까운데서 근무한 것이다. 이 시기에 함께 한 흔적이 두타산 용추폭포에 나란히 남아있다. 그림을 그렸을테지만 전해지는 것은 없다. 1788년에 김홍도가 무릉계를 그리기 위해 두타산을 찾았다. 무릉계만 그리고 갔다면 수박 겉만 핥은 격이다. 용추폭포까지는 왔다 가야 두타산을 유람했다고 할 만하다. 이의성의 『관동명승첩』에 삼척의 용추와 능파대를 그린 그림이 수록되어 있는데, 김홍도의 『금강사군첩』과 화면 구성, 구도, 시점 등이 거의 같다. 김홍도의 그림을 모사한 것으로 보인다. 작자 미상의 『금강산도권』도 김홍도 그림을 모사한 것으로 알려졌다.

채제공蔡濟恭, 1720~1799은 1751년에 삼척으로 유배되었다. 그때 무릉계에 왔다가 「용추를 방문하다」를 남긴다.

두타산 첫 번째 언덕을 칼로 깎아 내어 削出頭陀第一皐
하늘로부터 은하수 물결을 쏟아부었네 中天奔放白河濤
물 감도는 바위 구멍에는 용을 깊이 감추었고 輪旋石竇藏龍邃
포말 날리는 층층 숲은 새와 나란히 높아라 沫射林層竝鳥高
만 리 천지를 떠돌다가 명승지로 돌아와서 萬里浮遊還地勝
반년 만에 다시 보니 문득 마음 호탕하네 半年重覩輒心豪
사군의 풍류 빚이 그 무엇보다 가련하구려 最憐明府風流債
바위 꼭대기에 정자를 미처 짓지 못하였네 未有巖顚置屋牢

성류굴

560년에 진흥왕이 성류굴에 행차했다. 입구에서 230m쯤 떨어진 광장에 50인의 보좌를 받으며 행차했다는 내용을 새겼다. 798년인 원성왕 14년에 새긴 것으로 추정되는 글씨 30여자도 발견되었다. 화랑 이름인 '공랑共郎', 승려 이름 '범렴梵廉' 등이 확인되었다.

성류굴은 『삼국유사』에도 등장한다. 「명주오대산보질도태자전기溟州五臺山寶叱徒太子傳記」에 "보질도태자는 항상 골짜기의 신령스러운 물을 마시더니 육신이 공중으로 올라가 유사강에 이르러 울진대국의 장천굴에 들어가 도를 닦았다. 다시 오대산 신성굴로 돌아와 50년 동안이나 도를 닦았다고 한다." 보질도태자는 보천태자를 말한다. 성류굴을 장천굴, 탱천굴이라 부르기도 했다.

고려 말인 1349년에 이곡李穀, 1298~1351은 성류굴을 답사하고 성류굴에 관한 기록을 「동유기」에 남겼다. 이곡에게 성류굴은 기이함을 체험하는 유람의 공간이었다. 자세하고 섬세한 묘사에 절로 감탄하게 된다.

화가들도 성류굴 유람 대열에 합류하였다. 그들에게 성류굴은 화폭에 옮기기에 적절한 대상이었다. 정선鄭敾, 1676~1759은 1734년 경상도 청하현감으로 있으면서 여러 점의 그림을 남겼는데,

김홍도, 〈성류굴〉, 《금강사군첩》

성류굴 그림도 그중 하나다. 깎아지른 듯 우뚝 솟아있는 암봉이 굳세다. 동굴을 품고 있는 산을 진한 먹으로 표현하였다. 굴 앞을 흐르는 왕피천의 모습도 사실적이다.

정조의 어명으로 금강산 및 관동팔경 지역을 사생 여행하게 된 김홍도와 김응환의 발길도 이곳에 머물렀다. 정선이 왕피천 건너서 그렸다면 김홍도는 성류굴이 있는 산 아래서 위를 쳐다보며 그렸다. 바위산이 얼마나 웅장한지 성류굴과 유람객을 발견하기 어려울 정도다.

성류굴은 문화의 공간으로 변해간다. 김시습은 「성류굴에서 하룻밤 자며」라는 시를 남겼고, 문인들은 다투어 시와 여행기를 남겼다. 신즙申楫, 1580~1639은 특이하게 「석유石乳」를 남긴다.

기이하도다, 조물주의 공이여 異哉造化功
연꽃술을 새긴 듯 만들었네 刻作蓮花蘂
하늘이 백성 장수하게 하려고 天欲壽吾民
일부러 돌 진액을 열게 했네 故令開石髓

석유石乳는 동굴의 천장이나 벽에 매달려 있는 고드름 같이 생긴 종유석이다. 종유석에서 흘러나오는 진액을 석수 혹은 석종유라 하며, 복용하면 장생불로한다는 도가의 전설이 있다. 위나라 왕렬이 태항산에 갔는데, 산이 쪼개지면서 그 속에서 골수 같은 푸른 진액이 나왔다. 그것을 환약으로 만들어 복용하니 3백 28세가 되도록 젊은이의 얼굴과 같았다는 이야기가 전해져 온다. 『동의보감』은 약으로 쓰는 돌의 하나로 성질은 따뜻하고 맛은 달며 독이 없다고 소개한다. 정약용은 편지에서 "황해도에는 동굴과 석혈이 많아 종종 석종유의 진품이 있다고 하던데, 구할 수 있는지 물어보아 구해 주십시오. 그동안 앓아온 병근이 끝내 떨어지지 않아서 석종유를 복용하기로 결심하였습니다. 구공歐公이 석종유 복용을 조심하라 한 것은 바로 위조품을 지적한 것이지 진품은 본시 해가 없는 것입니다."라고 한 것으로 보아 조선시대에 귀한 약으로 쓰였다는 것을 알 수 있다.

망양정

망양정은 경북 울진군 근남면 산포리 뒷산에 있다. 지금은 울진군이 경상도이지만 예전에는 강원도였다. 1784년에 김홍도는 망양정과 가까운 안동의 안기역에 찰방으로 부임하여 약 2년을 보냈다. 지방의 풍물과 산수를 접하고, 지방 수령들과 함께 안동 청량산을 유람하며 시, 서, 화를 나누는 등 정기적으로 지방 사대부들과 풍류 모임을 가졌다. 김홍도는 임기가 끝나자 도화서로 복귀했다. 1788년에 안기 가까운 울진에서 화첩기행을 하게 된 것이다.

북쪽으로 왕피천이 흐르고 동쪽으로 동해를 마주보며 우뚝 선 망양정은 1860년(철종 11년)에 울진현령 이희호가 지금의 자리로 옮겨 세우면서 새역사는 시작되었다. 망양정이 이곳으로 오기 전의 모습을 김홍도의 그림 속에서 볼 수 있다. 최초의 망양정은 기성면 해안가에 세워졌는데, 1471년에 평해 군수 채수蔡壽가 현종산 기슭으로 옮겨놓았다. 정철이 「관동별곡」에서 "하늘의 맨 끝을 끝내 못보고 망양정에 오르니, 바다 밖은 하늘인데 하늘 밖은 무엇인가? 가뜩이나 성난 고래를 누가 놀라게 하기에, 물을 불거니 뿜거니 하면서 어지럽게 구는 것인가? 은산을 꺾어 내어 온 세상에 흩뿌려 내리는 듯, 오월 드높은 하늘에 백설은 무슨 일인가?"라고 한 것도 채수가 현종산 기슭으로 옮겨 지은 망양정에서 지은 글이다.

송광연宋光淵, 1638~1695의 「남해록결어」를 읽으면 망양정 주변의 지형이 그려진다. "망양정에 올랐다. 현종산 산줄기 하나가 바다 속으로 뾰족하게 도드라진 것이 누에머리 모양과 같다. 좌우의 돌부리가 줄지은 것이 바둑돌을 놓고 별이 열을 짓는 것 같다." 현종산 산줄기가 누에머리처럼 뻗어 바다로 들어간 형국을 묘사한 것이다. 유휘문柳徽文, 1773~1832은 「북유록」에서 망양정이 있는 공간을 이렇게 묘사한다.

> 식사 후 출발해서 망양정에 이르렀다. 바닷가에 돌벼랑이 십 리 가량 널리 펼쳐져 있는데, 가운데 석대石臺가 바다 쪽으로 깊숙하게 쑥 들어갔다. 세 방향은 자른 듯이 경계가 확실하다. 큰길이 뒤를 가로지른다. 바다를 빙 둘러보니 눈에 보이는 것이 끝없다.

현종산에서 흘러온 산줄기가 누에머리 모양으로 바다 속으로 들어갔다. 누에머리는 온통 바위다. 큰 길이 정자 뒤를 가로지른다는 것은 김홍도 그림과 일치한다. 정자 뒤로 울진과 평해를 연결하는 길이 있었다.

정자가 서 있는 공간에 또 다른 건물이 있었다. 채수는 「망양정기」에서 정자의 조금 북쪽을 둘러 8칸을 짓고 영휘원迎暉院이라 하였다는 기록이 보인다. 8칸 건물이면 정자보다도 더 큰 건물이다. 김홍도의 그림엔 조그만 건물 한 채가 보인다. 누에머리처럼 생긴 석대 위에 망양정뿐만 아니라 편의를 제공하기 위한 건물인 영휘원이 있었다.

김홍도, 〈망양정〉, 《금강사군첩》

김응환, 〈망양정〉, 《해악전도첩》

망양정에 대해 가장 뛰어난 심미안을 갖고 평가한 사람은 이산해李山海일 것이다. 「망양정기」는 망양정에 대한 헌사다. 그는 글쓰기와 망양정을 연관 짓는다. 글이란 기氣가 주가 되므로 기가 충실하지 못하고서 글을 잘할 수 없다는 입장이다. 사마천은 명산대천을 두루 유람하여, 기를 얻어 말로 나타내었던 까닭에 글이 뛰어났다고 보았다. 자신은 나라 안의 기이한 경관들도 다 보지 못하였는데 영동으로 귀양 오는 길에 여러 명소를 구경하였고, 마지막으로 망양정에 오르게 되면서 변했다고 고백한다. 여기서부터 중요하다. 아무 생각 없이 눈으로 보기만 해서는 안 된다. 느껴야 하고 깨달아야 한다. 하늘은 푸르고 바다는 깊어 크기가 밖이 없고 넓이와 깊이가 끝이 없음을 본 뒤에 달라지는 것이 있어야 한다고 보았다. 망양정은 이산해를 변화시켰다. 기가 넉넉히 함양되었고 웅장해졌다. 덕분에 좋은 글을 쓰게 되었다.

월송정

월송정越松亭으로 적기도 하고 월송정月松亭으로 쓰기도 한다. 신라시대에 영랑, 남랑, 술랑, 안랑 등 사선이 이곳에서 노닐고 쉬었는데, 처음에는 이곳이 절경인 줄 몰라 지나갔기 때문에 '뛰어넘을 월越'을 써서 월송越松이라 했다. 옛날 누군가가 배에 월越나라 소나무를 싣고 와서 심었기 때문에 월송越松이라 했다는 견해도 있다. 밝은 달이 떠올라 맑은 그림자가 은은한 소나무 그림자 가운데서 배회하였기 때문에 월송月松이라 칭했다는 설도 있다. 달밤 월송정의 아름다움을 예찬하는 사람들은 이 주장을 받아들인다. 이산해는 「월송정기」에서 신선이 솔숲을 날아서 넘는다[飛仙越松]는 뜻을 취해 월송越松이라 했다는 설을 추가한다.

고려시대부터 월송정을 찾은 사람들은 시를 남겨 월송정을 문화의 공간으로 만들었다. 안축과 이곡의 작품이 보이고, 고려 말에 원천석도 다녀갔음을 알 수 있다. 허목은 「청사열전」에서 김시습의 발자취에 대해 "풍악산과 오대산에 올랐고 바닷가를 유람하였으며 월송정을 거닐었고 울릉도와 우산도를 멀리 바라보았다."라고 할 정도로 월송정에서 노닌 것을 특이한 일로 기록하였다. 김시습은 「평해 월송정에서 노닐다」란 시를 남긴다.

김홍도, 〈월송정〉, 《금강사군첩》

김응환, 〈월송정〉, 《해악전도첩》

봄바람은 월송정에 넘실대며 부는데 春風駘盪越松亭
바다는 푸르고 모래 하얀 십리 바닷가 海碧沙明十里汀
평원을 바라보니 생각은 끝없는데 一望平原無限思
불탄 흔적 있는 풀빛은 더욱 푸르네 燒痕草色更靑靑

김시습의 눈에 보이는 것은 푸른 바다다. 하얀 모래가 넓게 뒤덮은 바닷가다. 바다와 모래를 볼 수 있는 곳이다. 뒤로 시선을 돌리니 넓은 벌판이 보이고, 풀빛은 짙어져만 간다. 작년에 들판을 태울 정도의 변고가 있었던 것 같다. 그럼에도 불구하고 해가 바뀌니 어김없이 풀은 자란다. 힘든 삶이지만 푸르러가는 풀을 보며 다시 살아보자고 다짐하는 것 같다.

김홍도의 그림은 월송정이 지금 자리에 있지 않았다는 것을 보여준다. 화면 좌측 위에 구산리가 보이는 것과, 월송정을 중심으로 좌우로 연결된 성벽이 뚜렷하게 보인다는 것, 굴미봉 주변에 과녁이 설치된 것이 김홍도 그림의 특징이다. 월송정에서 활을 쏘는 연습을 하였던 것 같다. 과녁만 보이지만 말을 달리며 짐승을 향해 활을 쏘는 광경이 보이는 듯 하다. 서유구의 『임원경제지』에 김홍도의 그림에 대한 내용이 전한다.

우리집에 오래 전부터 김홍도가 그린 음산대렵도가 있다. 견본에 여덟 폭 연결 병풍이다. 거칠고 누런 광야에서 활 시위를 울리며 짐승을 쫓는 모습이 혁혁하여 마치 살아 있는 듯 생동감이 넘친다. 김홍도는 스스로 말하길, "내 평생의 득의작이니 다른 사람이 이것을 본떠서 그린 것이 있다면 야광주 속의 물고기 눈과 같아 한눈에 구별할 수 있다."고 했다.

산수화뿐만 아니라 사냥하는 광경을 생동감 넘치게 그리는 것도 장기임을 알 수 있다. 월송정 그림에서 쫓고 쫓기는 광경은 없지만 눈을 감으면 말발굽 소리가 들리는 듯하다.

최근 발굴조사에 의하면 월송리 303-17번지 일대에서 성벽과 문루, 우물, 기와무지 등이 발견됐다. 조선 시기 수군 병영인 월송포진의 남쪽 성벽 일대에 해당하는 유구로, 월송포진의 성벽과 문루 유적이 김홍도가 묘사한 것과 일치하는 것으로 확인되었다.

낙산사

당나라에서 화엄학을 공부한 의상이 신라로 돌아온 뒤 낙산의 관음굴을 찾아 지극정성으로 기도하였다. 관음보살을 친견하고 낙산사를 창건했다는 설화가 『삼국유사』에 실려 있다. 의상이 몸과 마음을 깨끗이 하며 행동을 삼간 지 7일 만에 방석을 물 위에 띄우자, 불법을 지키는 여덟 신이 그를 굴속으로 인도하였다. 들어가서 참례하자 공중에서 수정염주 한 벌이 나타나 이를 받아서 나왔다. 동해용이 또한 여의주 한 벌을 주었다. 다시 7일 동안 재계하고서 진용眞容을 뵈니, "이 자리 위 꼭대기에 대나무가 쌍으로 돋아날 것이니, 그곳에 마땅히 불전을 지어야한다."라고 하였다. 말을 듣고 나오니 과연 땅에서 대나무가 솟아났다. 이에 금당을 짓고 불상을 봉안하니, 원만한 모습과 아름다운 자질이 하늘에서 난 듯했다. 절을 낙산사라 하고 구슬을 성전에 모셔두고 떠났다.

낙산사의 대표적 보물은 칠층석탑과 해수관음공중사리탑비 및 사리장엄구 일괄, 홍예문, 담장 등이 있다. 대부분 이런 유물을 중심으로 낙산사를 설명하고 자랑한다. 이식李植, 1584~1647의 생각은 달랐다. 그는 "안견의 수묵화와 임억령의 시, 천년 낙산사 뛰어난 두 작품으로 기이해졌네."라고 읊으며 시와 그림에 주목하였다. 이명후는 「유금강일록」에서 "건물에 관음상을 모셨는데, 만든 모양이 매우 정묘하다. 선당 벽 위에 안견이 그린 산수도가 있다."라고 기록해 안견의 그림이 있었음을 증명해준다.

박지원朴趾源, 1737~1805의 시각은 또 다르다. 1800년 음력 8월에 양양부사로 부임하여 다음해 1월 강원감사에게 편지를 쓴다.

> 세조 병술년(1466)에 낙산사를 임시 숙소로 삼으신 일이 있는 데다, 성종의 친필이 열 겹이나 싸여 보물로 간직되어 있습니다. 숙종의 어제 현판은 비단에 싸인 채 걸려 있어 지금까지도 보배로운 글씨가 하늘을 돌며 빛을 발하는 은하수처럼 휘황찬란합니다. 1469년에 주조한 큰 종에는 당시의 유명한 신하들이 왕명을 받들어 기록한 글이 있어 절의 귀중한 보물이 되었으니, 이것들은 모두 낙산사의 오래된 보배인 것입니다.

박지원이 꼽는 것은 성종의 친필, 숙종의 어제시, 예종 원년인 1469년에 만들어진 범종이다. 송병선은 「동유기」에서 빈일루에 성종이 토지를 하사하는 글과 숙종의 어제시를 걸어놓았다고 증언해준다. 지금 실물은 전하지 않지만 국립중앙박물관에 남아 있는 유리건판사진을 통해 그 내용을 알 수 있다.

강헌규姜獻奎, 1797~1860의 「유금강산록」을 통해서 숙종의 시를 확인할 수 있다. 그는 누대 위에 숙종이 지은 시판이 있다며 시를 인용한다.

남쪽 마을 낙가산 사뿐히 오르니 快登南里洛迦峰
바람이 구름 걷어 달빛은 곱네 風捲纖雲月色濃

김홍도, 〈낙산사〉, 《금강사군첩》

김응환, 〈낙산사〉, 《해악전도첩》

원통한 대성의 이치 알려 하거든 欲識圓通大聖理
이따금 꽃 물은 파랑새 만나야지 有時靑鳥啣花逢

낙산사는 칠층석탑과 해수관음공중사리탑비 등의 보물로 널리 알려졌다. 이식과 박지원은 생각을 달리 한다. 중생의 눈은 보아야 믿음이 생긴다고 했지만, 눈에 보이지 않는 것도 중요하다. 그림과 시는 또 다른 낙산의 보물이다.

관음굴

창건설화에 의하면 홍련암은 의상대사가 관음보살의 진신을 친견한 장소이며, 관음보살을 친견하기 위해 석굴 안에서 기도하던 장소이다. 의상대사는 홍련암을 세우고 푸른 새가 사라진 굴을 관음굴이라 불렀다고 한다.

신이한 설화의 배경인 홍련암과 관음굴은 중국까지 알려졌다. 『고려사절요』에 따르면 1095년에 송나라 스님 혜진이 보타락산普陀落山 성굴聖窟; 관음굴을 보고자 하여 왔다며, 가서 보기를 청하는 대목이 보일 정도였다. 『태조실록』은 낙산洛山의 관음굴에 기도했더니, 밤 꿈에 중이 고하기를, "반드시 귀한 아들을 낳을 것이니 마땅히 이름은 선래善來라고 하십시오."하였고, 얼마 안 가서 아이를 배어 아들을 낳고 이름을 선래라고 했다는 기록이 있다.

설화에 등장하는 홍련암은 낙산사에 온 사람은 반드시 들려야 하는 코스가 되었다. 채지홍蔡之洪은 「동정기」에서 "대를 지나 구불구불 북쪽으로 10여 걸음 가서 보니 건물 밑 부분이 양쪽 절벽에 비껴 걸터앉은 모습이다. 거친 파도가 치솟아 밤낮으로 건물 밑에서 성난 소리를 내는 곳이 관음굴이다. 또한 의상이 파랑새로 변해 이 굴에 들어온 관음을 보고 난 뒤에 관음상을 만들어 존모하는 마음을 붙였다고 한다. 거짓됨이 비록 심하긴 하나 매우 아름다워 구경할 만하다. 건물 남쪽 처마 끝에다 이름을 줄지어 쓰고 각각 율시 한 수씩 지었다."라고 기록하였다. 채지홍보다 더 실감 있게 표현한 김금원金錦園은 「호동서락기」에 감동을 이렇게 적어놓았다.

> 관음사는 바다 위에 있는데 한쪽은 언덕 귀퉁이에 의지해 있고 한쪽은 기둥을 바다 쪽에 세워 허공에 얹어 절을 지었다. 법당은 굉장한데 불상은 흰 비단으로 감싸 놨다. 마루 가운데 나무 판때기에서 바닷물이 들어오고 나가는 것을 내려다보니 석굴 속에 울리는 소리는 마치 갠 하늘의 우레 소리가 산악을 뒤흔드는 것 같다. 창문을 열고 멀리 바라보니 물빛이 하늘과 맞닿아 있어 경물이 모두 그림 속에 있는 듯하다. 흰 갈매기들이 하늘을 선회하며 내려앉는 것도 역시 하나의 기이한 경관이다.

김홍도, 〈관음굴〉, 《금강사군첩》

김홍도는 관음굴 뒤에 의상대도 그렸다. 의상대에서 바다를 망연히 바라보는 사람은 김응환과 김홍도일 것이다. 의상대에서 해야 할 것은 '관해觀海' 곧 '바다를 바라보기'다. 김종정金鍾正은 「동정일기」에서 끝없는 바다를 바라보고 망연자실한 상태에 빠졌다. 잠시 후 정신을 차린 뒤 '공자는 동산에 올라서 노나라가 작다는 것을 알았고, 태산에 올라서는 천하가 작다고 느꼈다'는 것을 떠올린다. 『맹자』는 이어서 말한다. "바다를 본 사람에게는 물에 대해 이야기하기 어렵고, 성인의 문하에서 노니는 사람에게 말하기 어렵다.[觀於海者難爲水 遊於聖人之門者難爲言]" 넓은 바다를 본 사람은 시냇가에서만 논 사람들 앞에서 물에 관하여 말하기가 어렵고, 성인의 문하에서 직접 배운 사람은 학문의 경지를 시골 서생들 앞에서 형언하기가 어렵다는 말이다. '관해난수觀海難水'라고 축약하여 말하기도 한다. 바다를 본 사람은 물을 말하기 어려워 한다는 뜻이다. 바다의 많은 물을 보면 더 이상 물이 무엇이라고 말할 수 없다. 큰 것을 깨달은 사람은 아주 작고 사소한 일도 함부로 이야기할 수 없다. 우물 안 개구리는 우물 안이 온 세상인 줄 안다. 그래서 쉽게 물을 말하고 세상을 말한다. 그러나 바다를 본 개구리는 할 말을 잊는다. 큰 것을 깨달은 사람은 무엇이든 함부로 말하기 어려운 법이다.

토왕폭포

비내리다 잠시 소강 상태인 설악동 입구, 계곡 건너 남쪽 산은 물을 짙게 머금고 하늘은 또 소나기를 뿌릴 듯 한 기세다. 산 밑에서 안개가 피어오르니 산수화가 따로 없다. 자세히 보니 산꼭대기서 한 줄기 폭포가 아래로 곧게 드리워졌다. 말로만 듣던 토왕성폭포다. 아래서 피어오르는 안개 속으로 이내 숨어버린다.

토왕성폭포는 칠성봉 북쪽 계곡에서 발원한 물이 북동쪽 토왕골을 흐르면서 만든 폭포다. 주변을 둘러싼 봉우리들이 급경사를 이루며 병풍처럼 둘러싸고, 바위벽 한가운데로 폭포수가 3단을 이루면서 떨어진다. 설악산을 대표하는 3대 폭포 가운데 하나로 꼽힐 만하다.

『여지도서』를 보면 토왕성土王城에 대해 토왕성土王城 부府, 북쪽 50리 설악산 동쪽에 있으며, 옛날에 토성왕이 돌로 성을 쌓았는데 흔적이 아직도 남아 있고, 폭포가 석벽사이로 천 길이나 날아 떨어진다고 기록하였다. 김창흡은 1711년에 「동유소기東遊小記」를 남겼는데, 토왕성폭포에 대한 기록이 자세하다.

토왕성폭포는 식당암에서 10여리쯤에 있다. 큰 벼랑에 구름이 걸려있고, 폭포는 가운데로 떨어지는데, 쪼갤 듯한 기세로 떨어진다. 절벽은 넓게 펼쳐져 있고 떨어지는 물은 꺾어지지 않아 기세가 매우 힘차 최고다. 한계폭포의 명성만이 우열을 다툴 수 있다. 높이는 수 천 장일뿐만 아니니, 여산폭포를 읊은 '바닷바람은 끝없이 불어오고, 강의 달이 비추니 도리어 고요하다[海風吹不斷, 江月照還空]'는 구절은 이 폭포에 해당된다.

토왕성폭포에 대해 사실적으로 묘사한 보고서라 할만하다. 중국을 대표하는 폭포인 여산폭포와 필적할 만하다는 평가는 중국 것을 무조건 숭상하는 사람들에게 토왕성폭포를 한번 보고서 말하라고 꾸짖는 것 같다. 당시 토왕성폭포는 널리 알려지지 않았던 것 같다. 지역민들은 기우제를 지내기 위해 이곳을 찾곤 했지만, 외부로 알리는 것에 신경 쓰지 않았다. 김창흡을 만나고서 비로소 알려지기 시작했다.

김시보金時保, 1658~1734는 토왕성폭포를 바라보며 시를 한 수 남긴다.

멀리서도 기이한 모습 볼 수 있으니 百里看奇勢
천 길 하늘 가운데서 나부끼누나 千尋裊半空
흩날리는 눈에 추위가 에워싸고 孤寒帶飛雪
홀연히 회오리바람 일어나는구나 欻起閃回風
안탕산은 누가 자기보다 나은 걸 알까 鴈宕知誰勝
용연龍淵은 웅장함을 사양해야 하리 龍淵讓爾雄
석양에 남은 물 질탕하게 흘러드는데 餘潀蕩斜日
옛 성 동쪽엔 무지개가 에워싸네 虹匝古城東

김홍도, 〈토왕폭〉, 《금강사군첩》

안탕산은 중국 동남지방의 명산이다. 이 산은 기이한 봉우리와 폭포로 예전부터 유명하였다. 영봉靈峰과 영암靈岩, 대용추大龍湫가 '안탕 3절'이다. 높이 197m의 대용추 폭포는 중국 4대 폭포 중 으뜸으로 꼽힌다. 위 시에서 용연龍淵은 안탕산에 있는 폭포를 말한다. 아마도 당시 사람들은 폭포를 이야기하면 안탕산의 폭포를 들곤 했던 것 같다. 김시보는 그런 사람들에게 안탕산의 폭포보다 설악산의 토왕성폭포가 더 웅장하니 한번 가 보고난 후에 이야기 하라고 꾸짖는다.

계조암

계조암은 신라 652년에 자장율사가 창건했고, 이곳 석굴에 머물면서 향성사를 창건하였다. 동산東山, 각지覺知, 봉정鳳頂에 이어 의상義湘, 원효元曉 등 조사祖師의 칭호를 얻을만한 승려가 이어져 수도하던 도량이라 하여 계조암繼祖庵이라는 이름이 붙여졌다. 석굴 법당은 목탁이라 부르는 바위에 자리 잡고 있어 다른 기도처보다 영험이 크다고 한다.

김홍도, 〈계조암〉, 《금강사군첩》

1672년 8월 18일. 윤휴尹鑴, 1617-1680는 금강산을 구경하고 내려오다가 설악산 계조굴에 들렀다. 바위에 나무를 걸쳐 절을 지었다. 앞에 깎아지른 용바위[龍巖]가 서 있고, 아래는 활모양으로 된 바위가 집채 만한 바위를 이고 있다. 한 사람이 흔들어도 흔들흔들하여 흔들바위[動石]라고 부른다.

바위굴은 절을 품고 있는데 巖窟藏精舍
높은 산이라 모두 짙은 자줏빛 嵒嶢切紫冥
바위는 엎드린 용과 호랑이 石皆龍虎伏
봉우리는 봉새와 난새의 형상 峯亦鳳鸞形
가랑비 내리자 저녁 안개 일고 暮靄成微雨
작은 뜰 샘물에 한 방울 두 방울 寒泉滴小庭
쓸쓸히 잠시 앉아있자 蕭然暫時坐
갑자기 깨달아 마음이 시원해지네 頓覺爽襟靈

이경석李景奭, 1595~1671은 금강산을 구경하고 내려오다가 이곳에 들려 「계조굴」이란 시를 한 수 짓는다. 문득 깨달음을 얻어 마음이 시원하게 뚫리는, 그래서 서늘한 바람이 가슴에 부는 것을 체험하였다.

계조굴 뒤에 보이는 산은 바람과 관련된 이야기를 들려준다. 바람이 산중에서 스스로 불어 나오기 때문에 하늘이 운다[天吼]는 뜻에서 천후산이라고 부르게 되었다는 기록과, 큰 바람이 불려고 하면 산이 먼저 울기 때문에 천후산이라고 이름 붙였다는 설명이 주류를 이룬다. 반면에 기이하고 꾸불꾸불한 봉우리의 모습이 울타리를 설치한 것과 비슷해 '울타리 산[籬山]'이라 했다는 설도 보인다.

울산바위는 밑에서 우러러보는 것이 제격이다. 미시령 옛 도로에서 바라보는 거대하고 우람한 바위도 절경이다. 또 한 군데가 있다. 화암사 뒤 성인대에서 보는 울산바위는 장엄 그 자체를 보여준다. 조위한의 「천후산」 시가 울산바위를 가장 잘 형상화하였다.

하늘 가른 푸른 암벽 긴 병풍같이 벌려있고 橫空蒼壁列長屛
안과 밖은 겨우 한 자 줄기로 구분되네 內外纔分尺一經
나무와 풀도 자취 남김이 없으니 草木也無留影迹
새와 곤충이 어찌 살 수 있겠나 禽蟲那得着毛翎
험한 형세 힘을 써서 손으로 높이 받든 듯 獰姿贔屭撑高掌
장엄한 형세 삼엄하니 신령이 노한 듯 壯勢森嚴怒巨靈
비와 바람 일으키는 건 신의 괴이한 표현이라 產雨興風神怪驗
때때로 천둥이 울어 바위굴을 울리네 有時雷吼震巖扃

김홍도의 그림은 계조굴과 흔들바위, 용바위와 울산바위를 입체적으로 보여준다. 화제는 계조굴이지만 흔들바위 뒤 계조굴은 찾기 어려울 정도다. 흔들바위 앞에 서 있는 유람객 모습도 겨우 찾을 수 있다. 울산바위 아니 천후산이 주인인 그림이다.

와선대

신홍사에서 하룻밤을 보낸 김홍도와 김응환은 일어나자마자 비선대를 구경하기 위해 발걸음을 재촉하였다. 왼쪽으론 계곡이 계속 이어진다. 바위와 주변 형세를 자세히 살피며 걸었다. 비선대에 가기 전에 와선대가 있기 때문이다.

길바닥에 깔린 돌에 글씨가 보인다. 일부분만이 확인되는 것으로 보아 글자를 새겼던 바위는 길바닥을 깔기 위해서 조각을 낸 것 같다. '무자년戊子年 봄'이라는 글자와 '모시고 순행했다'는 글자만이 남아 있다. 글씨들은 와선대 주변에 있었을 것이다. 여러 기록들에 의하면 '와선대'란 글씨도 새겨져 있었다.

김유金楺는 1709년에 금강산을 구경하는 도중에 이곳에 들렀다.

> 점심 식사 후 위 아래 식당암食堂巖을 가보았다. 식당암은 신흥사에서 남쪽으로 10리쯤에 있다. 너럭바위가 시내를 끊었는데, 가로는 한 길이고 길이는 배가 된다. 점차 작아지면서 이 층이 되는데, 작아진 곳은 바른 것이 사람이 공을 들인 것 같다. 물이 그 위로 베를 널어놓은 듯 흐른다. 기이한 봉우리는 높은 절벽이 솟기도 하고 웅크리기도 하며 입을 벌린 듯 아래로 임해 있다. 쳐다보니 정신이 오싹해진다.

위 식당암食堂巖은 비선대고 아래 식당암이 와선대다. 김유보다 와선대를 잘 묘사한 글을 본 적이 없다. 김홍도의 그림하고 흡사하다. 너럭바위가 시내를 끊었다는 표현은 시내를 가로지른 바위를 묘사한 것이다. 길쭉한 너럭바위는 세 층이다. 조그마한 폭포를 이루며 하얀 물을 내뿜는다. 어떤 글에는 너럭바위가 푸르스름하다고 적었는데 놀랍다. 물을 뿌려 닦은 후 살펴보니 진짜 푸르스름하였다. 기이한 봉우리는 왼쪽으로부터 장군봉, 형제봉, 적벽을 가리킨다. 그림 속 나그네는 바위 위에 앉아 쉬면서 주변을 감상하고 있는 중이다. 조금 있노라니 와선대에서 신선이 되었다.

김홍도, 〈와선대〉, 《금강사군첩》

조희룡의 『호산외사』에 김홍도가 그린 여러 신선에 대한 이야기가 실려 있다. 일찍이 회칠을 한 큰 벽에 해상군선海上群仙을 그리게 했다. 김홍도는 일꾼으로 하여금 진한 먹을 두어 됫박 받들게 하였다. 모자를 벗고 옷을 걷어올리고 일어선 채로 비바람 몰아치듯 붓을 휘둘러 두어 시간 만에 그림을 다 그려놓았다. 도도히 흐르는 물은 파도를 치면서 언덕을 무너뜨릴 것 같고, 사람들은 터벅터벅 걸어서 구름 속으로 들어가는 듯하였다. 와선대 바위 위에 앉은 신선도 이러하지 않았을까. 인물 그림이 작은 것이 아쉽다.

와선대臥仙臺를 소개하는 글을 보면 "옛날 마고선麻姑仙이라는 신선이 바둑과 거문고를 즐기며 아름다운 경치를 너럭바위 누워서 감상하였다고 하여 와선대라고 하는데, 숲이 울창하고 기이한 절벽으로 둘러싸여 있어 절경이다. 오랜 시간이 흐르면서 너럭바위 흔적은 사라지고 지금의 모습만이 남아있다."는 소개가 주를 이루고 있다. 채지홍蔡之洪은 「동정기」에서 와선대를 큰 반석이 계곡 입구에 가로누워서 작은 폭포를 이루고 있을 뿐이라고 묘사한다. 옛 시인들은 비선대를 우뚝하고 괴이하며 뛰어난 아름다움으로 평가하였다. 와선대는 온자蘊藉란 평어를 사용했다. 넓고 온화함, 너그럽고 따스함. 온화하며 고상함 정도로 풀이 가능하다. 부드러움과 따스함의 아름다움이다.

비선대

와선대에서 노닐던 신선이 이곳에 와서 하늘로 올라갔다. 비선대가 전해주는 전설이다. 예전에는 식당암食堂巖으로 알려지기도 했다. 스님들은 식당에서 공양하는 장소와 비슷하다 하여 이렇게 불렀다. 그리하여 비선대는 상식당암이라 부르고, 와선대는 하식당암이라 일컬어졌다.

이헌경李獻慶, 1719~1791의 「식당폭명食堂瀑銘」은 비선대의 아름다움을 두 가지로 설명한다. 제목으로 보아 폭포에 주목한 것 같다.

> 폭포는 아래로 흐르며 시내가 된다. 어떤 곳에서는 질펀히 흘러 씻을 만하고, 어떤 곳은 깊고 검은색을 띠어 두려워할 만하다. 바위에 막히면 싸우기도 하고 벼랑을 만나면 날아오른다. 장사가 꾸짖으며 소리치는 듯, 귀신이 기침하고 웃는 것 같기도 하는 것은 물의 기이함이다. 눕기도 하고 일어서기도 한다. 우뚝 선 것은 화내는 듯 하고 걸출한 것은 때려잡는 듯 하다. 스님이 가부좌를 틀고 새가 날아가는 듯도 하다. 모두 흰색이며 옥을 깎은 듯, 얼음을 새긴 듯 한 것은 바위의 기이함이다.

이헌경은 먼저 물의 기이함에 주목하였다. 비선대는 다양한 물의 모습을 보여준다. 또한 물소리는 어떠한가? 이헌경은 돌도 자세하게 관찰하였다. 옥을 깎은 듯 얼음을 조각한 듯 기기묘묘한 바위는 비선대의 또 다른 기이한 아름다움이다.

비선대의 이름을 떨치게 한 것은 계곡 건너편에 우뚝한 봉우리 때문이기도 하다. 하늘을 찌를 듯 우뚝한 봉우리들은 왼쪽으로부터 장군봉, 형제봉, 적벽이라 부른다. 1657년에 유창兪瑒은 「관동추순록」에서 암봉을 언급하고 있다.

> 신흥사를 지나 설악산 계곡 입구로 들어가 식당암에서 놀았다. 바위는 평평하게 펼쳐져 있고, 층층이 옥설 같다. 물은 흐르다 폭포가 되어 아래 층으로 떨어지고, 좌우의 봉우리들은 연꽃처럼 깎아지른 듯 서있다. 봉우리의 이름은 속세를 따랐기 때문에 매우 비루하여 북쪽에 있는 것을 고쳐 천주봉天柱峯이라 하고, 남쪽에 있는 것을 학소봉鶴巢峯, 식당암을 고쳐 백옥대白玉臺라 하였다.

작자미상, 〈비선대〉, 《금강산도권》

당시에 봉우리들은 각기 이름이 있었다. 유창이 들었을 때 비루하여 이름을 고치게 된다. 장군봉은 학이 둥지를 틀었다는 학소봉으로, 적벽은 하늘을 괴고 있다는 천주봉으로 바꾸었다. 덩달아 식당암도 옥과 같이 하얗다고 백옥대라고 하였다.

김원행金元行, 1702~1772은 할아버지인 김창흡의 시에 차운하여 식당폭포와 비선대를 읊었는데 시 속에 비선대를 옹위하고 있는 봉우리들이 우뚝 서 있는 듯하다.

부챗살처럼 펴진 바위 떨어질 듯 위태롭고 石扇危欲墮
기이한 봉우리들 뒤질세라 솟아 있네 迭出多奇嶂
시원스레 떨어지는 몇 개의 폭포여 洒落數疊瀑
쏟아지는 물줄기 얼마나 장관인지 噴薄一何壯
깊은 물 높은 산 어우러짐에 묘리 있으니 渟峙有妙理
정말이지 평소 생각과 딱 들어맞는구나 果然愜素想
이내 유람 바야흐로 거침없이 호방하니 吾遊方浩蕩

속초 영랑호

화암사 옆 성인대에서 바라보는 울산바위는 장엄하였다. 그 뒤 백두대간은 늠름하였다. 동쪽으로 시선을 돌리니 푸른 바다 아래 두 눈동자가 비친다. 영랑호와 청초호가 속초의 눈처럼 보였다. 영랑호는 큰 못에 갈무리된 구슬[珠藏大澤] 같고, 청초호는 화장대에 펼쳐진 거울[鏡開畵奩] 같다고 평한 이유원李裕元, 1814~1888은 성인대에서 두 호수를 보고서 평한 것이 아닐까.

작자미상, 〈영랑호〉, 《금강산도권》

『신증동국여지승람』은 영랑호를 이렇게 설명한다. "주위가 30여 리인데, 물가가 굽이쳐 돌고 암석이 기괴하다. 호수 동쪽 작은 봉우리가 절반쯤 호수 가운데로 들어왔다. 옛 정자 터가 있으니 이곳이 영랑 신선 무리가 놀며 구경하던 곳이다." 『연려실기술』도 비슷하다. "암석이 기묘하고 괴이하며, 호수의 동쪽에 작은 봉우리가 있는데 반은 호수의 가운데로 들어왔다."

신익성申翊聖, 1588~1644은 영랑호를 이렇게 평한다. 더욱 맑고 시원하며, 솔숲과 암석이 인간 세상의 것이 아닌듯하여 반나절만 돌아다니면 영랑을 만날 것만 같다고. 시를 한 수 짓는다.

넓고 맑은 호수에 흰 구름 흐르는데 澄湖千頃白雲流
높은 누대 꼭대기에 선객이 올랐어라 仚客高臺在上頭
청정한 자연은 속세 밖의 풍경이니 淸淨自然塵外界
되레 이 몸이 영랑의 무리인 듯하여라 却疑身是永郞儔

범바위에 올랐던 것 같다. 호수를 바라보니 호수 위로 구름이 비친다. 마침 바람이 불어 물결이 일자 구름이 흐르는 것 같다. 보고 있자니 부지불식간에 신선이 되었다. 전해오는 말이 영랑이 이곳에서 놀았다고 하는데 시인도 영랑과 함께 노니는 것처럼 황홀하다. 설악산과 바다 사이에 위치한 영랑호는 신선이 사는 세계인 것 같았다.

영랑호를 떠날 때는 이세구의 심정과 같을 것이다. 「동유록東遊錄」에 자세하다.

기이하고 좋은 암석이 서있거나 비스듬한 채로 반쯤 호수에 잠겨 있다. 느릿느릿 서성이며 뒤돌아보고 연연해하다가 차마 작별할 수 없어, 말을 거꾸로 타고 출발해 모래를 돌고 언덕에서 방향을 바꿔서 아무것도 안 보이게 된 이후에야 그쳤다. 나는 홍인우가 '모래 위에서 몸을 굴렸는데 미쳤다고 하는 사람이 있었다'라고 했던 말을 보고는, 그곳이 이 정도인 줄을 모르고 매양 너무 과장했다고 의심했다. 직접 이곳을 밟고서야 비로소 그 말을 깨닫게 되었다. 이번 유람에서 만약 영랑호까지 가보지 않고 곧장 돌아갔더라면 영동지역의 천 리 길이 거의 헛걸음이 되었을 것이다.

수천 그루 소나무는 사라졌다. 갑자기 말에서 내려 모래 위로 뛰어가 몸을 굴리며 눕자 동행하던 사람이 미쳤다고 할 정도의 눈처럼 흰 모래도 없어졌다. 소쇄하여 정신을 상쾌하고 맑게 하던 풍경은 여기저기 들어선 건물로 많이 퇴색되었다. 여전한 것은 백두대간의 봉우리가 빙 둘러 있고, 설악산의 봉우리가 호수에 비치는 것이다. 그림 속 봉우리는 울산바위다. 말을 타고 가는 두 사람은 김홍도와 김응환이다.

청간정

김금원金錦園은 1830년에 청간정淸澗亭에 오르며 의문을 품는다. 정자는 바닷가에 있는데 계곡의 시내라는 뜻의 '간澗'이 이름에 들어갔기 때문이다. 김금원뿐만 아니라 많은 사람들이 의심을 품었을 '간澗'자에 청간정 역사의 비밀이 들어있다.

만경대 남쪽 2리쯤 간수澗水에 임해 청간역의 정자를 지으면서 청간정의 역사는 시작된다. 홍인우洪仁祐가 청간역에 도달한 시기는 1553년이었다. 역에 이르렀을 때 역에 딸린 정자는 바다와 떨어진 것이 불과 10여 보였다. 최립崔岦은 1603년에 간성군수를 역임했는데, 이 때 청간정에 들려 후대에 길이 회자되는 시를 남긴다. 이 시도 청간정이 바닷가에 있다는 것을 보여준다.

이 마음 바다와 크기를 다툴 만하니 此心與海堪爭大
하늘과 땅만 쌍벽이 되지 못하네 未使乾坤只作雙
외물外物의 가림 끝내 없을 수 없으니 終是不能無物障
속세의 티끌 다한 곳에 창을 내리라 煙霞盡處着軒窓

청간정을 그린 여러 그림을 통해서도 청간정의 위치와 모습을 추정할 수 있다. 김홍도가 1788년에 그린 청간정의 그림에서 우측 바다 위에 있는 섬은 죽도다. 죽도 밑에 보이는 바다 속 바위

김홍도, 〈청간정〉, 《금강사군첩》

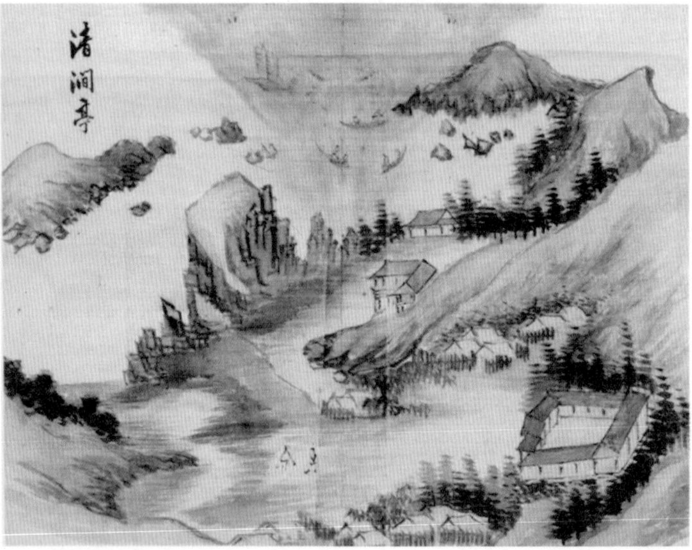

김응환, 〈청간정〉, 《해악전도첩》

는 봉포항 방파제 앞에 있는 바위들이다. 그림 가운데 있는 우뚝 솟은 바위는 만경대다. 만경대를 조금 과장해서 그렸다. 그림 왼쪽에 보이는 산록은 현재 청간정이 있는 곳이다. 강세황과 정선의 그림도 김홍도의 그림과 크게 차이가 나지 않는다.

만경루와 청간정은 생사고락을 함께 해 왔다. 만경대에 있던 만경루가 황폐해지자 만경대 옆으로 청간정을 옮겨지었는데, 이 때 만경루도 다시 지었던 것 같다. 그림들은 항상 청간정과 만경루를 같은 공간에 배치하였다. 안석경安錫儆은 「동행기」에서 청간정에 오르니 정자는 왼쪽으로 푸른 바위를 끼고 있고, 동쪽으로 푸른 바다에 접하고 있으며, 오른쪽으로 만경루와 이어져 있는데, 만경루는 비교적 높기 때문에 멀리서도 볼 수 있다고 적었다.

최숙민崔琡民이 청간정을 찾았을 때는 1891년이었다. 이미 폐허가 되어 주춧돌이 줄지어 서 있고 옆에 단정하고 반듯한 석대石臺가 깎은 듯이 곧게 서있다고 묘사하였다. '만경대'와 '청간정' 글씨가 바위에 새겨진 청간리 군부대 안으로 정자가 옮겨졌음을 짐작케 한다. 이 시기의 모습은 낡은 사진으로 남아있다. 허훈許薰이 「동유록」을 작성한 시기는 1898년 봄이었다. 그가 청간정을 지났을 때도 돌기둥 몇 개뿐만 남아 있어서 만감이 교차했다.

김용집金溶集의 「중건청간정기」 중에 '만경대 옆 만경루의 옛 터로 물을 건너 옮겼으며 옛 명칭으로 불렀다[渡移建于坮之傍萬景樓之舊墟仍以舊號稱焉]'는 구절은 두 가지 측면에서 중요하다. 먼저 '도이渡移'다. '물을 건너 옮겼다'는 뜻인데, 물을 건넜다는 것은 시내인 천진천을 건넜다는 것을 의미한다. 만경대 옆 만경루의 옛터로 옮졌으며 옛 명칭을 사용했다는 대목도 중요하다. 청간정이 이사 오기 전에 만경루가 먼저 물을 건너 청간리로 이사왔고, 만경루가 폐해지자 그 자리로 청간정이 이사 오면서 이름을 그대로 썼다는 뜻이다.

지금의 청간정은 1929년에 지은 김용집의 「중건청간정기」와 함께 시작된다. 1928년 봄에 옛 터의 남쪽에 청간정을 옮겨 세우기로 하고, 이듬해 봄에 공사를 마쳤다. 이 해 7월에 낙성식을 거행하면서 현재의 위치에 청간정이 자리 잡게 되었다.

가학정

윤휴尹鑴의 「풍악록」 속으로 들어가면 선유담의 온전한 모습을 만날 수 있다. 간성읍을 지나 소나무숲 속으로 10여 리 가자 둘레가 3리쯤 되어 보이는 호수가 보인다. 남쪽으로 뭣부리가 호수 속까지 들어오고, 고색창연한 바위에 모래가 하얗다. 푸른 소나무 울창하고 호수 안에 순채가 가득하다. 현재 논으로 변한 곳이 모두 호수였었다. 바닷가 국도는 소나무 울창한 모래밭이었다.

선유담의 미학은 '신령함'이다. 신익성申翊聖은 「유금강소기」에서 "선유담은 원래부터 신령스런 곳이다. 내가 피곤하여 소나무 뿌리에 기대어 잤는데, 꿈에서 옛날 의관을 입은 사람과 함께 도가와 불가의 일을 실컷 이야기했다. 잠에서 깨어난 뒤에도 그 말이 여전히 기억나니, 기이한 일이다."라고 신령스런 일을 기록하였다. 정자에서 게으른 낮잠을 자면, 곧바로 다른 세계로 인도하여주는 신령스런 공간이 선유담이다.

아름다운 선유담에 시가 없을 수 없다. 일찍이 안축安軸은 「관동별곡」에서 "선유담, 영랑호, 신비하게 맑은 골짜기 속 / 녹색 연잎 덮인 섬, 푸른 구슬 두른 산, 십 리의 바람과 이내 / 향기 은은하고 푸른빛 짙은데 유리 같은 수면에 / 아, 배 띄운 광경 어떠한가!"라고 홍취를 맘껏 발산한 바 있다. 이곡李穀은 선유담 가에서 작은 술자리를 베풀었다고 「동유기」에 적어놓았다.

선유담을 노래한 시 중에 대표적인 것은 최립崔岦의 시이다. 연못 옆 정자에 걸려 있었던 최립의 시를 여러 문인들의 문집이 증명해준다. 정자에 오른 사람들은 반드시 그의 시에 화답하여 시를 지을 정도였다. 최립의 시는 두 수다.

바다와 연못 빛 언덕으로 나누어졌는데 海色潭光隔一陂
비바람 불어도 변함없는 푸른 유리 세계 無風雨改碧琉璃
어떡하면 신선 노닐던 그 날 같이 安能直似仙遊日
크고 작은 못 오가며 노닐 수 있을까 來往纔同大小池

선유담 옆에서 혼자서 유람하다 仙遊潭上獨遊時
새 날고 구름 흐르는데 술 한 잔 鳥度雲移把酒巵
한두 마리 갈매기 나를 알아본 듯 一兩白鷗如識我
오르락내리락 일부러 더디 나네 沈浮來去故依遲

정자에서 시를 지었던 것 같다. 푸른 유리와 같은 선유담과 바다는 모래 언덕으로 나뉘어졌으나, 비바람이 몰아쳐도 푸른 세계를 변화시킬 수 없다. 푸른색에 매혹되어 노닐었던 신선들처럼 놀고 싶다는 생각이 절로 든다. 두 번째 시는 신선처럼 노닐기다. 술이 빠질 수 없다. 술을 마시니 인간 속세의 욕망이 사라진다. 아니 술을 마시지 않았어도 선유담의 그윽한 풍경에 절로 사라져 버렸을 것이다. 욕심이 사라진 시인은 선유담과 하나가 되었다. 갈매기도 시인을 자연물의 하나로 보고 가까이 날아든다.

김홍도, 〈가학정〉, 《금강사군첩》

선유담에 있었던 가학정駕鶴亭은 그림 속에 남아 눈으로 확인할 수 있다. 김홍도의 「금강사군첩」 중 한 작품이 선유담 옆에 있는 정자를 그린 「가학정」이다. 이 작품은 북한의 안변에 있는 가학정을 그린 것으로 잘못 알려져 왔다. 그림 오른쪽 위는 가진항이고 소나무 무성한 모래 언덕은 국도가 되었다. 그림 좌측의 산은 바위 가득한 모습으로 변함이 없으며, 정자가 들어선 산부리에 '선유담仙遊潭'이란 글씨가 아직도 바위에 남아있다. 주춧돌과 기와 파편도 보인다.

고성 능파대

바위에 좁은 도랑(그루브)과 둥글게 파진 구멍(나마)이 보인다. 구멍들이 모여 벌집 모양을 이룬 것(타포니)이 수없이 많다. 구멍이 움푹 패인 것이 낯설었다. 구멍은 그림에 검은 점으로 표시되었다. 능파대를 거대한 벌집으로 만든 주원인은 염분이다. 오랜 기간 동안 염분이 화강암의 틈을 따라 들어가 염풍화가 이루어져 바위가 점차 부스러지며 만들어졌다.

이식李植, 1584~1647은 「능파대의 운을 차용하여 사상使相 신공申公과 함께 시를 짓다」를 남긴다.

천 길 모난 절벽은 쪼아서 쌓아올린 얼음 千仞稜層鏤積氷
구름과 천둥 도끼로 탕 탕 쪼아댔겠지 雲斤雷斧想登登
달리다 멈추려다 물로 달리는 천리마인 듯 散蹄欲駐奔淵驥
부리 들고 놀라 보는 목욕하는 붕새인 듯 褰噣驚看浴海鵬
물결 따르며 노래하던 사안謝安 생각하고 順浪高吟思謝傅
파도 기이하게 묘사한 매승枚乘 떠오르네 觀濤奇筆憶枚乘
봉래산은 여기서 얼마 되지 않건마는 蓬山此去無多路
넘실대는 파도 넘어 갈 순 없을 듯 却恐凌波到不能

시인의 눈은 먼저 바위를 바라보며 기묘한 형상에서 동물들의 순간 동작을 찾아낸다. 천리마와 붕새가 등장하고 곰과 소의 모양을 찾은 사람도 있다. 이것뿐이랴. 생각하는 대로 바위 모양이 바뀐다. 다양한 표정의 얼굴로도 보인다. 바위를 본 다음에 시선은 파도로 이동한다. 중국 고사로 자신의 생각을 나타낸다. 사안謝安이 배를 타고 바다로 나갔다. 마침 폭풍이 불어 물결이 크게 일어나자 일행 모두가 불안했으나, 사안은 노래를 높이 부르며 태연자약했다. 시인은 능파대 위를 거닐며 마치 파도 위에 있는 것과 같은 느낌이었다. 처음에 내심 놀랐으나 이내 평정심을 되찾았다.

작자미상, 〈능파대〉, 《금강산도권》

허훈許薰, 1836~1907은 동해안을 유람하다 능파대에 들린 경험을 「동유록」에 기록하였다.

> 능파대에 올랐다. 돌무더기가 치솟아 바다로 뻗쳐 쌓여 있는데, 종종 속은 비고 껍데기만 남아 소라나 조개껍데기나 도자기의 속 같다. 거센 바람이 깎아 내고 바다의 파도가 부딪쳐 오랜 세월을 지나 단단한 것이 변한 것인가?

허훈이 능파대에서 주목한 것은 바위가 아니라 물이었다. 단단하고 변치 않을 것이라 생각한 바위가 시간과 파도에 속절없이 파여지고 무너져버린 것을 목도하였다. 능파대에선 기이한 바위를 구경하는 것에만 정신이 팔리면 안 된다.

시각에 의존한 능파대 감상이 끝나면 이제 귀에 신경을 집중해야 한다. 능파대 위에 가부좌하고 앉아 신경을 귀에 집중하자마자 색다른 능파대가 펼쳐진다. 바위 구멍은 궁상각치우 다양한 소리를 내기 시작한다. 살랑살랑 바람이 지나가고 거센 바람이 불면 종소리를 낸다. 팽려의 석종산 아래 깊은 못에 바람이 불어 물결이 일면 파도가 바위에 부딪치며 큰 종소리를 낸다고 한다. 여기도 그렇다. 능파대의 파도소리를 들으니 『장자』가 묘사한 지뢰地籟가 떠오른다. 장자는 다양한 의성어를 통해서 바람 소리를 표현하였다. "콸콸, 쌩쌩, 탁탁, 후루룩, 야야, 아아악, 윙윙, 지지배배. 앞의 바람이 휙휙 불어대면 뒤의 바람이 따라서 윙윙 소리를 낸다. 산들바람에 가볍게 응하고 회오리바람에 크게 응한다. 태풍이 잦아들면 모든 구멍이 조용해진다." 장자의 바람소리는 능파대의 파도소리로 환원될 수 있다. 장자처럼 파도소리의 미묘한 차이를 구분해야만 능파대를 제대로 안 것이다.

감호

고성군은 동해안을 따라 도로가 발달했기 때문에 많은 벼슬아치들과 시인묵객들이 오고 갔다. 대강리에는 대강역大康驛이 있어서 말에서 잠시 내려 쉬거나 하룻밤을 보내며 시를 남기거나 여행기에 남겼다. 북쪽에는 감호鑑湖가 있어서 지나가는 사람들이 발길을 멈추었다.

감호는 요염하고 아름다워 삼일포, 경포호, 시중호와 뛰어난 경치를 다툴 만하다고 보았다. 뛰어난 경치도 하나의 원인이겠지만 홍경모는 양사언 때문에 이름이 알려지게 되었다고 보았다. 산은 높다고 명산이 아니고 신선이 살아야 명산이라고 했듯이 아름답기만 해서는 유명한 호수가 될 수 없다. 신선 같은 뛰어난 사람이 그곳에 살아야 한다. 신선에 해당되는 사람이 바로 양사언이라고 보았다.

양사언은 조선 중기의 문신이며 석봉 한호, 추사 김정희와 더불어 조선 3대 서예가로 꼽히는 인물이다. 1546년에 식년문과에 급제를 했으며, 1556년을 전후로 여러 군데 수령을 역임했다. 회양에 나간 것은 금강산을 따라 스스로 택한 것으로 이때 금강산에 관한 시를 많이 남겼다. 그의 호인 봉래는 금강산의 여름 이름인 봉래산에서 따온 것이다. 1564년에 고성군의 구선봉 밑 감호에 비래정飛來亭을 짓고 풍류를 벗삼았다. 1582년 다시 안변군수로 나갔으나 다음해 해서에 귀양 가서 1584년에 68세로 죽었다. 일생 산수를 즐기며 세상을 초연하게 살았다.

감호를 기록한 기문이 여러 편 있지만, 한시가 양적으로 기문을 압도한다. 감호의 주인이었던 양사언의 「감호당鑑湖堂」을 살펴본다.

어찌하여 한가히 여기서 사냐면 問余何事卜閑居
천하의 명승보다 나은 탓이지 天下名區盡不如
흰 모래 푸른 바다 푸른 솔 우거진 길 沙白海靑松翠路
연꽃 만 송이는 온통 나의 집이네 芙蓉萬朶盡吾廬

천하명구天下名區는 천하의 뛰어난 곳이다. 양사언이 감호에 터를 잡은 이유 중의 하나는 명구名區였기 때문이었다. 무엇 때문에 명구가 되었는가? 명사십리같은 모래 벌판이 호수 동쪽에 펼쳐져 있는 것이 명구의 한 요소다. 흰 모래 바깥으로 펼쳐진 푸른 바다는 호수와는 다른 풍경이다. 호수와 바다를 함께 감상할 수 있는 것은 명구의 또 다른 조건이다. 바다와 호수 사이로 소나무가 울창하다. 소나무 아래 길을 따라 걷노라면 신선이 된듯하다. 또 다른 명구의 조건이다. 주변이 온통 연꽃이 피어있는 것 같다. 감호가 명구 중의 명구인 것을 알 수 있다.

감호에서 일어난 홍취를 작품 하나로 다 표현할 수 없었다. 「새로 관동에 거처를 정하다」에서도 양사언의 마음을 읽을 수 있다.

김응환, 〈감호〉, 《해악전도첩》

도연명의 마음 귀거래사에 있고 淵明心事歸來賦
왕유의 생애 망천도에 보이네 摩詰生涯輞口圖
초연히 먼 길 밟아 금강산 오니 超然遠蹈蓬山路
금강산 그림에도 이런 경치 없네 萬二千峯畫也無

망천도는 왕유가 만년에 은거하던 망천이라는 곳의 별장 중심의 그림으로, 그림을 통해 그의 삶을 조명해 볼 수 있다. 감호는 망천도와 금강산도에서도 찾아볼 수 없을 정도로 빼어나다고 보았다.

관동북부

만이천봉 한 줄기가
이리로 왔네

영랑호

강원도에 영랑永郞과 관련된 지명은 왜 이리도 많을까. 영랑은 신선으로 나타나기도 하고 화랑으로도 옷을 갈아입고 등장하기도 한다. 이야기를 살펴보면 술랑과 안상 · 남석과 함께 등장하기도 하고, 두 명이 노닐거나 혼자 소요하기도 한다. 금강산 영랑점, 고성의 영랑호와 간성의 영랑호가 그들이 노닐었다는 곳이다. 지명에 이름이 들어간 것 이외에 고성 삼일포에서 그들이 놀았다는 것까지 포함하면 강원도 동해안은 그들이 질탕하게 노닐던 곳이다.

널리 알려진 영랑호는 속초의 영랑호다. 이유원李裕元은 영랑호를 큰 못에 갈무리된 구슬[珠藏大澤] 같고, 청초호는 화장대에 펼쳐진 거울[鏡開畵奩] 같다고 평한 이래 푸른 바다 아래 영랑호와 청초호는 속초의 눈이 되었다. 『신증동국여지승람』은 영랑호에 대해 "주위가 30여 리인데, 물가가 굽이쳐 돌고 암석이 기괴하다. 호수 동쪽 작은 봉우리가 절반쯤 호수 가운데로 들어왔다. 옛 정자 터가 있으니 이곳이 영랑 신선 무리가 놀며 구경하던 곳이다."라고 하였다.

군사분계선 넘으면 다른 영랑호가 있다. 고성 통일전망대에서 보이는 구선봉 바로 뒤에 같은 이름의 호수가 존재한다. 이곳도

김홍도, 〈영랑호〉, 《해동명산도첩》

김응환, 〈영랑호〉, 《해악전도첩》

영랑이 머물다 간 곳이라고 해서 영랑호라는 이름이 붙었다. 신익성申翊聖은 "고성에 영랑호가 있으며 간성(속초)에 또 영랑호가 있다. 이른바 영랑이라는 사람은 어디 사람인지, 또 어느 시대 사람인지 모른다. 영동 사람들이 전하는 말로는 신선의 부류라고 한다. 고성의 호수는 매우 그윽하고, 간성의 호수는 더욱 맑고 시원하다. 솔숲과 암석이 인간 세상의 것이 아닌 듯하여 반나절만 다니면 영랑을 만날 것만 같다."라고 설명한다. 그가 봤을 때 두 영랑호는 난형난제다. 고성의 것은 그윽한 것이 특징이고, 속초의 호수는 맑고 시원한 미학을 지닌다고 보았다. 별유천지비인간別有天地非人間! 인간 세계에서 만나기 어려운 곳이고, 영랑을 만날 것 같은 비경을 품은 곳이 영랑호라고 품평하였다.

전설에 의하면 영랑의 무리가 금강산에서 수련하고 무술대회에 나가기 위하여 삼일포에서 삼일 동안 쉬다가 금성으로 가는 길에 영랑호에 도착하였다. 호수의 풍경에 도취된 나머지 대회 참석도 잊고 그만 거기에서 노닐었다. 호수의 이름을 영랑호라 부른 이유이다.

호수 주변도 화랑과 신선이 놀던 곳이다. 호수 옆 낙타봉으로 알려진 구선봉九仙峯은 아홉 신선이 바둑을 두면서 놀았다는 이야기가 전해진다. 꼭대기 너럭바위는 수십 명이 앉을 수 있을 정도고, 곁에는 바둑판이 새겨져 있다는 그럴싸한 이야기가 솔깃하게 한다.

채제공蔡濟恭이 금강산을 유람할 때 「영랑호」를 짓는다. 위에 「선유담」을 노래하고, 아래에 「고성도중」이란 시가 있는 것으로 보아 고성의 영랑호다.

바다 덮은 구름 병풍 굽이굽이 기이하니 竝海雲屛曲曲奇
석양에 하얀 명주 나부끼는 것만 같네 練痕翻動夕陽時
아득해진 신선 수레 언제 다시 오려는가 仙軿漠漠來何日
안개비와 봄 물결에 곳곳마다 나타날 듯 煙雨春波到處疑

영랑호는 바다 옆 석호다. 바다를 덮은 구름이 자연스레 영랑호에도 내려앉는다. 하얀 구름이었던 것 같다. 하얀 명주 같은 구름이 낮고도 길게 덮였다. 마침 해질녘이다. 석양에 구름은 깊은 음영을 보였을 것이다. 선경이 따로 없다. 봄비 내리면 영랑을 만날 것만 같다.

현종암

안석경安錫儆은 1761년에 금강산을 37일간 유람하고 「동행기」를 남긴다. 4월 26일 발길이 현종암懸鐘巖에 닿았다. “바위가 덩그러니 매달려 있어 마치 쇠 종을 매단 것 같다. 마침 해가 중천에 떠 있어서 열기를 뿜는 모래를 밟으니 땀이 비 오듯 쏟아진다. 바위 그늘에 들어가니 큰 우산을 펼친 것처럼 서늘하다. 바람을 맞으며 베개를 베고 누웠다. 동쪽으로 푸른 바다를 굽어보고 서쪽으로 금강산을 끌어안으니 어느덧 신선이 된 것 같다. 덮고 있는 바위를 보니 가운데가 비어 있다. 마치 갈고 다듬은 기술을 베풀어 놓은 듯하다. 작은 구멍이 많은데 작은 종을 엮어서 큰 종 안에 매달아 놓은 것 같다.” 종을 매단 것 같은 형태의 바위가 인상적이었다. 마침 더위에 바위 안에 들어가서 열기를 피하며 베개를 베고 누운 여행자의 모습이 보인다. 누워서 동해를 볼 수 있고, 서쪽으로 금강산을 볼 수도 있는 천혜의 조망처가 현종암이다. 현종암은 금강산 가는 길가에 있어 많은 문인의 여행기 속에 등장하고, 시로 기이함을 노래하였다.

홍석주는 김홍도의 현종암 그림을 보고 느낌이 있어 시를 짓는다.

풍이馮夷가 북 멈추자 아황娥皇 잠드니 馮夷罷鼓漢娥眠
태고적 원래 소리 묘연하기만 하네 太古元音竟杳然
밝은 달 아래 작은 파도 출렁이는데 涵澹微波明月裏
누가 동파가 배 정박하는 걸 받아들였나 何人肯泊子瞻船

*자첨(子瞻): 송 나라 때의 문장가인 소식(蘇軾)의 자

소식蘇軾은 직접 작은 배를 타고 절벽 아래에 이르러서 석종산石鍾山을 답사하고 「석종산기」를 지었다. 석종산 아래쪽이 깊은 못과 맞닿아 있는 것을 목격한다. 물결이 치면 파도와 바위가 서로 부딪쳐서 종이 울리는 소리가 나는 것을 체험하였다. 물속의 종은 비록 큰 풍랑이 일더라도 소리를 낼 수 없는데, 돌이 어떻게 소리를 내겠는가라는 의심이 사라졌다. 모든 일을 직접 눈으로 보지 않고 귀로 듣지 않고서 억측하여 판단해서는 안 된다고 말한다.

현종암과 석종산을 연결해 주는 것은 종이다. 석종산의 종소리에 대해서 이러쿵저러쿵 이야기가 분분한 것처럼 현종암에 대해서 설왕설래하였던 것 같다. 소식이 답사를 하고 논란을 잠재웠듯이, 김홍도가 직접 현종암을 그려서 그간의 풍문을 잠재울 수 있었다고 홍석주는 보았다.

김홍도는 현종암을 그리기만 한 것은 아니다. 그림을 보면 선비가 바위 위에 앉아있다. 금강산을 바라보기도 하고 해금강을 유심히 보는 것 같다. 유람객의 눈을 자세히 보니 금강산에서 흘러온 물이 고을을 지나 바다로 흘러 들어가는 것을 보고 있다. 대호정에서 출발한 배가 물길을 따라 해금강을 구경하러 올 것만 같다. 그림 속 선비는 김홍도와 김응환일 것이다.

김홍도, 〈현종암〉, 《금강사군첩》

김응환, 〈현종암〉, 《해악전도첩》

현종암에는 전설이 내려온다. 인도에서 완성된 53부처를 월지국에서는 모시려고 했지만, 전각에 불이 나는 바람에 인연이 아니라고 여겼다. 큰 종과 함께 53부처를 배에 실어서 바다에 띄웠다. 배가 고성 해안에 도착해서 현종암에 종을 걸어놓고 자신들의 도착을 알리는 종소리를 울렸다고 한다. 이유원은 『임하필기』에서 '현종암이 있는 곳은 53부처가 와서 정박한 안창포며, 기둥과 같은 바위는 부처가 올 때 종을 매단 곳'이라고 기록하였다.

대호정

금강산 비로봉에서 흘러내린 물이 구룡폭포에서 떨어진다. 12폭포의 물과 만나 고성을 통과한 후 동해로 흘러드는 하천이 남강이다. 강가 우뚝한 곳은 고산대高山臺다. 남강의 풍광을 만끽하기 위해 고산대 위에 정자를 세웠다.

긴 둑이 아스라이 이어지고 호수 같은 물은 정자를 두른다. 정자의 이름이 대호정帶湖亭인 까닭이다. 호수처럼 잔잔한 물결은 가까운 바다에서 바람이 세게 불어도 물결이 일지 않는다. 홍경모洪敬謨, 1774~1851는 「해악기」에서 대호정 앞 강물을 '비단 그림자[練影]'라고 묘사하였다.

공자가 안연과 함께 태산에 오른 적이 있었다. 창문 밖에 백마가 매여 있는 것을 보고 저것이 보이느냐고 묻자, 안연이 한 필의 흰 비단이라고 대답하였다. 공자가 그 말을 듣고, "그것은 말이다." 하였다는 데서 '비단 그림자[練影]'란 말이 나왔다. 겨울밤 사방에 눈이 덮여 흰 것은 모두 하얗게만 보일 뿐 달리 구분할 수 없다는 뜻이다. 홍경모는 달빛이 강물에 비쳐 하얗게 빛나는 모양을 '비단 그림자'라 표현하였다.

정자 돗자리 아래 하얗게 떠서 움직이는 강물은 몽환적이다. 이럴 때는 배를 타고 즐기는 것이 더 낭만적이다. 달밤에 뱃놀이가 으뜸으로 꼽힌 이유이다. 배에 오르면 전혀 다른 경관이 펼쳐진다. 가까이에 검푸른 암벽은 기이할 정도다. 이른바 적벽赤壁이라고 부르는 바위는 병풍처럼 늘어서서, 정자 건너편 흰색 모래와 절묘하게 대칭을 이룬다. 정자가 기댄 언덕은 온통 바위 절벽이고 정자를 둘러싼 숲은 푸른 나무가 울창하다. 김홍도는 보이는대로 경치를 포진시킨다.

정자 맞은편 마을은 뽕나무와 삼이 우거졌다. 어부와 나무꾼이 부르는 노래가 들려오는 것 같다. 무릉도원이 따로 있는 것이 아니다. 대호정에서 바라보는 마을이 무릉도원이다. 홍경모는 '산뜻하고 깨끗한[蕭灑]' 승경이 고성에서 다했다고 찬탄한다. 여기를 오구奧區라고 보았다. 산이 높고 골이 깊은 여기가 명당인 오구다.

홍석주洪奭周는 김홍도의 그림을 보고 어떻게 시를 지었을까?

남강의 봄날 물 이끼보다 푸르고 南江春水碧於苔
푸른 절벽의 계단 바위만 보이네 蒼壁梯天石氣來
가까이 바다 있으나 구경하지 않고 咫尺海門深不見
노을에 한가히 노질하며 돌아오네 夕陽閒棹釣船廻

봄날 남강 물은 한껏 부풀어 올랐다. 금강산의 눈과 얼음이 녹으면서 정자 앞의 물은 뱃놀이 하기에 제격이다. 쌓인 물은 시퍼렇다. 김홍도는 배를 그리지 않았으나 홍석주는 뱃놀이를 상상한다. 해금강으로 내려가 구경할 마음이 생기지 않을 정도로 홍이 난다. 배에서 적벽만 바라보고 있어도 시간 가는 줄 모를 지경이다. 저녁 무렵이 되어서야 한가롭게 정자로 돌아오는 뱃놀이를 꿈꿨다.

김홍도, 〈대호정〉, 《금강사군첩》

김응환, 〈대호정〉, 《해악전도첩》

『여지도서』에 의하면 대호정은 고성군의 관아로부터 남쪽으로 2리쯤에 있었다. 4칸이라 했으니 크지도 작지도 않은 규모다. 17세기 초반에 군수 허계許啓가 창건하고, 군수 이적길李迪吉이 대호정이라 명명하였다. 이후 퇴락한 것을 1813년에 군수 안광우安光迂가 옛터에 새로이 창건하였다.

해산정

차천로車天輅는 이렇게 글을 쓴다. "병인년(1566) 겨울에 아버지께서 고성에 부임하시자, 다음 해 봄에 바로 관아 뒤 가시밭 가운데 경치가 빼어나게 좋은 곳을 얻게 되었다. 높은 곳을 평평하게 고르고 정자를 지었다. 서쪽은 금강산 천 개 봉우리가 한눈에 들어오는데, 열흘 안 걸려 닿을 수 있다. 동쪽은 바다에 임하였는데, 거리가 10리도 못 된다. 남쪽은 남강을 수백 보 앞에다 굽어보며, 북쪽은 36봉이 바라보인다." 경치가 빼어난 곳에 지은 정자는 해산정海山亭이다.

정자는 대개 경치가 좋은 강이나 산, 바닷가에 세워진다. 해산정은 일반적인 정자의 문법에서 벗어난다. 관아 뒤편이지만 절묘한 장소였다. 서쪽으로는 금강산, 동쪽으로는 바다, 앞쪽은 남강으로 둘러싸여 있어 바다와 산, 강을 모두 조망할 수 있는 곳이다. 바다와 산을 다 취했다고 해서 해산정이란 이름을 얻었다. 관동십경 중 한 곳으로 꼽힐 정도로 경치가 뛰어났다. 절경에 반하여 많은 문인이 정자를 찾았고, 승경을 보고 흥취를 노래했다. 한호와 송시열, 김수증은 현판에 글씨를 남겼다.

금강산 기슭을 파고 깎은 곳 斲破金剛麓
도색주를 눈높이로 바라보네 平臨度索洲
허공의 처마는 푸른 산빛에 젖고 虛簷山翠濕
반쪽 벽엔 바다의 노을 떠 있네 半壁海霞浮
이 절경 누가 와서 차지할 건가 絶境終誰至
좋은 때 이 놀이를 마련하였네 良辰辦此遊
맑은 술에 거문고 몇 곡을 타니 淸樽琴數曲
무엇이든 풍류 아닌 일이 없네 無事不風流

*도색주(度索洲) : 동해 속에 있다는 전설상의 섬 이름

이식李植의 「해산정에서 여러 사람의 시에 차운하다」란 시다. 금강산 기슭을 파서 정자를 지었다고 할 정도로 금강산이 가까이 보인다. 바다는 어떤가. 눈을 돌리면 동해가 보일 정도로 정자의 위치는 높다. 오른쪽에 솟은 처마는 금강산 산빛에 젖어 푸르다. 겨울이면 하얗게 변할 것이고 가을이면 붉게 물들 것이다. 왼쪽 정자 벽은 바야흐로 붉은색이다. 노을에 붉게 물든 바다 때문에 정자도 같이 물드는 중이다. 물아일체가 따로 없다. 해산정에 앉으면 업무로 바쁜 벼슬아치도 풍류객이 되곤한다.

화가는 그림을 남겼다. 정선鄭敾은 여러 점을 남길 정도였다. 1711년에 스승인 김창흡金昌翕이 제자들을 데리고 금강산을 유람할 때 그림을 남겼다. 해산정에서 조망되는 경치 일체를 화폭에 설명하듯이 담고, 지명을 일일이 기록하였다. 서구암西龜岩 아래에 반듯하게 자리 잡은 해산정은 담으로 둘러싸여 있다. 부근에는 관아의 객사가 즐비하고, 그 앞으로는 민가들이 숲속에 군데

김홍도, 〈해산정〉, 《금강사군첩》

김응환, 〈해산정〉, 《해악전도첩》

군데 마을을 이루고 있다. 남강에는 대호정이 송림 속에 싸여 있다. 해산정 뒤 멀리 금강산 백색 암봉들이 아련하게 보이며, 남강 건너편에는 절벽을 이룬 적벽을 그렸다. 객사 아래에는 동구암東龜岩이 묘사되어 있고 남강 입구에는 동해에 잠겨 있는 칠성암七星巖이 파도 속에 서 있다.

김홍도의 그림도 정선의 그림에 등장하는 풍경을 성실히 담았다. 정조께 바치는 그림이었기 때문에 교과서적으로 사실에 충실했을 것이다. 정선의 그림에서 해산정은 눈에 띄는데, 김홍도의 그림에선 찾기가 쉽지 않다. 보이는 대로 그렸기 때문이다. 홍살문도 보인다. 뒤에 보이는 건물은 향교일 것이다. 동구암과 서구암의 자태가 정선의 그림보다 사실적이다.

해금강

입석진立石津에 도착하여 배를 준비하였다. 노를 저어 칠성봉 사이로 거슬러 올라갔다. 바다 가운데 우뚝하게 솟은 칠성봉은 기이한 바위로 이루어졌다. 이곳부터 군옥대群玉臺까지 굽이굽이 봉우리와 골짜기로 이어지는 물길이 10리다. 커다란 것은 허공에 솟아 있고, 높은 것은 붉은 교룡과 비슷하다. 그루터기 같은 것이 나타났다 사라지고, 산이나 고개처럼 높은 것이 교대로 등장한다. 어떤 것은 서 있는 탑과 같고, 어떤 것은 병풍과 같으며, 어떤 것은 문을 닫은 것과 같고, 어떤 것은 집을 열어 놓은 것 같다. 사람을 모아놓은 것과 같고, 부처를 빽빽하게 모아놓은 것 같으며, 사슴이 뿔을 다투는 것 같고, 물고기 머리를 세워 놓은 것 같다. 수많은 칼날을 묶어 놓은 것 같고, 천 개 창의 몸체를 묶어 놓은 것 같으며, 깃발의 다리에 바람이 부는 것 같고, 쇠 갑옷이 햇빛에 빛나는 것 같다. 침범하는 푸른 파도는 하늘 끝까지 아득하게 펼쳐져 있고, 신기루와 고래가 내뿜는 하얀 물이 그 사이에서 보인다.

두 세 구비 들어가자 뱃사공이 돌아가기를 청하며 말하기를, “아름다운 경치는 이미 다 보았습니다. 이 봉우리와 골짜기 밖에는 볼 만한 것이 없습니다.”라고 한다. 허락하지 않고 봉우리와 골짜기를 넘어 더 들어가게 하니 더욱 아름다운 경치가 나온다. 드날리는 파도는 통쾌하다 할 만하고 비틀린 바위는 기이하다 이를 만하다. 구비마다 기쁨이 더하였으며, 돌의 모양과 물의 모습 또한 굽이굽이 변한다. 군옥대에 도착하여 서쪽을 바라보니 해금강은 다만 두 굽이만 남았고, 금강산이 우뚝 솟아 푸르게 반짝인다. 일만 이천 봉우리가 앞에서 우뚝 솟아 계속 이어져 있으니 장엄하고도 장엄하다.

바다에 드러난 것을 들어서 논한 것일 뿐이다. 바다가 맑고 고요하기를 기다려 바다속을 구경한다면, 물고기와 해초가 아래에 뭉쳐있거나 떨어져 있는 돌들도 헤아릴 수 없이 많을 것이다. 바닷물을 동쪽으로 5~6백 리 물러나게 한다면 봉우리와 절벽의 아름다움이 내금강, 외금강에 뒤지지 않을 것이다. 1761년, 안석경安錫儆은 「동행기」에서 해금강 체험을 이렇게 기록하였다. 『장자』의 「제물론」에서 바람의 소리를 묘사하여 극찬받은 장자처럼 안석경은 해금강의 기기묘묘한 형태를 유감없이 묘사하였다.

유휘문柳徽文은 해금강을 본 감동을 칠언절구의 짧은 시로 표현하였으나 아쉬울 수밖에 없었을 것이다.

신선의 산 바다 밖에 따로 열리니 別有神山海外開
사람들이 말하는 봉래가 여기네 先天人說是蓬萊
뉘라서 알리 은은히 보이는 곳에 誰知隱見相須處
만이천봉 한 줄기가 이리로 왔네 萬二千峰一脈來

김응환, 〈해금강〉, 《해악전도첩》

봉래산은 동해에 있다고 하는 전설상의 섬이자 산이다. 이상향이다. 금강산의 이칭이기도 하다. 누구나 아는 봉래산은 이곳에도 있었다. 바닷가 신선이 사는 산이기 때문에 "금강산의 얼굴빛과 같다."하여 해금강이라 이름 붙였다.

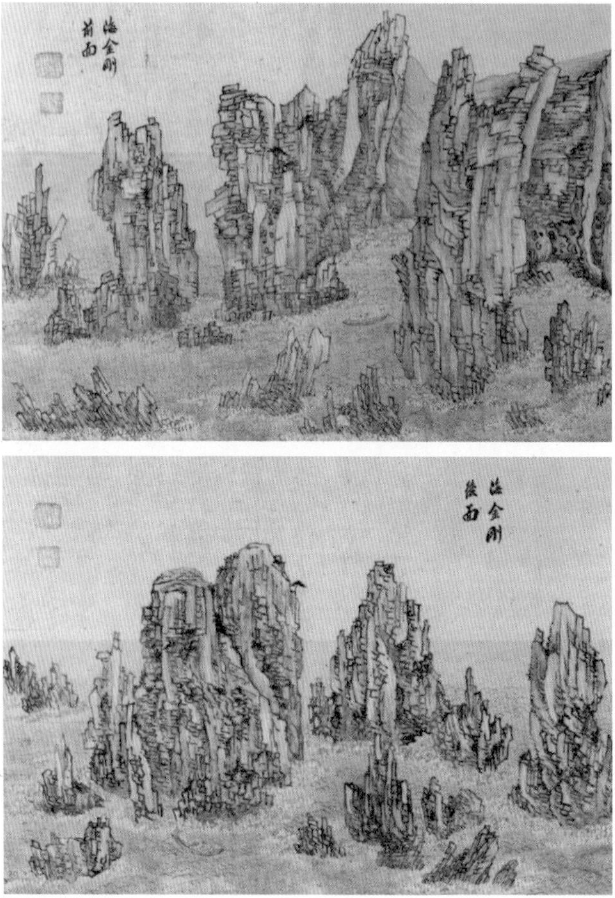

김홍도, 〈해금강〉, 《금강사군첩》

김홍도가 타고 있는 배는 일엽편주다. 자세히 보아야 알 수 있을 정도로 자그마하게 그렸다. 그만큼 해금강의 기암괴석은 규모가 크고 웅장하다. 바위에 부서지는 파도에 겁이 났을 법도 하지만 기이한 풍경에 두려움을 잊었다.

삼일포

36봉우리는 두 손을 마주 잡고 사방을 둘러싼 채 생긋이 웃으며 춤을 추려는 것 같다. 바위 모양은 가마솥 같기도 하고 종 같기도 하다. 모두 머리를 안쪽으로 향한다. 아름답고 고운 풍경은 정숙하고 얌전한 여자가 엷게 화장 한 것 같다. 옛사람은 서호가 항주의 얼굴이라 했는데, 나는 이 호수가 관동의 얼굴이라 하겠다. 16살에 남장을 하고 금강산 여행을 떠난 김금원은 삼일포를 유람하고 「호동서락기」에 이렇게 감회를 기록하였다. 이중환의 삼일포에 대한 인상도 비슷하다. "고성의 삼일포는 지극히 맑고 묘하면서도 화려하고, 그윽하며 고요한 중에 명랑하다. 마치 숙녀가 아름답게 화장한 것 같아서 사랑스럽다." 화장한 여인으로 묘사된 삼일포는 조선 문인들의 사랑을 독차지했다. 시대를 거슬러 올라가면 신라의 사선四仙이 삼 일 동안 이곳에서 놀았다는 전설이 생겼을 정도였다.

배를 탄 이가 김홍도일까. 아니면 호수 가에 앉아 있는 이가 김홍도일까. 호수 가에 있는 있는 돌은 매향비埋香碑인 것 같다. 1309년(충선왕 1)에 건립된 것으로 삼일포의 남쪽 호반에 있었다고 전해지지만, 비석은 없어지고 탁본만이 남아있다. 정엽鄭曄은 「금강록」에서 물속 깊이 잠겨 있는 향목을 찾아, 향기를 퍼뜨려

김홍도, 〈삼일포〉, 《금강사군첩》

김응환, 〈삼일호〉, 《해악전도첩》

서 세상의 악취를 제거하고픈 소망을 적기도 했다.

삼일포 유람의 백미는 뱃놀이다. 배를 타고 호수 안 섬을 유람하는 것이다. 호수 안에는 네개의 섬이 있다. 한 섬에 영랑 · 술랑 · 안상 · 남랑이 놀고 갔다는 사선정四仙亭이 있다. 사선정에 앉으니 마치 난새와 학을 타고 날아올라 은하수에서 긴 바람을 맞고 창공에서 생황과 퉁소 소리를 듣는 듯하였다. 천하에 신선이 없다면 그만이지만, 있다면 이곳을 버리고 어디로 가겠는가. 사선이 정말 신선이라면 영원히 살아 천년이 지난 지금까지도 이곳에서 머물렀을 것인데, 당초에 누가 삼일만 유람했다고 말을 했는가. 떠날 것을 잊은 채 한참 동안 앉아 있었고, 떠나면서도 한 걸음 내디딜 때마다 뒤를 돌아보았다. 정엽鄭曄은 이렇게 감회를 읊었다.

배는 사선정을 떠나 호수 북쪽으로 향한다. '영랑도남석행永郎徒南石行'이라 새겨진 바위를 확인하는 것도 삼일포의 유람 중 필수 코스다. 글자 중 두 자는 붉은 색으로 되어 있어 단서석丹書石이라고 부른다. 고을 사람들이 유람하는 사람들 때문에 고통을 받아 글자를 파낼 정도로 유명했다.

이 밖에도 명소는 장군대와 봉래대, 연화대, 금강문, 와우도, 무선대 등 셀 수 없을 정도로 많다. 몽천사夢泉寺라는 절도, 암자 뒤 문암門巖에서 일출을 바라보는 것도 구경거리였다. 유람에 술이 빠질 수 없다. 신익성申翊聖은 「금강산유람소기」에서 "삼일포에서 배를 타고서 붉은 글씨가 새겨진 석벽을 손으로 만져보고 사선정에서 술을 마셨다. 거나하게 취하자 태수가 노래를 불러 흥을 돋우니, 나도 모르게 흥이 일어나서 시 한 수를 부채에 써서 화답하였다."고 할 정도였다. 홍귀달은 "옛날에 삼일포가 좋다는 말 들었는데, 지금 사선정에 올라왔네. 물은 흰 소반을 치고, 산은 푸른 옥 병풍을 둘렀네. 하늘이 비었으니 채색 구름 일어나고, 돌이 늙었으니 가을빛 맑구나. 신선은 간 지 벌써 오랜데, 옛 정자엔 지금 기둥도 없구나."라고 읊었다.

김금원은 삼일포와 작별하며 시를 남긴다. 못내 아쉬웠던 것 같다. 봄날 16세 여인의 심사는 슬픔으로 가득하다.

봄 지나 뭇 꽃 떨어지는데 百花春已晩
다만 유독 해당화만 붉구나 只有海棠紅
해당화마저 또 지고 나면 海棠若又盡
적막한 봄만 허전히 남으리라 春事空復空

백정봉

고성군 운전리에서 서남쪽으로 약 3km 되는 곳에 솟은 돌산이 백정봉이다. 각양각색의 돌확이 많이 있어서 백 개의 솥, 또는 백 개의 우물에 비유하여 백정봉百鼎峰이라 하였다. "장차 금강산이라는 명산을 만들기 위해 우선 이 봉우리에 하나의 자그마한 모형을 만들어본 것이다."라고 할 정도로 빼어나다. 돌확들은 우묵한 것, 둥글넙적한 것, 둥그런 것, 우묵평평한 것, 길쭉하게 푹 패인 것, 구불구불 돌아간 것 등 각양각색이며 언제나 맑은 물이 고여 있곤 했다.

어유봉魚有鳳은 10리를 가서 온정리에 이르렀다. 얼굴과 발을 씻고 말과 유람 도구를 남겨두었다. 홀로 가마를 타고 15리를 가서 백정봉에 올랐다. 백정봉 위 너럭바위는 상하에 걸쳐 거의 수십 길이나 되었다. 바위 곳곳이 움푹 패인 것이 절구 모양과 같았다. 크기도 하고 작기도 한 것이 몇 개인지 알 수 없었다. 하나하나마다 물이 마르지 않았기 때문에 백정봉이라고 하였다. 「재유금강내외산기」에 실려 있다.

조위경趙緯經도 금강산을 유람하고 나오다 남쪽을 바라봤다. 백정봉이 하늘을 밀치고 수직으로 솟은 것이 보였다. 그 위에는 가운데가 패인 바위가 있는데 모두 솥의 형상이다. 물이 그 속을 채워 하늘과 같은 색깔이라 기이한 경치였다. 이런 경치는 험난한 꼭대기에 있기 때문에 구경한 사람이 드물어 세상에 알려지지 않았다. 마치 고정古鼎이 땅에 묻혀 있어 제사에 사용되지 못하니, 오히려 가마솥보다 못한 것과 같다. 구양공歐陽公이 '큰 그릇은 쓰기가 어렵다[大器難用]'고 한 말이 바로 이런 경우를 두고 한 말이다. 「금강유산기」의 기록이다.

허훈許薰은 백정봉을 어떻게 노래했는가.

누가 재주 좋은 장인에게 깎아 만들게 했나 誰敎巧匠斲成功
바깥은 깎고 안은 비게 한 것이 솥과 같구나 外削中虛象火風
거령鉅靈이 진짜 얼굴로 나타날까 두려워서 鉅靈或恐眞顏露
안개와 노을을 일으켜 온 계곡을 에워 쌓았네 蒸出煙霞萬壑籠

화풍정火風鼎은 위는 불이고 아래는 바람이 있는 형국이다. 음식을 만들기 위해 아궁이에 불을 지펴 음식을 만드는 솥을 의미한다. 거령鉅靈은 황하의 신이다. 황하의 물줄기가 화산에 가로막혀 휘돌아 갈 수밖에 없자, 거령이 산의 머리를 쳐서 둘로 쪼갠 다음에 곧바로 흘러가게 했다고 한다.

강운姜橒은 백정봉을 이렇게 노래했다.

높은 곳에 언제 신선들이 모였는가 高樓何日集羣仙
푸른 자리에 솥 둥글게 펼쳐졌네 百鼎環鋪綠玉筵
동자 불러 동해 물 새벽에 길어다 呼兒曉汲東溟水
영험한 단약 몇 개 구워내네 煎出靈丹幾顆圓

김응환, 〈백정봉〉, 《해악전도첩》

영단靈丹은 신령한 약이다. 홍돈洪墪이 갈암에게 영단과 같은 좋은 가르침을 달라고 청하였다. 갈암이 “가르침을 받아 나 자신의 병통을 치유하지도 못하였는데, 어찌 남에게 가르침을 줄 수 있겠는가.”라고 했다고 한다. 확처럼 생긴 구멍을 신선의 단약을 굽는 솥으로 보았다. 그림 속 점점이 하얗게 보이는 원은 물을 머금은 우물이다.

옹천

20여 리를 가 옹천甕遷을 지났다. 높이가 몇 백 길이나 되는 절벽이 깎아지른 듯하다. 올라갈 때는 실 같은 길이어서 사람과 말이 겨우 지날 만하였다. 내려올 때는 수백 개 북이 울리며 거센 바람이 벼랑에 부딪혀 매우 두려웠다. 옹천을 통과하던 이하곤의 모습이 「동유록」에 남아 있다. 깎아지른 듯 험한 길과 거센 바람에 두려움을 느끼며 지나야 했다. 어유봉도 마찬가지로 두려움과 공포를 체험했다. 「재유금강내외산기」를 보자. "다시 20리를 가 옹천을 지나는데, 길이가 수백 보에 달했다. 산을 뚫어 길을 개척한 것으로 돌로 된 잔교가 험준하고 좁아서 말이 지나기가 어렵다. 아래로 바닷물이 부딪히는데 파도 소리가 두렵게 한다."

옹천은 고성군과 통천군 경계에 있는 벼랑길이다. 동쪽 지방에서는 잔도를 천遷이라 부른다. 마치 큰 항아리가 물에 거꾸로 박혀 있는 모습이어서 옹천이다. 고을 사람들이 간신히 다닐 수 있는 벼랑길을 낸 것이다. 고성과 통천을 오가려면 험한 산길을 몇 십 리 돌아가거나, 그렇지 않으면 반드시 이곳을 지나가야 했다. 고려 말에 왜구들이 쳐들어왔을 때 고성, 통천 사람들이 옹천에서 섬멸시킨 뒤로 왜륜천倭淪遷이라고도 불렀다.

고려시대 안축安軸은 옹천을 지나며 시를 짓는다.

바다를 향해 솟은 바위 낭떠러지 이루었고 峻巖臨海作懸崖
하늘에 걸린 잔도 바라만 봐도 아찔하네 棧道緣空望欲迷
거센 물결 내려다보니 깊이 알 수 없고 俯瞰狂瀾深莫尺
가파른 돌층계 올라가니 미끄러워 힘드네 仰攀危磴滑難梯
행인들 엉금엉금 두 손으로 기어가고 行人匍匐投雙手
여윈 말 부들부들 네 발 오그리네 羸馬凌兢跼四蹄
(생략)

위를 보니 낭떠러지고 아래를 보니 거센 물결이 이는 바다다. 미끄러운 돌층계를 엉금엉금 기어가고 말도 무서워 부들부들 떤다. 김홍도의 그림을 보니 벼랑길 초입에 나그네 한 사람이 보이는데, 한 사람 겨우 다닐 정도로 좁은 길임을 보여준다. 정선의 옹천 그림은 넘실거리는 파도를 역동적으로 그렸다. 파도가 옹천 아랫부분을 치며 하얗게 분말을 일으키는 그림은 두려움을 느끼게 하기에 충분하다.

옹천의 장관 중의 하나가 「옹천에서 파도 바라보기」다. 대부분은 떨어질까 두려워 눈앞의 길만 본다. 하수의 옹천길 유람이다. 송병선宋秉璿은 "푸른 바다 일년 내내 음악 연주하니, 유람하는 사람 이곳서 말을 잊어버리네."라고 했다. 파도가 옹천 아래 바위에 세차게 부딪히며 굉음을 내는 것을 음악에 비유했다. 파도 소리를 듣고 공포가 아닌 감탄을 하였다. 필설로 표현을 하지 못할 정도로 인상적이었다.

김홍도, 〈옹천〉, 《금강사군첩》

김응환, 〈옹천〉, 《해악전도첩》

옹천에서 대단한 구경거리 중 하나는 일출이다. 김창협은 옹천에 가서 일출을 보자고 약속하였으나, 새벽에 비가 내려 일찍 출발하지 못하였다. 옹천에 도착하니 해는 이미 바다 위로 한 길이나 떠올라 있었다. 마침 날이 개어 구름의 광채가 어제 본 것보다 더 기이한 것을 보고 위안을 삼았다. 윤봉조尹鳳朝는 「옹천에서 일출을 보다」란 시를 지어 일출의 감동을 노래했다. 김홍도는 또 다른 그림에는 제화글이 적혀 있다. "바다가 가장 큰 사물임을 옹천에서 경험할 수 있다. 이곳을 노닐어 본 연후에 두루 공자의 글을 이해했다." 태산에 올라가서야 천하가 작은 것을 알았다는 말을 염두에 둔 것이리라.

문암

통천군 해안에 있는 문암門巖을 정선이 그렸다. '통천문암通川門岩'이란 화제가 장소를 알려준다. 그림 속 나그네는 바위 꼭대기를 본다. 시선이 머문 곳에는 소나무와 풀이 있다. 바위에 머문 시선을 돌리자 바다가 눈에 들어온다. 파도가 여행객 발치까지 넘실댄다. 문암에 부딪히며 하얗게 부서진다.

여행객이나 관리들이 다니는 공식 통로였기 때문에 문헌에 자주 등장한다. 김창협은 「동유기」에서 "조진역에서 점심을 먹은 후 문암에 도착하였다. 두 바위가 마주 서 있는데 사람이 그 사이로 왕

정선, 〈문암〉

래하는 모양이 마치 문과 같다. 기이한 형상으로 흰빛을 띠는데 화초가 그 위에 수를 놓았다."라고 기록하였다. 이형운은 「유금강산기」에서 "쌍바위가 문처럼 함께 서 있는데, 사람들은 문암이라고 부른다."라고 했고, 이유원은 『임하필기』에서 명사십리 가운데 문암이 있다고 했으니 모래 위에 바위가 우뚝 솟은 것을 알려준다. 파도가 치는 바닷가 모래 위에 문암이 있고, 문암 꼭대기에는 소나무와 화초가 자라고 있었다.

황경원黃景源은 문암을 이렇게 노래했다.

기이한 바위에 이끼가 뒤덮여 怪石莓苔積
물가에 고운 그림자가 어리네 滄洲麗影交
문같이 생겨 타고 온 말 맬 수 있고 似門繫游騎
바다를 굽어보며 물속 교룡 눌렀네 臨海壓潛蛟

김홍도, 〈문암〉, 《금강사군첩》

울진과 평해 사이에 석문石門이 있었다. 군사적 요충지 역할을 하였는데 문헌에는 '공암孔巖', '두암竇巖', '문암門巖'이라 기록하였다. 해동지도 등 조선 후기 회화식 군현지도집에도 울진의 두암이 반복적으로 등장한다. 유세명柳世鳴, 1636-1690은 "울진 해안에 예로부터 길이 있는데 극히 험준하니, 아래로 나아가서 바위를 뚫어 길을 열고 가운데로 통행하게 하였다. 모습이 마치 홍예문과 같아서 두암竇巖이라 하였다."라고 설명하고 두암을 읊었다.

해곡海曲의 낭떠러지와 험준한 길 높기만 하여 海曲懸崖蜀道嵬
어느 해에 신령한 도끼로 바위 뚫어 길 열었네 何年神斧鑿巖開
세간의 험한 길 가는 어려움 이제 다했으니 世間險路行難盡
오늘 아침 한바탕 웃고 말 가는 대로 맡기리 一笑今朝信馬來

*해곡(海曲): 현재의 울진군 매화면 일대로 추정

홍경모洪敬謨, 1774-1851의 기록도 동일한 곳을 설명한 것 같다. "문암은 울진현에서 남쪽으로 40리에 있다.(중략) 석벽 중에 구멍 하나가 열려 홍예문과 같이 입벌리고 있으니 열등한 말이라도 이 구멍을 통해서 평해군까지 도달하게 된다. 신령한 도끼로 만들었다 한들 기괴함을 느끼지 못할 것이니 이름하여 문암이라 한다."

정선이 그린 통천문암과 김홍도의 문암의 차이점은 위가 연결되었는가 뚫렸는가이다. 바다에 있는 바위의 유무도 다른 점이다. 파도치는 바닷가인 것은 같다. 통천의 문암을 김홍도는 지나갔을 것이다. 김홍도나 김응환의 그림은 없다. 울진의 문암을 정선도 통과하였을 것이다. 정선의 그림에 울진의 문암은 없다. 김홍도의 문암 그림이 울진에 있는 바위라면 정선이 그냥 지났쳤을까. 김홍도가 그린 문암을 찾을 수 없다. 그림으로만 남아 있다.

금란굴

장삼 위 왼쪽 어깨에서 오른쪽 겨드랑이 밑으로 걸쳐 입는 승려의 옷이 가사다. 자장慈藏이 계율을 확립하고 난 뒤부터 수행 및 법계의 차이에 따라서 다른 가사를 입게 되었다고 한다. 가사는 옷감의 자른 조각을 이어 만든다. 조각에 금색 실로 수를 놓아서 승복의 화려함을 갖춘 옷이 금란가사金襴袈裟다. 부처님이 입을 정도로 장엄함을 갖춘 옷이다.

고려 말의 시인 안축安軸은 굴 안 돌기둥이 빛을 내는 것을 보니 마치 금란가사와 같아 금란굴이라고 불렀다. 『신증동국여지승람』은 옛날 굴 안에 관음보살이 살았으며 부처에 지성을 다하면 관음이 현신하고 푸른 새가 날아왔다는 전설을 전하고 있다. 금란굴에 대한 내용은 훨씬 이전부터 있었다. 효소왕 693년에 부례랑을 국선으로 삼았는데 부례랑이 무리들을 거느리고 금란金蘭에 놀러 가서 북쪽 국경까지 이르렀다는 내용이 보인다. 아마도 이때 금란굴에 들렀을 것이다.

안축은 「금란굴시병서金幱窟詩幷序」에서 민간에 전해오는 말을 인용한다. 이 굴은 관음보살의 진신眞身이 항상 머물던 곳이다. 사람이 지성으로 귀의하려는 마음이 있으면 진신이 나타나고 파랑새가 날아오니, 이 때문에 영험하게 여긴다고 전한다. 직접 배를 타고 굴에 도착하였다. 굴 깊은 곳에 높이가 석 자쯤 되는 석벽이 있고 돌의 무늬는 누렇고 반들거려 승려들의 금란가사와 같다. 그런데 얼굴과 눈, 어깨와 팔뚝과 같은 몸체 형상은 없다. 이것을 보고 관음보살의 진신이 바위에 나타났다고 여긴다. 아래에는 옅은 청색의 바위 무더기가 있는데, 이를 연대蓮臺라고 한다. 만약 돌의 무늬가 부처의 옷과 같기 때문에 존경한다고 말한다면 괜찮겠지만, 이것을 관음보살의 진신으로 여기는 것을 나는 믿지 못하겠다고 유학자의 입장을 취한다.

작자미상, 〈금란굴〉, 《금강산도권》

바닷가 푸른 벼랑에 굴이 깊어 海上蒼崖窟穴深
사람들은 관음보살 살던 곳이라 하네 人傳常住是觀音
비상하는 새의 날개 비단처럼 푸르고 飛翔鳥翼靑如錦
출몰하는 바위 무늬는 황금빛 같네 出沒巖紋色似金
이를 보고 모두들 진정한 성인 나타났다 하여 見此皆言眞聖現
지금까지 부질없이 어리석은 대중들 찾게 하네 至今虛使衆癡尋
관음보살의 장엄한 상을 보고자 한다면 欲參水月莊嚴相
돌이켜 밝고 밝은 자신의 본심에 비춰야 하리 回照明明本分心

통천의 금란굴 설화는 낙산사 홍련암 설화와 유사하다. 창건 설화에 의하면 홍련암은 의상대사가 관음보살의 진신眞身을 친견한 장소이며, 관음보살을 친견하기 위해 석굴 안에서 기도하던 장소이기도 하다. 의상대사는 관음보살을 친견하기 위하여 양양으로 왔다가 이곳에서 푸른 새를 만난다. 새가 굴로 들어가자 굴 앞에서 밤낮으로 7일 동안 기도를 했다. 7일 후 바다 위에 붉은 연꽃이 솟아나더니 그 위에 관음보살이 나타나 친견했다. 홍련암을 세우고, 푸른 새가 사라진 굴을 관음굴이라 불렀다고 한다. 『삼국유사』는 굴속에서 공중을 향하여 예배를 드리니 수정 염주한 꾸러미를 내어주고, 동해의 용도 여의보주 한 알을 바쳤다. 대사가 받들고 나와 7일을 재계하고 나서 관음보살을 보았다고 기록하고 있다. 절벽과 돌기둥이 해식작용을 받아서 생성된 것이고, 주상절리가 발달한 현무암의 육각 기둥들이 병풍을 두른 듯 절벽을 이루고 있는 곳이 금란굴이라고 설명하면 얼마나 무미건조한가.

총석정

총석정, 금란굴, 기괴한 바위들 叢石亭 金幱窟 奇巖怪石
뒤집어진 바위, 사선봉, 푸른 이끼 낀 옛 빗돌 顚倒巖 四仙峯 蒼苔古碣
아야발 바위, 돌바위, 특이한 모양 我也足 石巖回 殊形異狀
아, 세상 천지에 이러한 경관 없도다! 爲 四海天下無豆舍叱多

안축安軸의 「관동별곡」 중 일부분이다. 그의 눈엔 총석정의 바위가 기괴奇怪하게 보였다. 기괴는 일반적인 상식을 벗어난 것이다. 다른 것, 새로운 것, 기이한 것이다. 상투적인 미학에서 벗어난 기괴의 미학으로 안축은 총석정을 읽어냈다. 원래 총석정은 정자를 가리킨다. 바다 위에 빽빽이 솟아 있는 돌기둥[叢石] 위에 세워진 정자라는 뜻이다. 이 일대의 바위들을 일컫는 말로 통하기도 한다.

『신증동국여지승람』에 의하면 신라의 술랑 · 남랑 · 영랑 · 안상랑이 총석정에 와서 놀아 이곳의 네 개의 바위기둥을 사선봉四仙峰이라 일컬었다고 한다. 화랑이 이곳에 와서 놀았던 일을 글로 써서 정자 옆 비석에 새겨 놓았다고 하나, 지금은 비문이 닳아 그 내용을 알아볼 수 없다.

김홍도, 〈총석정〉, 《금강사군첩》

김응환, 〈총석정〉, 《해악전도첩》

관동팔경 중 하나인 총석정은 많은 문인들이 기괴한 풍경을 예찬했다. 고려시대의 김극기와 안축, 조선시대의 성현과 김창업 등이 대표적이다. 정철도 강원도관찰사에 부임하여 내금강 · 외금강 · 해금강과 관동팔경 등을 유람하며 감흥을 「관동별곡」으로 노래하였는데, "금란굴 돌아들어 총석정 올라가니, 백옥루 남은 기둥 다만 넷이 서 있구나. 공수의 솜씨인가 귀신이 도끼로 다듬은 것인가. 여섯 개의 면은 무엇을 본떴단 말인가."라고 총석정의 풍광을 읊고 있다. 이하곤이 1714년 금강산 유람 당시 지은 「총석정가」는 30구에 달하는 장편 고시로서 걸작이라 할 만하다. 박지원은 총석정에서 일출을 구경하고 모두 70구나 되는 장편 칠언고시 「총석정관일출」을 지었다.

시뿐만 아니라 여행기에 기록하기도 했다. 홍인우는 「관동록」에서 "총석叢石은 바다 속에 뚝 잘려 서 있는데, 높이는 수백 척이나 되는 듯했다. 한 묶음은 백 개의 장대를 뭉쳐 놓은 듯한데 기둥마다 여섯 면이다. 기둥들은 마치 먹줄로 재어 정교하게 깎아 놓은 듯 고르고 곧다. 꼭대기마다 여섯 면의 둥근 돌이 올려져 있다. 형세는 비스듬히 서있는 것, 반쯤 쓰러진 것이 종횡으로 몇 리에 걸쳐 있어 다 둘러보기 어려웠다."라고 묘사하였다.

화가들도 총석정의 기괴함을 담았다. 정선 뿐만 아니라 이인문, 정수영, 이재관, 김하종, 김규진 등이 참여하였다. 특히 조선 후기에 관동팔경 그림은 서민층에서도 유행하여 병풍이나 민화로도 많이 그려졌다.

이유원의 재미있는 글이 보인다. 총석정과 무등산 바위의 우열에 대하여 논한 것이다.

내가 광주 무등산의 바위를 보고서 기이하다고 자랑을 하였는데, 지금 이 바위를 보고 난 뒤로는 더 이상 볼 필요가 없어졌다. 혹자가 말하기를, "두 바위의 우열을 어떻게 변별하시오?" 내가 응답하기를, "만약 미전米顚: 중국의 서예가으로 하여금 그것들을 보게 한다면, 무등산의 바위에 대해서는 틀림없이 도포와 홀을 가져오게 하여 절을 할 것이오. 총석정의 바위에 대해서는 다른 생각을 할 겨를조차 없이 오체를 땅에 던져 덥석 절을 할 것이오. 이것으로써 고하를 정하면 될 것이오." 하였다. 바위는 말을 할 줄 모르지만 고개를 끄덕이는 듯하였다.

이유원은 총석정이 더 기괴하다고 보았다.

환선정

뛰어난 승경은 신선이 노닐기에 적당하다. 신선을 불러들이는 것이 '환선喚仙'이다. 신선을 불러들인 곳에 정자를 세우고 환선정喚仙亭이라 했다. 총석정 맞은편에 마련했다. 이유원李裕元, 1814~1888이 찾았을 때는 폐허가 되었다. "총석정 북쪽에 환선정의 빈 터가 있는데, 여기에 앉아서 멀리 바라보면 더욱 기이한 절경이다. 총석정을 남쪽에서 보면 환선정 아래의 누운 바위이고, 환선정을 북쪽에서 보면 총석정 아래의 선 바위이다." 총석정과 환선정이 남쪽과 북쪽에서 쌍벽을 이루고 있었다.

김귀주金龜柱의 「동유기」는 환선정에 대한 묘사가 자세하다.

> 총석정 북쪽 포개진 바위 위에 날아갈 듯한 정자가 불과 몇 마장 사이에서 서로 바라보며 바위 무더기 위에서 빛이 난다. 바로 환선정喚仙亭이다. 통천 군수가 환선정 앞의 한 바위 무더기를 가리키며 말하기를 "이곳은 사선四仙이 유람하며 쉬었던 곳입니다. 이 때문에 전하여 사선대四仙臺라고 합니다. 환선喚仙이라는 뜻은 또한 여기에서 연유한 듯합니다."라고 하였다. (생략) 총석정 유람은 배를 타는 것이 제일 좋고, 물고기를 낚는 것은 다음이며, 정자에 올라가는 것은 다음에 해당된다. 이날 바람이 매우 심하여 바다 물결이 뒤집히고 솟구쳤다. 모두 위험을 겪을 것이라 여겨 배를

타기를 꺼렸다. 내가 재촉하여 배를 띄울 준비를 하게 하여 총석정 아래에서 물길을 따라 오르내렸다. 바위의 형세가 우뚝 솟아 빼어나 언덕에서 내려다볼 때보다 갑절로 높았다. 풍랑이 바위 뿌리를 치니 하얗게 내뿜는 것이 백설과 같았고, 소리는 종을 치는 것과 같아서 참으로 기이한 경관이었다.

환선정에 올라 경치를 완상하는 것은 제일 낮은 단계의 감상법이다. 제일 높은 단계는 배를 타고 감상하는 것이다. 배를 타면 정자에서 내려다보는 것보다 더 장엄한 바위를 볼 수 있다. 그뿐 아니라 바위를 치는 파도도 실감있게 볼 수 있고, 파도 소리도 들을 수 있다.

여행기 뿐만 아니라 그림 속에 환선정이 남아 있다. 정선의 「총석정」에 환선정의 위치가 표시되어 있다. 총석정 건너편에 보이는 환선정은 2층 누각의 팔작지붕기와집이다. 이 시기만 해도 환선정이 있었다.

김홍도의 「환선정」 그림을 보면 환선정을 오른편에 묘사하였다. 「총석정」 그림과 반대 방향에서 사선봉 등 주상절리의 기암들을 환선정을 중심으로 그렸다. 김홍도의 그림을 병풍으로 제작한 『해악도병』에 화제가 풍경을 압축하여 묘사하였다.

우왕의 도끼로 깎았는가 禹斧之鑿耶
진나라 다리의 받침인가 秦橋之駕耶
이도 아니고 저도 아니라 非此非彼
단지 이는 조물주가 하는 일이 많아 但是化翁多事
신령스럽고 기이한 재주를 펼쳤네 發其靈奇

김홍도, 〈환선정〉, 《금강사군첩》

김응환, 〈환선정〉, 《해악전도첩》

환선정 주변의 기암괴석을 사람의 손길이 아닌 조물주의 신기한 재주라고 평하였다.

천도

금강산 및 동해안 지방을 유람하고 이곡李穀은 1349년에 「동유기東遊記」를 짓는다. 금강산을 여행한 후 흡곡현에 도착하였다. 동쪽 고개를 넘어 천도穿島에 대해 물어보니 "섬에 굴이 있는데 남북으로 뚫려서 파도가 드나듭니다. 천도에서 바다를 가로질러 남쪽으로 가면 총석정에 갈 수 있는데, 그 거리는 8~9리쯤 됩니다. 총석정에서 바다를 가로질러 남쪽으로 가면 금란굴에 갈 수 있는데, 거리 역시 10여 리쯤 됩니다. 배 안에서 보이는 승경은 말로 표현할 수가 없습니다."라고 하였다.

유몽인柳夢寅은 천도에 대하여 더 구체적으로 묘사했다. 섬 안에 구멍은 육각형의 돌이 산처럼 쌓여 있고, 동굴 위로 올려다보면 깎아지른 돌이 솟아 수천 개 천장 무늬를 이루었다. 총석정에서 온 바위가 층층이 쌓여 퇴적을 이루었다. 비단을 묶어놓은 듯하고, 죽순이 솟은 듯하다. 기이한 모습은 글로 표현할 수 없을 지경이다. 「감파紺坡가 기록한 유금강산록 뒤에 쓰다」에 기록한 글이다.

안축安軸, 1287~1348은 이곡보다 먼저 천도에 왔다가 시를 짓는다.

큰 물결 위로 솟은 작은 섬 小島出洪波
가로로 뚫려 굴을 이루었네 橫穿作通穴
남북의 물이 서로 이어져 南北水互連
부딪쳐 부서져 눈처럼 날리네 相激碎飛雪
(중략)
빈객이 멀리서 명성을 듣고 使賓遠聞名
시도 때도 없이 왕래하네 來往無時節
어찌 뱃사공만 수고로우랴 豈惟舟楫勞
백성의 고혈도 뽑는 것이지 亦浚民膏血
벼락이 때려 없애지 않으니 霹靂不摧殘
이 폐해 언제나 끊어지려나 此害何時絶

강원도존무사로 나갔을 때 지은 시로, 신흥사대부의 새로운 사고방식이 나타난다고 평가받는다. 국토 경관의 아름다움을 예찬하면서도 아름다움으로 인해 고통받는 백성의 현실에 대해서 눈을 감지 않았다. 아름다움보다 그로 인한 폐해를 더 걱정하였다. 위정자로서 애민정신이 우선이었다. 끝에 "국도와 총석정과 천도를 읊은 세 시는 궁극적인 뜻이 모두 이와 같다."고 주석을 달았는데 궁극적인 뜻은 목민관의 휼민恤民이었다.

안축보다 더 이른 시기에 김극기金克己, 1150경~1204경는 죽도를 유람하였다.

천 길 바다 위 신선산이 솟았는데 千尋海面涌仙山
동구 문이 첩첩 벽을 가로 뚫었네 洞戶橫穿疊壁間
누가 달에게 한 개 문[戶] 요청하여 誰向月中呼一戶
옥도끼로 갈라내어 푸른 산 쪼개었나 玉斤鑱破碧孱顔

작자미상, 〈천도〉, 《금강산도권》

천도부터 총석정에 이르기까지의 8~9리와 총석정으로부터 금란굴에 이르기까지의 10여 리에는 바위굴과 기이한 암석들이 줄지었다. 기괴한 모습을 이루 다 기록할 수 없을 정도다. 김극기는 신선이 만든 것이라 여겼다.

시중대

시중대侍中臺는 흡곡 시중호에 있던 정자 이름이다. 시중侍中은 고려시대 중서문하성의 최고 관직이다. 종1품으로 재상직을 통칭하는 이름으로 사용되었다. 수양대군을 도와 왕위에 오르도록 힘을 기울였던 한명회가 강원도 관찰사로 있으면서, 이곳에서 연회를 자주 베풀었다고 한다. 한창 술자리를 즐기고 있는데, 갑자기 왕으로부터 우의정에 임명되었다는 소식을 듣게 된다. 이 때문에 이곳을 시중대라 부르게 되었다고 『만기요람』은 밝힌다. 김상헌金尙憲의 의견은 다르다. 「아침에 시중대에 오르다」란 시를 보면, 고려 때 윤관尹瓘이 북쪽을 정벌할 적에 머물렀던 곳이기 때문에 이름을 얻게 되었다고 보았다. 채제공蔡濟恭도 마찬가지다. "아득한 옛날 윤시중께서는, 초목조차 이름을 알고 있었네. 군사를 이끌고 호랑이 굴을 치니, 살기가 온 천하에 진동하였지."라고 읊었다.

평해의 월송정 대신 관동팔경에 넣을 정도로 풍광이 빼어난 시중대를 신익전申翊全은 이렇게 노래했다.

백 길 되는 소나무 천 길 대를 에워싸고 百丈松圍千仞臺
대 앞 은빛 바다 봉래산으로 이어지네 臺前銀海接蓬萊

큰 바람 한바탕 불어 큰 새 날아가니 長風一陣起鵬際
유유히 내 마음과 눈 탁 트이게 하네 使我悠然心目開

잔잔한 호수와 바닷가 백사장, 바다에 떠 있는 천도, 난도, 우도, 승도, 송도, 석도, 백도 등 7개의 작은 섬들까지 한눈에 들어온다. 특히 호수와 바다 사이에 짙푸른 소나무가 절경이다. 경포대와 서로 우열을 다투었고, 칠보대라 부르기도 하였다. 김창협은 "시중대를 일찍이 올라가 봤는데, 형세가 낫다."라고 평했다.

이하진李夏鎭은 1664년 휴가를 얻어 사촌 형님들과 같이 금강산을 유람하고 「금강도로기」를 지었다. 시중대를 유람한 일이 포함되었다.

> 30리를 달려 흡곡현의 관아를 잠깐 들리고, 두 개 언덕을 넘어 시중대에 닿았다. 큰 호수 가운데 푸른 산머리가 솟아 있다. 시중대의 앞과 좌우는 넓고 아득하다. 바람이 하얀 파도를 일으키기도 하고, 물고기가 잔물결을 일으키며 놀기도 한다. 부상에서 해가 뜨고 울릉도에서 구름이 피어나니 순식간에 사라져서 유람의 흥을 일으킨다. 띠 같은 모래사장 안쪽은 호수이고 바깥쪽은 바다다. 은은하게 경계가 되어 호수와 바다가 서로 넘나들지 않는다. 모래사장에는 해당화가 무더기를 이루어 가을인데도 아직 꽃이 지지 않았다. 하얀 병풍 안에 붉은 비단 장막이 수 십 리에 가로로 펼쳐져 있는 것 같다. 왼쪽에 작은 섬은 표주박 같다. 앞쪽에는 일곱 개의 섬이 있다. 먼 곳에서부터 가까운 곳까지 펼쳐져 있다. 누대의 옛 이름이 칠보대다.

김홍도, 〈시중대〉, 《금강사군첩》

거기서 끝난 것이 아니었다. 게를 잡아 와서 다섯 가지 맛을 곁들여서 구워 소반 위에 올렸다. 게의 맛은 온 나라 가운데서 으뜸이라 한다. 오른손으로 게를 잡고 왼손으로는 잔을 들었다. 앞에는 각종 해물이 가득 차서 더 이상 볼 게 없었노라고 술회한다. 여행에서 빠질 수 없는 것이 술과 음식이라는 것을 다시금 확인시켜준다.

금강산 내금강

장엄한 것이 내면에 있구나

장안사 만천교

왼쪽 산언덕 아래로 절이 보인다. 다리는 유심히 보아야 찾을 수 있다. 1680년경에 만들어진 만천교萬川橋는 비홍교飛虹橋라고도 칭한다. 이곳을 드나들던 문인들은 아름다운 돌다리에 찬사를 보냈다.

1709년 9월에 금강산을 여행하고 기록한 이의현李宜顯의 「유금강산기遊金剛山記」 속에도 만천교가 보인다. "난간머리 누대 남쪽에는 돌다리가 활모양으로 높이 솟아 있으니, 바로 비홍교이다. 길이가 60척이고 높이는 길이의 절반쯤 되며 맑은 시냇물이 아래로 흐르는데, 돌에 부딪치며 치달려서 물소리가 숲속을 진동한다." 1713년에 지은 심육沈錥의 「풍악록楓嶽錄」 속에도 다리는 건재하고 있었다. "만천교는 절 남쪽에 있으며 바위를 쌓아 다리를 만들었는데, 매우 높고 커서 처음 보는 것이다. 혹은 비홍교라고도 하는데 곡운 김수증이 썼다고 한다."

돌다리인 만천교는 장안사의 대표적인 볼거리 중의 하나였다. 이건명李健命은 「저녁에 장안사에 도착하여」라는 시에서 "최근 산중에 볼거리 더해졌으니, 백 자나 되는 비홍교 돌다리 놓였네."라고 노래했다. 김창흡은 「석교石橋」에서 다음과 같이 노래한다.

김응환, 〈만천교〉, 《해악전도첩》

신선산을 본 지 이미 오래인데 仙山違面久
석교의 기이함을 비로소 보는구나 始覩石橋奇
비가 개니 무지개는 천 자나 뻗치고 截雨虹千尺
은하수 위에 뜬 달은 반쯤 둥그네 凌河月半規
시냇물은 더욱 우렁차게 흐르고 溪流增響亮
구름 그림자는 희미하게 어른거리네 雲影迷逶迤
여기에서 단구가 아마도 가까울 것인데 自此丹丘近
왕자교王子喬와 적송자赤松子는 누군가 喬松爾是誰

신선들이 산다는 금강산으로 들어가는 길목에 있어 향선교라 불렀다는 다리를 김창흡은 다르게 해석한다. 천 자 높이 솟은 무지개와 은하수로 비홍교를 묘사한 것이다. 그곳에 오르면 물은 우렁차게 흐르고 구름도 밑에서 어른거릴 정도다. 이런 곳은 밤이나 낮이나 항상 밝은 땅으로, 신선이 산다는 전설적인 단구丹丘다. 이곳에 왕자교와 적송자가 산다. 왕자교는 퉁소를 불어서 봉황의 울음소리를 잘 냈는데, 일찍이 도사를 따라 숭고산에 올라가서 선술을 배운 지 30여 년 만에 백학을 타고 승천했다. 적송자는 전설시대 신선으로 신농 때 곤륜산에 입산하여 선인이 되었다고 한다.

정선이 금강산 여행을 시작하던 1710년대에도 돌다리가 건재했다. 그의 「장안사비홍교」 속에 튼실한 다리가 보인다. 김윤겸의 그림에도 비홍교가 등장한다. 명소인 비홍교는 1720년경 홍수로 무너졌다. 김응환의 그림에는 더 이상 돌다리가 보이지 않는다. 나무로 얼기설기한 다리가 위태롭게 보인다. 김홍도의 그림에도 돌다리를 찾을 수 없다. 다리 곁에는 기적비紀蹟碑가 서 있고, 동쪽에는 송월松月과 응상應祥 두 승려의 비석이 있다.

장안사 동구

불경에 "3만 리 떨어져 있는 발해에 금강산이 있는데 부처가 모이는 곳이다."라고 하였고, 또 "금강이란 사람이 금을 먹어 끝내 소멸되지 않는 것과 같다. 그러하다면 산의 뼈대는 또한 굳센 기운이 모인 것이니, 천지가 없어진 뒤에도 여전히 썩지 않을 것이다."라고 하였으니 모두 근거한 바가 있다. 양대박梁大樸의 「금강산기행록」 서두의 글이다. 양대박은 1572년 여름에 아버지를 모시고 금강산 유람을 떠났다.

> 배재拜岾에서 골짜기로 들어가니 장안사 골짜기 입구이다. '배拜'자로 고개에 이름을 붙인 것은 사람들이 모두 이곳에 이르면 산을 바라보고 절을 하기 때문이다. 또한 머리카락을 깎겠다는 뜻이라고 한다. 층층의 산이 뼈대를 드러낸 것이 수천 수만 가지의 기이한 모습이다. 긴 삼나무와 오래된 회나무가 좌우에 줄을 지어 있는 것을 헤아릴 수 없다. 영계靈溪의 한 줄기가 만폭동으로부터 수십 리를 쏜살같이 흘러서 도솔천이 된다. 별천지는 깊고 바위는 기이하고 장대하며, 떨어진 꽃잎이 물을 따라 인간 세상을 향해 흘러온다. 무릉도원이 멀지 않음을 비로소 알 수 있다.

김응환, 〈장안사동구〉, 《해악전도첩》

별천지인 금강산을 향하는 양대박의 설렘을 느낄 수 있다. 이의현李宜顯도 같은 입장이었다. 모두 아홉 번을 건너서야 비로소 장안사 골짜기 입구로 들어섰다. 푸른 소나무와 회나무가 늘어서 줄을 이루었고, 맑은 시내와 하얀 바위가 앞뒤에서 서로 비추었다. 그윽하고 깊숙하며 아득하고 막혀 있어서 인간 세상이 아니었다고 토로하였다. 최익현崔益鉉은 1882년 4월에 금강산을 유람하였다. 「4월 3일에 여러 친구와 금강산을 향하여 떠나다」란 시 속에 명소 곳곳이 수록하였는데 장안사 동구에서 시를 짓는다.

1672년 금강산 유람을 마치고 돌아가는 이천상李天相은 아쉬울 따름이었다. 이 산과 작별을 하자니 슬픈 마음이 없을 수 없었다. 마침내 동구에서 다음과 같은 절구 한 수를 읊었다.

수 천 수 만 봉우리와 골짜기 구경했건만 領畧千峯與萬壑
산을 나오다 오히려 열 번이나 다시 돌아보네 出山猶復十回頭
산신령을 향해 다시 오겠노라 미리 기약하니 前期爲向山靈約
그날은 명년 구월 가을이 될 것이네 會趁明年九月秋

천천히 걸으며 산을 나오면서 열 걸음에 아홉 번을 돌아보았다. 해가 저무는 줄도 몰랐으니, 작별을 연연해하는 것이 마치 정든 사람과 헤어지는 듯했다. 서로 더불어 말하기를 "우리는 신선과의 인연이 부족하구려. 세상에 나흘 동안의 신선이 어디 있겠소?"라고 하였다. 동행했던 한 사람이 말하기를 "진시황과 한무제도 이를 수 없었던 곳이니, 나흘의 신선이면 또한 충분하오."라고 하였다.

강세황과 김홍도 일행은 날이 저문 뒤에야 비로소 장안사에 도착했다. 이름난 사찰인데 이미 쇠락하여 다리도 무너지고, 누각도 허물어졌으며, 승려들도 흩어져 가버렸다. 마치 훌륭한 대저택에 주인은 없고 쇠잔한 노복이 두어 명만 남아 서로 의지하며 지키는 꼴이어서, 매우 개탄스러웠다. 정란鄭瀾이 왔기에 함께 잤다.

장안사

장안사 하면 먼저 떠오르는 것이 가곡 장안사다. "장하던 금전벽우金殿碧宇 찬 재 되고 남은 터에, 이루고 또 이루어 오늘을 보이도다. 흥망이 산중에도 있다 하니, 더욱 비감하여라." 이은상이 짓고 홍난파가 작곡한 가곡은 장안사의 대표성을 띠게 되었다.

가곡이 있기 훨씬 이전에도 장안사는 금강산의 대표 사찰이었다. 『화엄경』에 "동북방의 바다 가운데에 금강산이 있으니, 담무갈보살이 일만이천의 보살들과 더불어 항상 반야심경을 설법하는 곳."이라는 내용이 나온다. 중국인들은 『화엄경』에서 말하는 동북쪽의 담무갈보살 상주처를 조선의 금강산이라 믿었다. 원나라 진종 황제가 사신을 파견해 자신의 이름으로 향을 올리게 했을 정도였다. 1343년 원나라 황후 기씨는 황제와 태자를 위해 금과 공인들을 보내서 장안사를 중건하고 새로운 누각을 건립하게 했다. 지극한 정성과 뛰어난 솜씨는 금강산뿐만 아니라 전국에서도 유례를 찾기 힘든 작품이었다.

김창협이 장안사에 들렀을 때 건물은 크고 단청이 찬란하였다. 불상 앞에 구리그릇 몇 개가 있었는데 그릇에 새겨진 글에 지정至正 연호가 있는 것으로 보아 원나라 순제가 보시한 것이었다. 남효온이 들렀을 때 부처 앞에는 '황제만만세'라고 금으로 쓴 편액이 있었다. 법당의 사면에 작은 부처 1만 5천 개는 모두 원나라 황제가 만든 것이었다.

신익성申翊聖이 금강산을 여행하고 「유금강내외산제기」를 기록한 해는 1631년이었다. "옛날에 대웅전이 있었는데, 화재를 겪어 한창 중건하고 있는 중이다. 단지 기둥 두 개만 세웠다. 사성전과 요사채들은 남아 있었다. 사성전은 이층 전각으로 안에는 금불상 한 구와 십육 나한상 및 무진등이 있고, 향로와 바리때를 비롯한 여러 가지 기물이 매우 많은데 모두 고풍스럽고 우아하다. 무진등은 원나라 순제의 황후가 복을 빌기 위해 바친 것인데 만든 솜씨가 정교하다." 장하던 금전벽우가 탄 재가 된 상태를 목격한 것이다.

장안사에서 인상적인 것은 문밖의 폭포수 떨어지는 소리다. 밤새도록 들려서 마치 비바람 소리와 같았다. 뼈까지 서늘하여 꿈속에서도 맑고 시원한 기운이 느껴질 정도였다. 새벽에 문을 열고 보니 두세 봉우리가 모두 구름 속에 보인다. 구름을 삼키고 토해 내는 데에 따라 출몰하는 모습이 또 하나의 기이한 광경이었다. 동북쪽에 우뚝 솟은 지장봉, 관음봉, 보현봉 등 몇몇 봉우리가 사람을 압도하였다. 김홍도의 그림 오른쪽에 그려진 봉우리일 것이다. 김응환과 김홍도는 산의 형세를 대강 그리고, 나는 사찰 뜰에 나가 앉아서 보이는 대로 그렸노라고 강세황은 「유금강산기」에 기록하였다.

김홍도, 〈장안사〉, 《금강사군첩》

김응환, 〈장안사〉, 《해악전도첩》

하늘이 수려한 기운 부었으니 으뜸가는 산이요 天鍾神秀海隅宗
땅은 머니 진나라 한나라서 봉토한 일 없었네 地遠曾無秦漢封
동남쪽으로 수백 리 걸쳐 펑퍼짐하게 뻗쳤고 盤礴東南數百里
크고 작은 일만이천 봉우리 빙 둘러 있네 環羅大小萬千峯
해와 달이 솟고 지는 경관을 굽어보고서 俯看日月昇沈景
산하의 방대한 얼굴을 비로소 알았노라 始知山河闊大容
여기서 봉래 영주와의 거리가 멀지 않으니 此去蓬瀛應不遠
허공을 타고 곧장 신선 자취 밟으려 하노라 凌虛直欲躡仙蹤

장안사를 읊은 서종태徐宗泰, 1652~1719의 작품이다. 해동에 으뜸가는 금강산과 장안사에 대한 최고의 찬사라고 할 만하다.

명경대

장안사에서 북동쪽 백천동을 따라 400m 가량 오르면 황천강이다. 다시 500m 가량 거슬러 올라가면 사면이 산으로 둘러싸인 가운데 불그스레한 비석과 같은 바위가 하늘을 찌를 듯이 솟아 있다. 마치 거울을 세워놓은 것 같다. 계곡물에 비치는 그림자가 거울을 연상시킨다. 명경대明鏡臺라는 이름이 붙은 까닭이다.

명경대 맞은편 바위는 배석대拜石臺다. 배석대에 올라가 꿇어앉으면 명경대는 사람의 마음속까지 다 비쳐서 죄의 유무를 가려내고, 시왕과 판관이 이를 보고 판결을 내린다고 한다. 죄 없는 사람은 극락문을 통하여 극락세계로, 죄 있는 사람은 사자봉의 사자를 불러 지옥에 떨구어 넣었다 한다. 배석대에는 명경대 · 옥경대 · 업경대라는 글씨가 새겨져 있다. 명경대는 사람의 일생을 밝게 비쳐주는 거울이라는 말이며, 옥경대는 옥처럼 맑은 거울이라는 뜻이고, 업경대는 전생의 업적을 비쳐주는 거울이라는 뜻이다. 명경대의 북쪽에는 석가봉, 남쪽에는 시왕봉이 솟아 있고, 아래쪽에는 판관봉, 죄인봉, 사자봉, 지옥문, 극락문이 바라보인다. 신익성申翊聖은 1631년에 쓴 「내외금강산유람기遊金剛內外山諸記」에서 승려들은 선 바위를 '명경대'라고 부르고 성문을 '지옥문', 연못을 '황천강', 대를 '업경대'라고 하면서 저승의 말을 써서 중생을 현혹한다고 비판적으로 말을 했으니 전설이 오래 되었음을 알 수 있다.

이민구李敏求의 「석가봉 아래 명경암」도 명경대의 유래를 듣고 지은 것이다.

석가봉 아래 업경대 釋迦業經臺
돌 거울로 표준 세웠네 石鏡建標極
만고에 사람의 마음 비추니 萬古照人心
둥글고 밝음 길이 좀 먹지 않으리 圓明長不蝕

석가봉 아래 업경대는 명경대를 가리킨다. 업경대가 표준을 세웠다는 말은 무엇일까. 이곳을 지나는 사람이 생전에 지은 선악의 업을 비추는 거울 역할을 한다는 의미이다. 생전에 둥굴게 살았는가 밝게 살았는가를 알려준다.

명경대는 면경대面鏡臺라고도 불렀다. 이유원李裕元은 일찍이 어느 귀인이 이곳에 이름을 새기려하자 순식간에 바람과 우레가 크게 일어났고, 돌 깎는 사람이 눈을 뜰 수가 없어서 손을 쓰지 못하고 그만두었다는 이적을 들려준다.

김홍도 그림에 등장하는 인물들은 명경대를 바라보고 있다. 함께 간 강세황과 김홍도 일행일 것이다. 오른쪽에 몸을 반쯤 기댄 이도 보인다. 명경대의 전설에 대하여 이야기 꽃을 피우고 있을 것이다. 아니면 마의태자 이야기를 하고 있었을까.

명경대 왼쪽에는 석성石城이 있다. 성에는 문과 같은 작은 구멍이 있는데, 신라의 왕자가 난세를 피했던 곳으로 알려진 곳이다.

김홍도, 〈명경대〉, 《금강사군첩》

김응환, 〈명경대〉, 《해악전도첩》

이의현李宜顯의 「유금강산기遊金剛山記」에 "못의 남쪽에 돌을 쌓아 만든 성이 있다. 옛날 신라 경순왕이 고려에 항복하려 할 적에 태자가 지극히 간하였으나 듣지 않자, 태자는 곧바로 이 산으로 들어와서 바위를 의지해 집을 만들고 삼베옷을 입고 채소를 먹으면서 일생을 마쳤다. 여기가 바로 그곳으로 옛 자취가 아직도 그대로 남아 있다."고 기록하였다. 『고려사』도 비슷한 내용을 전한다. 여러 전설이 아직도 전해오는 금강산이다.

백천동

석가봉과 시왕봉 두 산줄기 사이에 펼쳐진 계곡이 백천동이다. 내금강 장안사에서 오른쪽으로 들어서면 구불구불한 개울을 따라 골짜기가 형성되었다. 산과 물이 이리저리 어울리면서 끝없이 깊숙한 골짜기가 이어진다. 처음 만나는 곳은 명경대와 옥경담이다. 일명 황류담, 황천담이라고도 한다. 물에는 명경대와 산봉우리가 비치어 어른거린다.

명경대를 돌아가면 바위벽에 조그마한 굴이 두 개 있다. 아래에 있는 좀 작은 굴이 흑사굴이고, 웃쪽에 있는 대문만큼 큰 굴이 황사굴이다. 황사굴은 극락으로 통하고 흑사굴은 지옥으로 통하였다고 알려져 왔다. 명경대 부근에는 마의태자성터라는 돌축대가 있다. 무너지기는 하였으나 아직도 50여m 구간에 흔적이 그대로 보인다. 흑사굴, 황사굴을 지나 한 굽이 돌면 커다란 바위 밑으로 구멍이 났다. 사람이 서서 나갈 수 없고 허리를 굽혀야 빠져나갈 수 있다. 영원동으로 들어 가는 문이라고 하여 영원문이라고 부른다. 영원문을 빠져나와 조금 올라가면 돌로 쌓은 집터가 나타난다. 이것이 마의태자가 궁궐을 짓고 살았다는 아래대궐터다. 좀 떨어진 길옆 바위에 도드라지게 구멍이 뚫린 계마석이 있다. 계마석을 지나 올라가면 평평한 집터자리가 보인다. 마의태자가 궁궐을 짓고 살았다는 웃대궐터이다. 웃대궐터를 지나 더 올라가면 개울이 갈라지는 갈림목에 이르게 된다. 영원동과 수렴동이 시작되는 곳이다.

김창협金昌協의 답사기를 들고 백천동百川洞으로 들어섰다. 길이 온통 기암괴석과 참대로 우거지고 등덩굴, 칡덩굴이 얽혀 있어 거의 통행할 수 없다. 가마에서 내려 지팡이를 짚고 구부정하게 몸을 굽히고 들어갔다. 마침 비가 온 뒤라 젖은 이끼 때문에 돌이 미끄러워 걷기가 더욱 힘들다. 걷다가 넘어지곤 하면서 애써 나아가니 기이한 봉우리가 연달아 눈앞에 나타난다. 장검처럼 우뚝 솟은 모습에 두려움이 든다. 처음에는 길이 막혔는가 했더니 홀연히 다시 열리고, 좀 전에 보았던 것과 같은 봉우리가 나타나더니 다시 길이 열린다. 봉우리는 끊임없이 연달아 나타나고 골짜기는 끊임없이 닫혔다 열렸다 한다.

시냇물은 감돌면서 꺾이다가 비스듬히 흐르며 끊임없이 변화한다. 총 3~4리를 가자 못 하나가 나타난다. 넓이가 수십 평이고 짙푸른 색을 띨 만큼 고인 물이 깊어 사람의 머리털까지도 보인다. 못 옆에 있는 바윗돌은 편편하고 넓어 수백 사람이 앉을 수 있을 정도다. 그 위에 폐허가 된 성이 있는데, 사람들은 신라의 왕자가 은신했던 곳이라 한다. 휑하니 열려 있는 성문은 몸을 숙여야 들어갈 수 있다. 그곳을 지나자 경치가 더욱 그윽하고 뛰어나다. 시내 양옆에는 모두 깎아지른 듯한 절벽이다. 왕왕 길을 찾을 수가 없어 나뭇가지를 잡고 바위틈에 발을 디디며 가야 하는데, 이때는 위험도 잊어버렸다. 위 4~5리 되는 곳에 영원암靈源菴이 있다고 한다. 가서 묵고 싶은 마음 간절했으나, 따르는 중들이 모두 꺼리고 나도 피로가 심하여 결국 가지 못하였다.

김응환, 〈백천동〉, 《해악전도첩》

이민서李敏敍는 백천동을 다음과 같이 노래했다.

물소리 귀에 차니 세상 잡음 안 들리고 水聲盈耳世音息
산빛 옷깃에 비치니 속된 생각 가셔지네 山色橫襟塵相空
눈과 마음 시원하여 다른 생각 없으니 泠然心眼無他物
맑고 차가운 물 거두어서 뱃 속을 채우리라 收取清寒滿腹中

내금강 어디 가나 그러하겠지만 백천동은 특히 세상 잡음 하나도 들리지 않는 곳이다. 속된 생각조차도 들지 않는 곳이다. 다른 생각이 없는 무념무상의 경지를 체험일 수 있는 곳이 백천동이다.

명연

고려 말에 김동거사金同居士라는 이가 있었다. 배점拜岾에 살면서 백천동 물을 끌어다 먹을 정도로 법력이 높았지만, 불가의 정법을 해치는 일을 일삼아 나옹선사가 김동거사를 잡아다가 못에 넣었다. 때때로 김동거사의 원혼이 구슬픈 울음소리를 토해냄으로 울못이라 한다. 울못을 울소라고도 하며, 명담鳴潭, 명운담鳴韻潭, 울연鬱淵, 김동연金同淵이라고도 한다.

남효온은 다른 이야기를 들려준다. 김동은 고려 시대 사람인데 평생에 부처를 좋아하여 울연의 위에다 김동사金同寺라는 절을 지었다. 개경의 부자인 김동은 장사해서 돈 번 것이 모두 부처님 덕이라 생각했다. 바위에다 불상을 조각하여 부처를 공양하고 재를 올릴 때도 요란하고 사치스럽게 하였다. 절의 경비를 충당하기 위해 집에서 매일 짐수레가 줄지어 왔을 정도였다. 김동은 부처에게 정성을 다하는 사람이 자기밖에 없다고 자부하고 있었다. 지공指空이 산에 들어와 김동을 보고 외도를 하고 있다고 지적하니 김동이 불복하였다. 지공이 말하기를, “네가 옳고 내가 그르면 오늘 안으로 내가 천벌을 받을 것이요, 내가 옳고 네가 그르면 오늘 안으로 네가 천벌을 받을 것이다.”라고 하니 김동이 그러자고 하였다. 김동은 김동사에서 심판을 기다리고 지공은 마하연에 들어가서 자는데, 과연 밤에 뇌성벽력이 일어나 김동은 절의 부처와 한꺼번에 울연으로 휩쓸려 들어갔다고 한다. 이 이야기는 무엇을 말하는 것일까. 형식에 치우쳐 사치를 일삼은 불교에 대한 비판이 아닐까.

김창협이 울연을 지나가고 있었다. 물이 검푸른 빛을 띨 만큼 깊어 가까이 가서 들여다볼 수가 없었다. 빠른 여울이 아래로 떨어지며 우레처럼 큰 소리를 냈다. 눈발처럼 하얀 물보라를 뿜어내는 모습이 더욱 장관이었다. 왼쪽에는 높은 절벽 높이가 천 길이고 아래로 못 바닥에 뿌리를 박았다. 오른쪽에는 가느다란 길이 비탈에 걸려 있다. 높은 벼랑에 비스듬하게 나무로 길을 잇대었는데 사람이 겨우 통과할 정도로 좁아서 겁이 났다. 여기서부터는 길이 모두 시내를 따라 나 있다. 맑은 물과 흰 돌, 높은 바위와 기이한 절벽이 끊임없이 이어진다.

금강산 스님이 이민구에게 여러 전설을 들려주었던 것 같다. 이민구는 「명연鳴淵」이라는 시를 짓는다.

내게 옥피리 있지만 我有紫玉笛
감히 못가에서 불지 못하니 不敢淵上吹
잠자는 이무기 깨웠다가 怕起驪龍睡
우레치고 비 쏟아질까 두렵네 晴天雷雨垂

하늘이 천둥소리를 내며 비를 내려 금동을 못에 빠뜨렸고, 금동은 이무기로 변하여 슬프게 울었다는 이야기를 듣고 지었음을 알 수 있다. 이민구도 김동의 탐욕을 경계하였던 것이다.

김홍도, 〈명연〉, 《금강사군첩》

김응환, 〈명연〉, 《해악전도첩》

김홍도는 명연을 그리고 화제를 써 넣었다. "진거사陳居士가 과연 슬피 울어 소리를 내는가. 옛 사람 중에는 맑은 물과 흰 돌에 나아가서 죽기를 원한 이도 있었으나, 진을 과연 이처럼 물에 빠뜨려 죽였다 해도 무방하다." 김홍도는 김동이 아니라 진거사陳居士의 이야기를 들었던 것 같다. 전설을 의식하고 그림에 써넣은 글이다.

수렴폭포

산은 언제 어디다 이렇게 많은 색소를 간직해 두었다가 일시에 지천으로 내뿜는 것일까? 단풍이 이렇게까지 고운 줄은 몰랐다. 문형文兄은 몇 번이고 탄복하면서, 흡사히 동양화의 화폭 속을 거니는 감흥을 그대로 맛본다는 것이다. 정말 우리도 한 떨기 단풍에 지나지 않아 보인다. 다리는 줄기요, 팔은 가지인 채, 피부는 단풍으로 물들어버린 것 같다. 옷을 훨훨 벗어 꽉 쥐어짜면, 물에 헹궈낸 빨래처럼 진주홍 물이 주르르 흘러내릴 것만 같다. 그림 같은 연화담 수렴폭을 완상하며, 몇십 굽이의 석계와 목잔과 철삭을 답파하고 나니, 문득 눈앞에 막아서는 무려 삼백 단의 가파른 사닥다리 한 층계 한 층계 한사코 기어오르는 마지막 발걸음에서 시야는 일망무제로 탁 트인다. 정비석이 수렴동을 지나는 과정을 묘사한 「산정무한」이다. 감각적인 문체가 일품인 그의 글을 읽다가 내 옷을 확인하게 된다.

홍경모洪敬謨, 1774~1851의 「해악기」도 묘사의 치밀함이 뒤지지 않는다. 비탈을 따라 골짜기를 뚫고 지나서 칠, 팔 리를 간 끝에 수렴동천으로 들어갔다. 깎아지른 듯 높이 솟은 여러 산봉우리가 어떤 것은 반쪽 얼굴만 빼꼼 드러내고, 어떤 것은 온 모습을 다 드러낸다. 아름다운 자태가 여기저기 넘쳐난다. 눈은 아찔하고 마음은 술에 취한 듯 반하였다. 샘물은 두 산 사이를 흐르면서 산이 왼쪽에서 다하면 오른쪽으로 흐르고 오른쪽이 다하면 왼쪽으로 흐른다. 샘이 산을 만나면 물길은 세차지고 산은 더욱 험해진다. 산이 험해지고 물이 세차게 흐르면 흐를수록 더욱 멋진 경치가 된다. 여기에 이르러 매달린 폭포가 되고, 누운 폭포가 되며, 수렴水簾이 된다. 바위 중에 기이한 것은 배, 곳집 모양이다. 물소리는 생황과 쟁 소리, 징 소리, 소나무 숲을 스치는 바람소리, 노래 부르는 소리, 시장 사람들이 시끄럽게 떠는 듯한 소리처럼 울리는 등 천태만상이다. 바위 위에 편히 앉아 술을 달라고 하여 모두 세잔 마시고 물을 한 잔 따라 마셨다. 정비석의 글을 보는 것 같다. 섬세한 표현은 실제 수렴동을 보지 않아도 보는 듯 하다.

김응환, 〈수렴동〉, 《해악전도첩》

수렴동은 산길을 오가는 사람들이 여행 도중의 안녕을 빌기 위해 돌을 쌓아놓은 조탑장에서 왼쪽 길로 가야 한다. 개울을 따라 한참 가면 연꽃같이 생긴 연못과 네 갈래로 물줄기가 갈라져 떨어지는 폭포가 보인다. 여기서부터 작은 연못과 폭포들이 계속 이어진다. 굽이를 돌면 별안간 눈앞에는 일대 장관인 폭포가 나타난다. 구슬발을 드리운 듯 맑고 깨끗한 물이 미끄러져 내린다. 수렴동에서 이름난 수렴폭포이다.

조병현趙秉鉉, 1791~1849은 「수렴동」을 이렇게 노래했다.

초승달처럼 무지개처럼 어지러운데 月鉤霞額巧繽紛
가을 물은 영롱히 흰 구름 거두네 秋水玲瓏卷白雲
언뜻 아지랑이 펼쳐 바위 색 뚫고 乍展輕嵐穿石色
잠깐 석양을 막고 물결로 천을 짜니 少遮斜日織波紋
한 가닥 쏟아지며 찬 기운 생기고 一條橫瀉初生冷
방울방울 청량함 담으니 뛰어난 기운이네 萬點淸涵自絶氛
신이 숨긴 것 옛과 지금 생각 흡사하니 彷彿神藏今古想
주릉朱陵과 구리九鯉 경계 구분되는구나 朱陵九鯉界相分

수렴동을 자욱하게 덮고 있던 구름이 걷히면서 폭포가 보이기 시작한다. 날은 저무는데 물결로 천을 짠 듯하다. 가까이 가니 차가운 기운이 느껴진다. 물방울 하나하나에 청량함을 머금고 있다. 폭포로 인해서 절로 속계와 선계가 구분된다.

문탑

수렴동이 끝나면서 백탑동이 시작된다. 계곡 안에 자연적으로 만들어진 돌탑이 많아서 백탑동이다. 돌탑이 헤아릴 수 없이 많고 돌기둥은 한결같이 백옥처럼 희다. 계곡 안은 맑을 뿐 아니라 층층이 이루어진 폭포가 연달아 이어진다. 백탑동 입구에서 개울을 따라 오르면 반석 위에 '백탑동천'이라고 쓴 글이 새겨져 있고, 여기서 좀 더 가면 높이가 20m나 되는 바위가 양쪽에 대문 기둥처럼 우뚝 서 있다. 백탑동으로 들어가는 문탑門塔이다.

홍경모洪敬謨, 1774~1851는 「해악기海嶽記」에서 문탑을 봤을 당시를 이렇게 묘사했다.

> 다시 육, 칠 리를 가니 문처럼 마주하고 서 있는 탑이 나왔는데, 위에 '문탑門塔'이라고 크게 쓰여 있다. 앞과 뒤, 좌와 우에 이름 없이 탑의 형태인 것이 또한 십여 개는 되었다. 오솔길에서부터 시내를 따라가다가 오른쪽으로 꺾으니 험준함이 더욱 심해진다. 세 방면이 모두 가파른 절벽인데, 절벽은 대부분 청록색을 띠고 있다. 고목이 이리저리 성난 용처럼 구불구불한데, 뿌리는 따로 바위를 가르고 나와 다시 나무가 되었다.

김홍도, 〈문탑〉, 《금강사군첩》

김응환, 〈문탑〉, 《해악전도첩》

문처럼 서 있는 바위는 문암이다. 통천에 있고, 설악산 미시령에도 있다. 전국에 문암이라는 이름을 가진 바위를 셀 수 없을 정도이다. 김홍도도 문암을 그린 바가 있다. 통천의 문암인지 울진의 문암인지는 알 수 없지만 우뚝 선 바위와 파도를 실감있게 그렸다. 문탑은 거대하고 장엄하다. 자그마한 봉우리같다. 김응환도 문탑을 화폭에 담았다. 같은 장소에서 그렸던 것 같다. 동일한 장소에서 동일한 대상을 그렸는데 전혀 다른 작품이 나왔다. 김응환 그림의 가장 큰 특징은 산에 있는 바위의 기하학적 표현이다. 바위나 절벽을 평면적인 사각형으로 묘사하거나 윗면이나 옆면을 표현하여 입체감을 살리기도 했다. 김홍도는 실경을 그리기 바빴으나 김응환은 문탑을 새롭게 해석했다. 문탑뿐만 아니라 주변의 바위도 새로운 시각으로 그렸다.

문탑은 금강산에 있는 것이 유일하다. 짝을 이룬 탑 모양의 바위는 시의 좋은 소재가 되었다. 이만용李晩用, 1792~1863은 『동번집』에 「문탑」을 남겼다.

커다란 바위 하늘을 잠궈 巨石鎖空碧
산문은 바람 번개 잦으니 山門欝風雷
오랫동안 힘차게 뿜어대며 歲久氣噴薄
부채가 입 벌린 듯 열려있네 雙扇呀然開
석양이 바위 뒤에 있자 夕陽在其背
우뚝한 모습 거꾸로 비치네 亭亭倒影來

바람과 번개가 빈번한 정도로 높이 솟은 바위는 부채가 벌린 듯 우뚝하다. 하늘을 이고 있는 듯, 산의 대문인 듯 장엄하다. 마침

저녁이 되자 석양이 비친다. 바위 뒤로 붉은 노을이 배경처럼 번질 때 문탑 앞으로 계곡물이 흐른다. 허공에도 서 있고 물속에도 탑이 서 있다. 용궁으로 들어가는 문인가.

곽종석郭鍾錫도 「문탑」을 노래했다.

우뚝 화표주 누가 세웠나 聳疑華表誰
둥근 것이 돌창고 같구나 圓堪石廩汝
불교의 탑이라 생각했으나 枉爲浮屠家
장엄한 것이 내면에 있구나 莊嚴在裏許

백탑

수렴폭에서 5리쯤 떨어진 지점에 문탑門塔이 있고, 위로 5리쯤 가면 다보탑多寶塔이다. 버티고 선 것 같은 것은 다진탑多眞塔이며, 5리쯤 떨어진 지점에 있는 쌍탑은 징명탑澄明塔과 온탑溫塔이다. 또한 5리쯤 떨어진 지점의 큰 너럭바위에 백탑동천百塔洞天이라고 새겨져 있다. 탑의 높이는 백여 길 되는데 사면으로 기대거나 붙지 않고 우뚝 서 있다. 크고 작은 백 개의 탑이 있어 백탑百塔이라고 한다. 색깔이 희므로 백탑白塔이라고도 한다. 이유원이 「봉래비서」에서 백탑동을 기록한 글이다.

홍경모洪敬謨, 1774~1851는 「해악기」에서 더 세밀하게 묘사하였다. 시내를 따라 왼쪽으로 돌자, 길은 더욱 높아졌고 탑은 더욱 많아져서 마치 벽돌을 깔아 놓은 듯하다. 가운데에는 검은 바위가 우뚝 솟아 층층이 쌓여 있는데, 맨 꼭대기가 툭 튀어나와 뾰족하다. 높이는 삼, 사십 장되는 것은 다보탑이다. 돌아서 산속으로 들어가니 초목이 뒤덮어서 해는 보이지 않고 샘물 소리만 콸콸 가끔씩 비명처럼 들려온다. 시냇가에 탑이 우뚝 서 있는데, 사방으로 의지해 붙은 데가 없다. 높이는 오, 육십 장 정도로 차곡차곡 쌓여 가지런하다. 조각된 것이 매우 교묘하고, 백색에 황흑색을 띤다. 꼿꼿이 솟아나고 빙 둘러 풍만한 것이 기세가 웅장하다.

명경대에서부터 탑 모습을 하고 있는 것을 통틀어 비교한다면 이것이 마땅히 가장 최고일 것이다.

돌탑이 많아서 백탑동이란 명칭이 붙은 계곡에서 받은 충격을 이민구는 시로 표현한다.

> 뜬구름 속에 긴긴 세월 옥빛으로 들쭉날쭉 浮雲浩劫玉參差
> 땅에서 우뚝 솟아 형세 어우러졌네 拔地崢嶸占勢宜
> 비록 육왕의 법력 넉넉했지만 縱使育王饒法力
> 조화옹의 신기한 재주와 다툴 수 있으랴 爭如造化逞神奇

김응환, 〈백탑〉, 《해악전도첩》

육왕育王은 아육왕을 가리킨다. 마갈다국의 왕으로 기원전 3세기에 인도를 통일하였다. 대대적으로 불사를 일으키고 도처에 절과 탑을 세웠으며, 스님을 공양하는 등 불교를 보호한 최대의 후원자였다. 백탑동의 아름다움을 빚어낸 조화옹의 솜씨는 아육왕의 넉넉한 법력으로도 흉내 낼 수 없다는 말이다.

이하곤은 「백탑동」이란 시에서 이렇게 노래한다.

사람들은 백탑동이 험하다고 말하지만 人言百塔險
나는 백탑동의 기이함을 이야기하네 我言百塔奇
기이한 곳이기 때문에 험한 곳에 있지만 奇處故在險
기이함 사랑하여 험하고 위험함을 잊네 愛奇忘險危
이미 내가 험한 걸 알지 못하니 旣自不知險
어찌 허리와 다리의 피곤함을 알리요 寧知腰脚疲
기이함으로 성명性命을 도박한다고 以奇賭性命
사람들은 모두 나의 어리석음을 비웃네 人皆笑我癡(생략)

세상 사람들은 백탑동이 위험하다고 말을 한다. 되도록 가지 말라고 한다. 잘못하면 생명을 잃을지도 모른다고 걱정이다. 이하곤은 기이함을 사랑하여 위험을 감수한다. 충분히 치러야 할 댓가이다. 심신의 피곤함도 세상 사람들이 비웃는 것도 가볍게 웃어버릴 정도다. 기이함이란 기이한 아름다움을 사랑하는 것이다. 아름다움을 찾아 나선 김홍도와 김응환에게도 험한 골짜기는 고려의 대상이 아니었다. 김응환은 탑을 사각형으로 묘사했다. 탑 위쪽은 하얀색을 칠했다.

증명탑

박지원朴趾源이 중국의 쌍탑산에 이르러서 말을 멈추고 바라보았다. 참으로 기이하고 뛰어났다. 높이 솟은 모습이 금강산의 증명탑證明塔 같았다. 뾰족하게 둘이 마주 섰으며, 아래위의 넓이가 똑같아서 남에게 의지할 생각이 없는 듯 홀로 우뚝 섰다. 기울어지지 않고 단엄하고, 화려하며 웅장했다.

박지원이 『열하일기』 속에서 인용한 증명탑은 백탑동에 있는 자연적으로 생긴 바위다. 문탑 동쪽에 있다. 바위에 예서로 '증명탑'이라는 글자가 새겨져 있는데, 등불과 같이 밝게 빛나는 탑이라는 뜻에서 붙인 이름이다. 탑 모양의 바위는 폭포를 사이에 두고 관문처럼 대칭으로 놓여 있다. 아래에서 올려다보면 30m의 높이를 가진 증명폭포가 있고, 밑에는 푸른 증명담이 있다.

홍경모洪敬謨, 1774~1851는 「해악기海嶽記」에서 "외길을 따라 올라가서 가장 깊숙한 못에 이르렀다. 아래에 한 쌍의 탑이 좌우로 서 있다. 첩첩이 포개지고 쌓여서 바라보면 하늘을 찌르는 듯하다. 예서로 크게 '등명탑燈明塔'이라고 새겨져 있다. 다시 몇 리를 가니 골짜기가 열리는데, 눈이 아직도 한 자쯤 쌓여 있고 물길이 눈 밑을 따라 흘러 내린다. 거대한 암석이 가운데에 가로질러 누웠으며, '백탑동천百塔洞天'이라는 네 글자가 새겨져 있다."라고 기록하고 있다. 증명탑을 등명탑이라고도 하였다.

홍석주洪奭周는 김홍도의 그림 중 「증명탑」을 보고 느낌을 시로 읊었다.

기왓장과 담장 모두 법신法身이니 瓦礫垣墻捻法身
무정한 바위도 천진天眞을 증명하네 無情頑石證天眞
산승은 예불 끝나고 어디로 갔나 山僧禮罷歸何處
물 흐르고 꽃은 폈는데 보이질 않네 流水開花不見人

홍석주의 눈엔 증명탑이 석가모니로 보였다. 비록 아무 감정이 없는 무생물이지만 법신法身이었다. 아니 백탑동에 있는 탑 모양의 바위가 모두 석가모니로 보였을 것이다. 김홍도를 인솔했던 스님은 보이질 않는다. 스님뿐만 아니라 동행했던 화가들의 모습도 찾을 수 없다. 천진天眞스런 자연에 누가 된다고 생각했을까. 그림 속에 폭포는 떨어지고 나무는 울창하며 바위는 우뚝 서 있다. 모두 하나의 부처이다.

곽종석郭鍾錫, 1846~1919도 증명탑을 보고 시를 짓는다.

포개진 바위 위태로운 골짜기에 임하여 累石臨危壑
차가운 물에 외로이 그림자 비추네 寒流倒影孤
영명靈明한 실체 증명할 수 있다면 靈明如可證
어찌 저것은 유도幽途에서 넘어질 듯 하나 何彼躓幽途

김홍도, 〈증명탑〉, 《금강사군첩》

김응환, 〈증명탑〉, 《해악전도첩》

탑을 쌓은 것 같은 바위는 모전탑과 비슷하다. 옆으로도 비슷한 바위가 계속 이어진다. 제일 우뚝한 바위는 계곡 옆에 세워졌다. 증명담 호수로 자신의 몸을 드리운다. 유도幽途는 지옥, 아귀, 축생의 3도三途를 말한다. 어둡고 몽매한 세계를 뜻한다. 넘어질 듯 아슬아슬하게 서 있는 증명탑을 묘사한 것이다.

영원암

명경대 골짜기에서 가장 깊숙한 곳이 영원동이다. 그곳에 금강산에서 가장 맑고 고요한 암자로 알려진 영원암靈源菴이 있다. 신라 때 영원조사라는 스님이 이곳에 살면서 도를 닦아서 영원암이라 부르게 되었다. 15살 되던 해에 그는 분연히 도를 배우려는 뜻을 세우고 스승에게 나아가 "세속적인 욕망을 버리고 발심수도發心修道하여 생사를 해탈하고자 합니다."라고 간청하였다. 재물을 모으기에 여념이 없었던 스승은 끝내 그 뜻을 받아주지 않았다. 그는 어쩔 수 없이 몰래 금강산 영원동으로 와서 세상을 영원히 끊고 오직 한마음으로 정진하여 크게 깨달았다.

이곳을 찾는 이는 손에 꼽을 정도였다. 김창협은 암자에 가서 묵고 싶은 마음 간절했으나, 따르는 중들이 모두 꺼릴 정도여서 결국 가지 못하였다. "빽빽한 시누대 밭, 늙은 덩굴 얽혀 감고, 산길은 어두워라 잡초가 무성하고, 영원암 너무 멀어 찾아갈 수 없었네."라고 아쉬움의 시를 지을 수밖에 없었다.

이유원의 글에 의하면 명경대로부터 북쪽으로 6, 7리쯤 떨어진 지점에 가섭굴이 있고, 굴 옆에 '영원靈源'이라 새긴 곳이 영원암의 입구다. 영원암은 작은 지장봉 아래에 위치하였는데, 곧 영원조사가 입정한 곳이다. 암자 이름이 영원암이 된 까닭이다. 주위에는 시왕봉이 빙 둘러 있다. 승려들은 조사가 시왕에게 예배하던 곳이라고 한다. 푸른 학이 매번 앞 계곡물에 내려와 세수하고 이끼를 물고 날아가니, 곡기를 끊은 고승이 아니면 살 수 없는 곳이라고 한다. 오른쪽에는 바위 다섯 개가 들쭉날쭉 서 있다. 바위 위에는 영원조사의 석상이 있다.

금강산에 정선과 함께 유람을 왔던 김창흡의 시가 전해진다.

빈 암자에 와서 고요함을 익히려 空庵來習靜
절 사립을 닫고 호올로 눕노라 獨臥掩禪扉
고요한 사원 속엔 홈통 물이 떨어지고 院晏槽泉滴
처마 머리 바람엔 떡갈나무 잎이 날린다 簷風槲葉飛
우두커니 앉았으니 누구와 짝을 할거나 嗒焉誰與偶
모든 욕심 사라져 돌아가고 싶지 않노라 澹爾欲無歸
중도에서 시승詩僧을 만났는데 半路逢寒拾
송화다식으로 나의 주림을 위안해 주네 松茶慰我饑

골짜기 가장 깊숙한 곳에 들어오니 조그만 암자가 홀로 있다. 세상의 시끄러운 일 잊고자 문 닫고 정좌했다. 고요히 묵언수행을 하였다. 적막강산이다. 간혹 물 떨어지는 소리가 명료하게 들릴 뿐이다. 이따금 문밖 떡갈나무잎이 바람에 떨어지고 소리가 계곡에 가득하다. 혼자 우두커니 앉아 있지만 온 세상이 나의 것이 된 것 같다. 다시 속세에 나가면 시시비비에 신경이 곤두서겠지만 영원암에서 시비를 잊었다.

김홍도의 눈에 영원암은 보일 듯 말 듯 조그마하다. 여기저기 높이 솟은 봉우리와 기묘한 돌기둥이 들쑥날쑥 서 있었다. 화폭

김홍도, 〈영원암〉, 《금강사군첩》

김응환, 〈영원암〉, 《해악전도첩》

의 주인공은 지장봉과 시왕봉이다. 그림 속에서조차 찾기 힘든 영원암은 은둔하기에 최적의 장소다. 그림 속에 김홍도와 김응환은 무슨 이야기를 주고받는 것일까. 그림 그리는 것일랑 접어두고 여기 살자고 하는 것은 아닌지 모르겠다. 김응환의 그림을 보면 소나무 아래 두 사람이 앉아 있다. 암자를 김홍도에 비하여 크게 그렸다.

삼불암

이유원은 『임하필기』에서 다음과 같이 말한다. "삼불암三佛巖은 표훈사에서 남쪽으로 3리쯤 떨어진 지점에 있다. 큰 바위가 길을 가리고 서 있는데, 석가 · 미륵 · 미타 세 불상이 새겨져 있다. 모퉁이에는 거사가 새겨지고 뒤에는 비구가 새겨져 있다. 앞의 것은 나옹이 새긴 것이고 뒤의 것은 김동이 새긴 것이다. 또 작은 부처가 새겨져 있는데 역시 김동이 새긴 것이다. 나옹은 세 불상을 새겼고, 김동은 쉰셋의 불상을 새긴 다음 또 열한 불상을 더 새겼으니, 내기에서 이기기 위해서였다." 울소의 전설처럼 나옹화상과 김동거사의 겨루기가 이야기의 주된 줄거리이며 장안사와 표훈사 사이의 세력 다툼의 이야기다.

김동은 개성 부자로 표훈사에 와서 불사를 크게 일으켰으나 나옹을 능가하지 못해 그를 몰아내고 싶었다. 두 사람은 두 절의 경계에 있는 바위에 각기 부처를 새기고 지는 쪽이 금강산을 떠나기로 했다. 나옹은 세 개의 부처를, 김동은 60불을 새겼다. 나옹은 또렷한 상을 만들었지만 김동은 거칠게 60불을 새겼다. 김동은 잘못을 뉘우치고 울소에 몸을 던졌다고 한다. 물질적, 형식적 숭배보다 마음과 도덕 수양이 중요함을 강조한 전설일 것이다. 뒷면에 새겨진 60구의 불좌상에 대해서는 유람기에 따라 53구, 63구 등 조금씩 다르다.

금강산을 유람하던 윤휴尹鑴는 「풍악록」에서 "한 곳에 다다르니 두 바위가 우뚝 솟아 완연히 문을 이루고 있고 절벽 전면에는 세 불상이 새겨져 있는데 나옹이 남긴 작품이라고 한다."라고 했다. 세 불상만 본 것이다. 삼불암 옆의 바위에는 '표훈동천', '장안사지경처'라는 글이 새겨져 있다. 이곳이 표훈사와 장안사의 경계다.

원나라의 간접적 지배를 받던 고려시대에 원나라 황실과 밀착관계를 유지하던 권문세족이 권력을 차지하게 되었다. 장안사에 원나라 기황후가 후원한 것이나, 김동사의 사치스러움은 고려 후기 불교의 병폐현상을 보여준다. 원나라에 가서 지공의 가르침을 받은 나옹은 불교계의 개혁을 주장하였다. 1358년에 귀국한 나옹은 금강산 장안사에서 한때를 보냈는데 이 시기를 배경으로 한 전설이다.

이민구는 『동주집』에 「삼불암에서」를 남겼다.

열 길 푸른 바위 섬세하게 갈아 蒼巖十丈細磨礱
세 불상 쪼아 만드니 하나같이 같네 琢作三軀箇箇同
과거도 미래도 모두 나그네이니 過去未來俱是客
다만 인연 따라 일가의 풍이 있을 뿐이지 只緣曾有一家風

왼쪽에 과거를 상징하는 아미타불, 가운데에 현세의 부처인 석가모니불, 오른쪽에 미래의 구원을 뜻하는 미륵불을 조각하였다. 이의현李宜顯의 「유금강산기」를 보면 세 부처의 모습은 무학, 나옹, 지공 세 선사의 얼굴이라는 견해도 보인다. 조병현趙秉鉉도 같은 내용을 기록했으니 이러한 사실도 널리 알려진 것 같다.

김홍도, 〈삼불암〉, 《금강사군첩》

김응환, 〈삼불암〉, 《해악전도첩》

김홍도의 삼불암 그림은 앞에서 마애불을 쳐다보는 여행객, 제 갈 길을 가는 삿갓을 쓴 노승, 멀찍이 앉아서 감상하는 유람객이 묘사되었다. 김홍도는 어디에 있을까. 아마도 멀찍이 앉아서 감상하는 유람객이 김홍도일 것이다. 그렇다면 옆의 사람은 김응환이다. 김응환의 작품은 또 다른 분위기다. 세밀하게 그리지 않고 부처를 중심으로 스케치하듯 그렸다. 멀찍이 앉아서 감상하는 이도 없다. 삼불암 앞으로 소나무가 울창하다.

금강문

사찰의 영역을 알려주는 문은 일주문一柱門이고, 다음에 위치하는 문은 금강문이다. 불법의 수호신인 금강역사상을 모신다. 금강문을 대신하여 사천왕상을 모신 천왕문을 세우기도 한다. 금강산에 사찰 입구와 같은 역할을 하는 금강문이 표훈사를 왼쪽으로 끼고 숲길을 조금만 올라가면 있다. 만폭동의 다른 이름인 원화동의 입구에 있으므로 원화문이라고도 하고, 내금강에 있다 하여 내금강문이라고도 한다. 두 개의 커다란 바위가 머리를 맞대고 있는 문을 지나면 웅장한 물소리와 힘차게 내달리는 물살, 그리고 장엄한 계곡이 눈 앞에 펼쳐진다. 만폭동의 시작이다.

김홍도와 김응환으로 보여지는 두 선비가 금강문 앞에 앉아서 이야기를 나눈다. 뒤로 큰 바위가 소나무만하다. 주변의 나무는 소나무뿐만이 아니다. 수종이 다른 나무들이 여기저기 보인다. 옆 계곡으론 급한 물길이 금방이라도 소리를 낼 듯하다. 평온하게 무슨 말을 주고받을까. 앞으로 펼쳐질 그림 여정에 대해서 말하는 것은 아닐까.

이유원은 『임하필기』에서 표훈사로부터 동쪽으로 1리쯤 떨어진 지점에 두 바위가 문을 이루고 거기에 금강문이라 새겨져 있는데, 외금강의 구룡연에도 이런 문이 있다고 한다. 이만부는 「금

김응환, 〈금강문〉, 《해악전도첩》

강산기」에서 금강문에 들어서니 갑자기 눈은 밝아지고, 홀연히 걸음은 더욱 가벼워진다. 가슴은 더욱더 상쾌해진다고 표현한다. 『농려집』에 「유금강산록」을 남긴 강헌규姜獻奎는 바위 표면에 '금강문옥룡동金剛門玉龍洞'이란 6자를 새겼다. 갓을 벗고 몸을 구부리고 수십 보를 걸어 나가니 비로소 하늘의 태양이 밝게 빛난다고 서술한다.

선인들의 여행기에 글씨를 새겼다는 글이 있을 경우 사실로 판명되곤 했다. 김수증은 「유곡연기」에서 "천춘령을 넘어 아래로 내려가 1리쯤 가면 지역사람이 말하는 부전암負轉巖이다. 또 조금 아래로 내려가면 포전암抱轉巖이다. 위험한 돌길이 물가에 있어 몸을 구부리고 발을 옆으로 돌리고, 등을 붙이고 가거나 붙잡고 안으면서 가야하기 때문이다. 나는 붉은 글씨로 바위 표면에 이름을 썼다."라는 구절이 보인다. 백담계곡 중간쯤에서 '아들 창국은 75세 김수증을 모시고 이곳을 지나갔다[七十五歲翁金壽增過此]'는 글씨를 찾을 수 있었다.

곽종석郭鍾錫은 내금강의 절경을 「금강내산잡영」에 그려냈다. 모두 100수인데 그중 금강문이 포함되었다.

봉도蓬島는 구슬로 관문을 만들어 蓬島瓊爲關
신선은 따로 별유천지를 두었네 仙家別有天
눈썹을 당기고 눈을 부라리지만 撑眉與努眼
천 년 동안 그릇되게 헛수고 하였네 千載枉徒然

봉도蓬島는 금강산이다. 구슬로 관문을 만들었다는 것은 금강문을 일컫는 것이다. 금강문을 통과하면 내금강의 진수인 만폭동이 나타난다. 별유천지비인간! 인간 세상에선 찾아볼 수 없는 곳이 나타난다. 양사언은 '봉래풍악원화동천蓬萊楓嶽元化洞天'이란 글씨를 남길 정도였다. 원화元化는 천지의 조화를 의미하고, 동천洞天은 신선이 사는 곳을 의미한다. 곽종석의 표현은 과장이 아니라는 것이 곧 판명된다.

백화암 부도

김창협은 나무로 잇댄 길을 따라 백화암白華菴을 찾아 나섰다. 사람이 겨우 통과할 정도로 좁아서 겁이 났다. 맑은 물과 흰 돌, 높은 바위와 기이한 절벽이 끊임없이 이어졌다. 암자에 도착해 보니 중은 보이지 않는다. 청허대사 및 사명대사의 영정이 암자를 지킬 뿐이다. 암자 뒤에 휴정 등 여러 고승들의 부도와 비가 즐비했다. 이정구, 이단상의 글이 보인다. 서산대사의 비를 읽어 보았다.

> 내 나이가 아직 어릴 때 이미 휴정休靜 스님의 명성을 들었고 그의 시가 세상에 많이 여러 사람의 입에서 입으로 전하여 가며 외우기에 늘 한번 만나고 싶었으나 뜻대로 되지 않았다. (중략) 아, 스님의 도의 얕고 깊은 것은 내가 자세히 모르지만 스님의 유고는 내가 이미 다 읽어 보았다. 시를 보매 스님의 자득한 뜻을 알 수 있고, 문을 보매 스님의 높은 조예를 알 수 있다. 비록 글자를 짜맞추어 말을 만든 것이 점잖고 기품이 있지 않은 곳도 있다. 그러나 글자마다 살아 있고 구절마다 나는 듯 빠르게 움직여 흡사 옛 검이 칼집에서 나오매 서늘한 바람이 이는 듯하다.

부도의 주인은 청허淸虛, 휴정休靜, 제월당霽月堂, 경헌敬軒, 취진당就進堂, 의영義瑩, 편양당鞭羊堂, 언기彦起, 청백당淸白堂, 명조明照, 풍담

김홍도, 〈백화암부도〉, 《금강사군첩》

김응환, 〈백화암부도〉, 《해악전도첩》

楓潭, 의담義湛, 월송당月松堂, 응상應祥이다. 비는 이경석李景奭, 이정구李廷龜, 이명한李明漢, 이단상李端相의 글이다. 내노라하는 이광李珖, 신익성申翊聖, 오준吳竣, 이오李俁의 글씨이다. 당대의 고승과 문장가, 명필가의 합작품이다.

황경원黃景源은 「백화암」이란 시를 짓는다.

흐르는 놀은 정히 넓게 퍼지고 游霞正漠漠
떨어진 이슬은 이미 싸늘하네 零露已凄凄
오래된 탑엔 숲 까마귀 모이고 古塔林鴉集
한적한 뜰엔 들 사슴 깃들었네 閒庭野鹿棲
술항아리 차가운 채 김 오르지 않고 罏寒煙不上
종소리 멀리 퍼지니 하루해 저무는데 鐘遠日初低
휴정대사의 고명한 이름 있어 休靜高名在
커다란 비석 호계虎溪를 비추네 豐碑耀虎溪

중국 진나라의 고승 혜원慧遠은 정토종의 교리를 공부하는 모임인 백련사를 여산의 동림사에서 결성하였다. 동림사를 둘러싸고 호계虎溪라는 시내가 흘렀는데, 호랑이가 출몰하여 호계라는 이름을 갖게 되었다. 혜원은 손님을 전송할 때 호계를 절대로 건너지 않았다. 그런데 혜원이 도연명과 육수정을 전송할 때에 도에 대하여 담론하느라 무심코 호계를 건넜고, 호랑이 우는 소리를 듣고서야 비로소 정신을 차리고 세 사람이 크게 웃었다. 이렇게 해서 고사성어 호계삼소虎溪三笑가 만들어졌다. 백화암 주위를 흐르는 시내를 호계에 비유한 것이다.

표훈사

김삿갓의 본명은 김병연金炳淵, 1807~1863이다. 태어나 보니 할아버지는 김익순이었다. 평안도 선천부사였던 할아버지는 평안도 일대에서 홍경래가 주도한 농민전쟁을 맞닥뜨리게 되었고, 농민군에게 항복하게 된다. 나중에 모반대역죄로 참형을 당하고 집안은 폐족이 되었다. 김병연은 20세 무렵, 세상의 학대와 멸시를 참지 못하여 집을 나왔다. 과거에 급제해 벼슬을 하는 길이 막힌 김병연은 세상을 떠돌면서 풍자적인 시를 쓸 운명이었다.

금강산을 유람하던 김삿갓은 표훈사 입구에서 시 한 구절 던진다.

청산이 좋아 들어가는데 我向靑山去
녹수야 어이하여 내려오느냐 綠水爾何來

모든 것이 엇나갔다. 그래도 굴하지 않고 꿋꿋하게 살아가는 길밖에 없다. 금강산이 좋아서 금강산 품으로 들어가는데, 만폭동 푸른 물은 바깥으로 흘러나온다. 아름다운 금강산 물마저 나의 의지와는 반대인 것처럼 보였다.

김홍도, 〈표훈사〉, 《금강사군첩》

김응환, 〈표훈사〉, 《해악전도첩》

절 입구 능파루에 갓을 쓴 선비들이 글짓기 내기를 한다고 법석이었다. 능파루 2층 다락에 오른 김삿갓은 한쪽 난간에 몸을 기댔다. 글 짓는 소리에 귀를 기울이다가 다락에서 내려가며 즉흥시 한 수를 큰소리로 읊는다.

소나무와 잣나무, 바위 사이를 돌아드니 松松栢栢岩岩廻
산과 산, 물과 물 가는 곳마다 기이하구나 山山水水處處奇

표훈사 주변의 경치를 단 몇 마디의 글로 생동감 있게 묘사한 두 편의 즉흥시는 이때부터 세상에 널리 알려지게 되었다.

김홍도의 그림은 한 수의 시이다. 표훈사를 둘러싼 나무를 자세히 보니 소나무와 잣나무다. 옆에 우뚝 선 봉우리는 바위산임에도 소나무가 무성하다. 절 앞 시내는 바위만 보일 뿐이다. 집채만 한 바위부터 호박 크기의 돌들까지 온통 바위다. 절이 주인이 아니라 나무와 바위가 주인이다.

『신증동국여지승람』은 표훈사를 이렇게 설명한다.

> 세상에서 말하기를, "신라의 중 능인 · 신림 · 표훈 등이 이 절을 창건하였다." 한다. 오래된 비석에, 원나라 황제가 태황태후와 함께 돈과 명주를 시주하였다는 글이 있다. 절문의 오른쪽에, 원 나라 양재梁載가 찬술한 「상주분량기」가 돌에 새겨져 있는데, 고려의 시중 권한공權漢功의 글씨이다.

남효온의 「유금강산기」에서 1338년 2월에 세웠다는 비석이다. 원나라 황실의 지원을 받은 것이 당시로써는 영광이었던 같다. 비석의 뒷면에 태황 태후가 은포銀布 얼마, 영종황제가 얼마, 황후가 얼마, 대소 신료가 얼마라는 것을 기재하였다. 윤휴尹鑴는 「풍악록」에서 불당은 남쪽을 향하였고 부처는 동쪽을 향한 것에 대한 유래를 말한다. 승려 말에 의하면 이곳 지형이 가는 배 형국이어서 부처가 앉아서 키를 잡고 있는 것처럼 앉아야지 그렇지 않으면 재앙이 있다는 것이다. 부처가 남향을 하고 앉았다가 홍수로 절이 무너졌었기 때문에 지금 다시 옛 모양대로 자리바꿈을 한 것이라고 했다.

강세황은 만폭동까지 갔다가 저물어서 표훈사로 돌아왔다. 김홍도와 김응환은 수미탑과 운통암, 백탑 등을 그리고 한밤중에야 돌아왔다. 「유금강산기」에서 강세황과 김홍도, 김응환의 행적을 볼 수 있다.

정양사

금강정맥의 정수를 내리받아 터를 잡았기 때문에 정양正陽이라 불렀다. 남쪽으로 앉은 방향이 정남향이기 때문에 정양이라 하였다. 표훈사에서 서쪽으로 1㎞ 떨어진 곳에 백제 무왕 원년(600)에 관륵觀勒이 창건하고, 신라 문무왕 원년(661)에 원효元曉가 중건하였다. 정양사는 중향성을 비롯한 금강산 일만이천봉의 수려한 산세가 한눈에 들어오는 것으로 유명하다.

동북쪽에 웅거하여 우뚝 솟은 것은 비로봉이다. 비로봉 왼쪽에 있는 것은 영랑점이고, 영랑점 앞에 있는 것은 가섭봉이다. 오른쪽으로 몇 리 뻗친 것은 중향성으로 내금강의 주된 등성이다. 중향성 앞에 걸터앉은 산봉우리가 둘이 있다. 하나는 대향로봉이고 다른 하나는 소향로봉이다. 오른쪽은 법기봉이다. 천연적으로 법기의 상을 지었기 때문에 그렇게 이름한 것이다. 은연히 쌍을 이룬 상투와 같은 것은 일출봉과 월출봉이다. 헐성루 앞에 하얗게 솟은 것은 혈망봉인데 봉우리에 구멍이 있기 때문에 그렇게 이름하였다. 오른쪽 울창한 곳은 망군대로 신라의 왕자가 군사를 바라보던 곳이다. 망군대 왼쪽에 헌칠하게 손을 마주 잡은 것은 승상봉이고, 망군대 오른쪽에 우뚝 솟은 것은 장군봉이다. 두 봉우리 사이에 아스라하게 날아오르는 듯한 두 봉우리가 있다. 하나는 동자봉이고 다른 하나는 석응봉이다. 멀리 보이는 둥근 봉우리는 미륵봉이고, 아래로 3층을 이룬 봉우리는 지장봉이다. 미륵봉의 오른쪽에 연달아 세 봉우리를 이룬 것은 차일봉, 마면봉, 우두봉이다. 모두 모양을 가지고 이름한 것이다. 오른쪽에 솟아 있는 것은 백마봉이고, 곁에 벌여 있는 것은 시왕봉, 상관음봉, 중관음봉, 하관음봉, 장경봉이다.

헐성루 난간을 마주하여 서 있는 것은 청학대다. 푸른 학이 위에 둥지를 틀어 이름이 붙었다. 금강대라고도 한다. 헐성루 남쪽에 있는 흙 산은 전망이 더욱 광활한 천일대다. 진헐대라고도 한다. 이의현李宜顯은 직접 천일대에 올랐다. 앞을 바라보니, 일만이천 봉우

정선, 〈정양사〉

리가 빙 둘러 줄지어 서서 기이함과 아름다움을 다툰다. 온 산을 가득 채운 단풍나무와 노송나무에 노을빛이 붉게 물들은 것이 마치 붉은 비단을 펼쳐 놓은 듯하다. 고려 태조 왕건이 산 위에서 찬란한 빛이 사방으로 퍼지며 법기보살이 나타나는 것을 보고 엎드려 절을 했다고 한다. 방광대는 법기보살이 나타난 곳이고, 태조가 절한 곳은 장안사에서 정양사로 넘어가는 고개인 배점이다.

김원행金元行은 금강산을 유람하다 발길이 정양사에 닿았다. 정양사 앞으로 펼쳐진 파노라마를 보고서 망연자실하였다.

수려한 금강산 일만이천 봉우리가 萬二千峰面
정양사 앞쪽으로 옮겨 와 앉았구나 輸來在正陽
하늘은 온갖 가지 선경을 펼쳐내고 天開群玉圃
햇살은 휘황하게 은빛 광채 쏘아대네 日射爛銀光
우주의 빼어난 정기가 모였으니 宇宙精英氣
신선이 출입하는 선향이라 하겠네 神仙出入鄕
높은 난간 아찔하여 굽어보지 못하고 危欄看不下
구름 속 한 줄기 휘파람이 길구나 孤嘯入雲長

강세황이 김홍도와 누각 앞에 섰다. 모든 봉우리가 매우 웅장하고 기묘했다. 산속에 늘 있는 풍광이지만, 중향성은 옥 죽순이 다투어 돋아나고 서릿발 같은 칼날이 배열한 듯했다. 우리나라에 없는 것이고 중국의 명산에서 얻을 수 없을 기묘하고 환상적인 곳이다. 종이를 가져다 대략 눈에 보이는 바를 그리다보니 날이 이미 저물었다. 훗날 김홍도의 그림을 보고 홍석주는 시를 지었다.

정양사 헐성루

정양사 경내 오른쪽에 있는 건물이 헐성루歇惺樓다. 금강산 일만 이천 봉을 동시에 볼 수 있는 곳으로 유명하다. 김창협金昌協은 정양사에 들렀다가 헐성루에 올랐다. 누대에서 바라본 경치는 장관이었다. 먼저 오른 문인들은 너나 할 것 없이 시를 지었고, 그중 빼어난 작품을 편액에 걸어 놓았다. 시를 둘러보던 김창협은 깜짝 놀랐다. 증조부 김상헌의 시가 걸려 있는 것이 아닌가. 고산찰방으로 있던 1602년에 금강산에 왔다가 지은 시이다. 비 때문에 발이 묶여 「정양사에서 비를 만나 유숙하다」를 지었다.

처마 끝에 내리는 비 밤새도록 쏟아지는데 淋浪簷雨夜連明
산 속에서 누워 들으니 일만 폭포 울리누나 臥聽山中萬瀑聲
옥봉우리 깨끗이 씻어 진면목을 드러내면 洗出玉峰眞面目
시인의 눈 붙여서 갠 풍광을 구경하리라 却留詩眼看新晴

김창협이 유람한 것은 1671년이었다. 한참 동안 앉았으려니 구름이 깨끗이 걷혀 만이천봉이 마치 손바닥 안에 있는 것처럼 낱낱이 모습을 드러냈다. 과연 독특한 모습과 빼어난 자태는 일일이 다 기술할 수 없을 정도다. 옥처럼 깨끗하고 아로새긴 것처럼 정교하여 속기가 전혀 없었다. 옛날 명나라 사람 오정간吳廷簡은 황산을 보고 반평생 보아 온 것은 모두 흙무더기와 돌덩이에 불과했다고 하였는데, 지금 이 산을 보니 정말 그러하다. 다만 단풍이 아직 일러 '붉은 비단 병풍'이 아닌 것이 안타까웠다.

김창협은 누각 안에 누웠다. 피로로 인해 잠이 들려고 하다가 홀연히 창문에 흰빛이 비추는 것을 보고 일어났다. 달은 이미 동쪽에서 떠올라 있었다. 서둘러 나가 술잔을 따라 마시며 둘러보았다. 여러 봉우리들이 읍하고 수작하려는 듯 의젓하게 서 있는 모습이 보였다. 이러한 경계, 이와 같은 밤은 평생 느껴 보지 못한 것이었다.

김창협의 동생 김창흡도 금강산에 유람왔다가 정양사에 들려 시를 짓는다.

김응환, 〈헐성루〉, 《해악전도첩》

둥근 대에서 휘파람 불고 앉았으니 圓臺舒嘯坐
수많은 봉우리들 나는 듯 뛰는 듯 飛躍萬峯稠
하얀 이슬에 금경이 빼어났고 皓露金莖擢
푸른 구름에 옥순이 솟아났네 蒼雲玉筍抽
마음먹고 조화의 신 기교를 베풀고 有心眞宰設
집이 되어 열선이 머물러 있노라 爲宅列仙留
가영을 머물러 두기 쉽지 않으니 未易留歌詠
달 밝은 가을밤에 마냥 서성거리노라 低回桂月秋

당대에 화가로 이름을 떨친 강세황이 서둘러 헐성루를 내려와 표훈사로 돌아가려는데, 벽에 오도자吳道子의 그림이 있다는 말을 들었다. 육각 모양의 건물 속 벽면에 비단 바탕의 불상을 보니, 일반 승려의 그림이고 필적 또한 연대가 매우 가까워 굳이 분변할 것이 없었다. 화가의 예리한 눈을 속일 수 없었다.

용곡담

어렸을 때부터 금강산이라는 이름을 너무 많이 들어 마음속으로 그리워했었다. 금강산을 구경하고 온 사람들을 만나 금강산의 뛰어난 경치를 이야기하다 보면 훌쩍 떠나고 싶었다. 멍하니 세속의 일에 얽매여 스스로 떠나지 못하는 것을 안타까워하기도 하였다. 1723년 문과에 급제하여 판서를 지낸 이철보李喆輔, 1691~1770는 1740년 회양에서 치러진 장남의 혼사를 계기로 3월부터 4월까지 금강산을 유람하고 「동유록」을 지었다. 내금강에서 시작한 유람은 외금강의 유점사와 해금강까지 이어졌다.

> 사자봉의 세 고개를 넘고 방향을 바꾸어 원통동圓通洞으로 들어갔다. 오래된 나무와 큰 등나무가 서로 얽히어 하늘에 닿고, 나뭇잎이 쌓이고 눈이 깊어 나무꾼의 길도 끊어졌다. 가마를 타기도 하고, 걷기도 하며 매우 고생스럽게 내려갔다. 잠시 원통암에 앉았다가 방향을 바꾸어 용곡담龍曲潭에 도착하였다. 폭포가 뿜어져 나오고 절벽이 솟아 있어 볼 만하였다. 반석 위에 둘러앉아 국화떡과 잣떡을 먹으니 나름대로 운치가 있다. 체화 선사가 솔잎차를 내어왔고, 군경이 시를 지어 거기에 차운하였다.

표훈사에서 출발하여 마하연과 원통암을 들린 후 되돌아오는 여정 중 용곡담을 구경하는 대목이다. 폭포 아래 앉아서 차와 떡을 먹었다. 김응환의 그림처럼 폭포 아래 반석에 앉아서 잠시 쉬었던 것 같다. 열 사람도 충분히 쉴 수 있을 정도의 공간이다. 회양 부사가 먼저 시를 짓자 이철보는 화답하여 시를 짓는다.

호랑이처럼 내달리고 사자처럼 우뚝 서니 奔如老虎峙如獅
물방울 가득하여 바라보니 더욱 기이하네 萬玉森森望益奇
폭포는 우레같이 우니 낮에도 소릴 내고 迅瀑雷轟晴晝響
태음 가지는 옷을 잡고 구름은 스치네 攢杉雲拂太陰枝
신선의 유람 발길이 늦어도 한하지 않고 仙遊不恨笻鞋晚
봄날 철쭉이 늦는다고 말하지 마시길 春事休論躑躅遲
걸음마다 되돌아보니 떠나기 어려워 步步回頭難捨去
단풍 속 다음 유람 약속을 남겨두네 更留佳約趁楓時

폭포 밑 물웅덩이에 살던 용이 꼬리를 치며 빠져나갔다는 전설이 있는 용곡담을 화폭에 담은 듯하다. 우뚝 선 바위, 그 사이를 내달리며 떨어지는 폭포. 폭포 소리는 얼마나 장대한가. 청명한 날에 우레가 치는 것 같다. 철쭉꽃이 피지 않은 것이 유감이다. 단풍철에 다시 오겠노라고 약속하는 수밖에 없다.

어유봉은 「유금강산기」에서 용곡담을 규모가 작긴 하였지만 매우 맑고 기이하다고 적었다. 안석경은 만폭동 옆 골짜기인 원통동을 걸었다. 수석의 아름다움은 만폭동에 비교하여 뒤지지만 그래도 아름다웠다. 처음에 수정렴水晶簾에 도달하니 돌의 색깔이 맑고 매끄러웠다. 물이 퍼져서 흘러가니 마치 수정과 같다. 조금

김응환, 〈용곡담〉, 《해악전도첩》

위로 올라가니 푸른 물구덩이에 10여 길의 높이에서 폭포가 떨어진다. 술을 담았다가 쏟아부은 것 같다. 올라가니 용곡담龍曲潭이 나왔다. 물은 돌 사이를 흐르며 거센 소리를 내니 마치 용이 달려가는 것 같다. 「동유기」에 나온다.

원통암

내금강의 장관을 한 눈으로 바라볼 수 있는 곳 중의 하나가 원통암이다. 남쪽으로 망군성, 혈망봉이 멀리 보이고 석가봉, 장경봉, 관음봉 등이 한눈에 보인다. 여기서 바라보는 전망은 독특하다. 다른 곳에서는 날카로운 바위 봉우리가 하얗게 빛나지만, 이곳은 둥글둥글 부드러운 봉우리가 보인다. 금강산이란 이름에 걸맞지 않은 평범한 아름다움을 볼 수 있는 곳이 원통암이다.

깊숙한 골짜기에 자리잡은 원통암은 영원암과 우열을 다툴 정도로 그윽하다. 수미탑을 구경하기 위해 길을 떠난 나그네는 도중에 반드시 원통암에 들려 쉬어야만 한다. 김귀주金龜柱는 1767년 8월과 9월에 걸쳐 금강산을 유람 중이었다. 수미동으로 들어가기 위해 서둘러 아침밥을 먹고 출발하려는데 가랑비가 부슬부슬 내리는 것이 아닌가. 동행한 사람들이 머뭇거리자 과감히 앞으로 나가며 말하기를 "비는 방해가 되지 않는다."라며 유람을 강행하였다. 새벽 구름이 봉우리에 있고 단풍나무 잎은 비에 젖어 더욱 붉었다. 산길로 8리를 가서 원통암에 이르렀다. 응호봉 산기슭의 조금 높은 곳에 있는데, 암자는 매우 깨끗하였다. 금강봉 등 여러 봉우리가 오른쪽에서 빙 둘러섰다. 사자정 · 대향로봉 · 혈망봉 등이 중첩하여 가로막았다. 남쪽은 산에서 뻗어 내린 산기슭이 낮고 평평하다. 하늘이 넓고 멀리 트여 있어 산에 들어온 뒤 가장 탁 트이고 넓은 곳이다. 비가 다시 내리고 구름이 문득 혈망봉으로부터 밀려와 여러 봉우리를 삼킨다. 조금 있으니 비가 퍼부었다. 원통암에서 유숙하기로 하였다.

안석경安錫儆은 1765년 8월과 9월에 유람하였다. 원통암으로 들어가니 암자는 바위 봉우리를 등지고 있다. 암자 오른쪽은 능인봉에서 흘러나오는 시내다. 깊고 아늑하여 독서하기에 알맞다. 전경은 넓고 한가로웠다. 남쪽의 조망이 가장 좋았노라고 「동유기」에 기록하였다.

안석경보다 이백 년 전에 김시습이 원통암에 들렀다.

암자는 얼마나 깨끗하고 정갈한지 禪境何瀟洒
거처하는 중은 두셋뿐이어라 居僧只二三
연기는 피어나도 흩어지지 않고 煙光吹不散
맑고 넓은 기운 머금고 있어라 灝氣冷相涵

궁벽한 곳이라 하늘땅이 작아도 地僻乾坤小
마음이 맑아지자 꿈도 달콤하네 心淸夢寐甘
지팡이 걸어놓고 하룻밤 묵으니 掛筇留一宿
소나무에 걸린 달 중 이야기 돕네 松月助禪談

1452년 10월에 수양대군이 김종서 등을 죽인 '계유정난'이 일어났고, 1455년 6월 수양대군의 위협을 견디다 못한 단종은 수양대군에게 옥새를 넘긴다. 김시습은 세상에 도가 실현될 수 없음을 알고 방랑길에 나선다. 1459년 포천을 거쳐 내금강 장안사와 마하연을 유람하였다. 이때 원통암에 들려서 하룻밤을 묵었다. 원통암에서는 잠시 속세의 일을 잊었던 것 같다. 울분과 회한으로 술 없으면 버티기 어려운 현실이었지만 원통암에서 마음이 맑아졌다.

김홍도, 〈원통암〉, 《금강사군첩》

김응환, 〈원통암〉, 《해악전도첩》

자운담

산모퉁이를 돌아드니 맑은 물과 기이한 바위가 다시 나타난다. 산은 모두 온통 바위이지만 틈에는 모두 흙이 붙어서 좋은 나무들이 자란다. 산 중턱 아래로 큰 나무와 오래된 등나무가 뒤섞이고 첩첩이 쌓여서 짙은 그늘을 드리운다. 때는 바야흐로 9월 초이다. 붉고 노란 잎들이 비단에 수를 놓은 듯 빛난다. 발자취가 이른 곳이 모두 이러하였다. 서영보徐榮輔는 1806년에 단발령을 넘어 내금강을 유람하고 외금강에 이르러 온정령을 넘었다. 모두 7일간의 여정이 「풍악기楓嶽記」에 자세하다.

또 몇 리를 가서 만폭동을 만났다. 팔담과 수미봉의 계곡물이 서로 만나 성난 듯이 물을 내뿜는다. 흩어지는 물결들이 부딪쳐 말을 분간할 수 없을 정도다. 서쪽 골짜기 상류로 올라갔다. 청호연과 용곡담, 만절동, 태상동, 청랭수, 자운담, 우화동, 적룡담, 강선대가 차례대로 나타났다. 몇 리를 더 가니 밑으로 깔린 너럭바위와 옆에 서 있는 절벽이 모두 층층으로 겹쳐 있다. 이유원은 절경에다 용추, 구류연을 포함시킨다. 강선대를 거쳐서 수미탑에 이르렀다. 계곡 안에 절경을 이룬 것이 열한 개나 되고, 용곡담과 자운담이 가장 아름답다고 보았다.

이병운李秉運은 1796년 1월에 과거를 보러 한양에 갔다가, 방향을 돌려 고성 관아로 가서 풍악산을 두루 유람할 계획을 세웠다. 수미탑을 향하여 가다가 자운담과 적룡담을 지나는데 눈이 쌓이고 얼음이 얼어 지나갈 수 없었다. 나무를 헤치고 벼랑을 따라 이[蝨]가 기어가고 개미가 달라붙은 듯 겨우겨우 앞으로 갔다고 험로를 기록한다. 신광하申光河도 같은 계곡을 유람하였다. 「동유기행東遊紀行」은 1778년 8월달 일정의 기록이다. 원통암을 지나 시내를 따라갔다. 하얀 바위가 비늘처럼 이어지고, 물이 그 위를 흐르다가 떨어져 폭포가 되고 연못이 되었다. 굽이돌아 흘러가니 물은 깊고 맑아 옥 소리를 내며 흘렀다. 조금 올라가니 더욱 기이한 것은 곡룡담이고, 조금 더 오르니 더욱 기이한 것으로는 맑고 차가운 자운담이다. 연못 좌우는 기이한 바위와 가파른 절벽이 특이한 경관이고, 계곡 남쪽은 더욱 기이하고 웅장했다. 소나무와 향나무가 바위틈에서 자생하는데 모두 우뚝하고 빼어났다. 향기로운 등나무와 푸른 덩굴이 서로 얽혀 갈고리처럼 이어졌고, 바람과 구름, 물과 돌은 번갈아 여기저기에서 나타났다.

조인영趙寅永은 계곡에 있는 절경 열 개를 수미십곡須彌十曲이라 명명하고 청호연, 용곡담, 만절동, 태상동, 자운담, 우화동, 청령뢰, 적용담, 강선대, 구구대에 대하여 각각 시를 지었다. 그중에서 자운담慈雲潭은 다음과 같다.

김응환, 〈자운담〉, 《해악전도첩》

흰 구름 선심禪心을 보는 것 같고 雲白觀禪心
맑은 바람 나그네 퉁소 듣는 것 같네 風淸聞客嘯
고요히 자운담 상류에 앉으니 澹然坐上流
가을 색이 내게로 와서 비추네 秋色來相照

자운담을 그린 이는 김응환이다. 바위, 계곡 등을 화면에 꽉 채워 그린 것이 김응환 그림의 특징이라는 평에 맞는 작품이다. 자연물을 기하학적으로 단순화하고 갈필로 질감을 표현하였다는 평과 함께, 우리 강산을 새로운 미감으로 표현했다는 격찬도 이 작품에 해당된다.

수미탑

기괴한 구경거리[奇觀恠觀]라고 추사 김정희가 편지에서 말한 수미탑은 수미봉 아래에 있다. 봉우리의 아래에 수미탑이 있어 수미봉이란 이름을 얻게 되었는데, 산마루가 평평한 대를 이루어 수미대라고도 한다. 수미대는 층층 바위들이 겹쌓여 이루어졌는데 마치 수백 개의 부도를 한곳에 모아놓은 듯하다.

수미봉에 아래에 있는 암자는 수미암이다. 금강산 안에서 영원암과 함께 인적이 거의 미치지 않는 수도처로 알려져 있다. 불교에서 세계의 중심에 있다고 하는 수미산에 절이 있음을 상징화한 것이다. 암자에서 가까운 곳에 첩첩이 기묘한 자태로 서 있는 것이 수미탑이다. 높이가 약 50m 되는데 차곡차곡 쌓은 듯한 아래는 불룩하고 위는 가늘며 구부정하다. 탑의 기단부에는 수미동이란 글자가 새겨져 있다. 탑 주변에는 그보다 작은 돌탑들이 가로무늬를 하고 있는데, 홀로 선 수미탑만 못하다. 어유봉은 「재유금강내외산기再遊金剛內外山記」에서 수미탑은 기이하다며 백탑동하고 비교한다. "불탑처럼 우뚝 솟은 것이 셋인데 높이가 백여 길, 혹은 수십 길이 된다. 맑고 수려하며 희고 깨끗하여 자태가 매우 기이하다. 승려들은 이곳이 백탑동보다 낫다고 한다." 이유원도 대략 백탑과 같고 높이는 백탑보다 높다고 보았다.

기이한 수미탑을 잘 묘사한 글은 서영보의 「풍악기」이다. 1806년 9월 초에 금강산을 유람 중이었다.

김홍도, 〈수미탑〉, 《금강사군첩》

김응환, 〈수미탑〉, 《해악전도첩》

20리를 가니 수미탑이 돌연 불쑥 솟았다. 산의 1/10 지점에 있고, 나머지는 주위에 둘러서 있다. 탑의 형태는 둥글고 돌에 난 주름은 조각해 놓은 듯하다. 층계가 물가로 나 있어 마치 녹아내린 액체가 흐르는 듯하다. 상륜부가 하늘에 닿아있으며, 큰 바위가 밑받침 노릇을 하는데 물이 이를 감돌아 흐른다. 가까운 곳의 바위는 대개 겹겹이 쌓여서 모나기도 하고 둥글기도 하다. 모난 것은 정사각 모양·사다리 모양·직사각 모양이고, 둥근 것은 완전히 둥근 모양·비스듬히 둥근 모양·타원 모양이다. 다양함은 끝이 없다.

김종정은 1759년에 유람하였는데 수미봉에서 수미탑을 내려보았다. 탑은 비스듬하게 북쪽 봉우리 아래에 있다. 땅 위로 솟아올랐는데 색깔은 은과 같았다. 사방은 엄숙하고 겹겹의 무늬가 완연히 층층의 탑을 이루었다. 실상은 하나의 바위일 뿐이었다. 또 2, 3개 정도의 작은 탑이 좌우를 빙 둘러싸고 있어 바둑돌을 쌓아 올린 듯하였다.

김창흡의 수미대 시는 다음과 같다.

휑한 골짝에 작은 동천 열렸는데 谽谺洞天小
그 가운데 수미탑 자리 잡고 있네 中自納須彌
절의 탑은 층층으로 올려지고 佛塔重瑤級
신선의 바둑판엔 바둑돌 쌓였네 仙枰累玉棋
맑은 지경은 고야산과 같고 淸眞挹姑射
많은 보물은 파사국을 보는 듯 瓌富閱波斯
반나절 빽빽한 다래 덩굴 뚫은 뒤에 半日穿蘿密
피로 잊은 채 기괴한 경치 구경하노라 忘疲始睹奇

김창흡이 수미탑을 보고 느낀 감정도 김정희와 같은 기괴함이었다.

만폭동

금강문부터 화룡담까지의 구간이 만폭동이다. 많은 폭포와 소沼가 있어서 만폭동이다. 흑룡담 · 비파담 · 벽파담 · 분설담 · 진주담 · 거북소 · 배소 · 화룡담 등 내금강 팔담과 진주폭포 · 분설폭포 · 관음폭포 등 많은 폭포가 연이어 시선을 끈다. 금강문 · 금강대 등의 기암괴석도 곳곳에 있다. 송강 정철은 「관동별곡」에서 만폭동 일대를 노래했다.

백천동 곁에 두고 만폭동 들어가니,
은 같은 무지개 옥 같은 용의 꼬리,
섯돌며 뿜는 소리 십리에 퍼졌으니,
들을 때는 우레더니 바라보니 눈이로다.
금강대 맨 윗층에 선학이 새끼 치니,
춘풍 피리 소리 첫잠을 깨었든지,
호의현상縞衣玄裳이 공중에 솟아 뜨니,
서호의 옛 주인을 반겨서 넘노는 듯.

협소한 의미의 만폭동은 두 계곡물을 양옆에 끼고 기세 좋게 솟아 절벽을 이룬 금강대와 금강대 아래의 개울가를 가리킨다. 금강대는 학으로 유명했다. 이정구李廷龜는 「유금강산기」에서 금강

작자미상, 〈만폭동〉, 《금강산도권》

대 위 바위틈에 학 둥지가 있는데, 둥지는 비고 학은 없다고 적고 있다. 그때 승려가 옆에 있다가 "때때로 날면서 울다가 빙 돌고 가는데, 털은 푸르고 정수리는 붉습니다."라고 하였다.

금강대 아래 물가에는 수백 명이 앉을만한 큰 너럭바위가 깔려 있다. 너럭바위에는 양사언이 썼다는 '봉래풍악원화동천蓬萊楓岳元化洞天'이란 글자가 새겨져 있다. 봉래, 풍악은 금강산의 딴 이름이며 원화동천이란 기묘함과 아름다움을 다 갖춘 으뜸가는 계곡이라는 뜻이다. 김창협은 용이 꿈틀대고 사자가 낚아채는 듯한 필치가 산세와 웅장함을 겨루려는 듯하다고 평하였다. 세상에 전하는 말에 의하면 양사언이 이 글을 쓴 다음 산이 3일간 울었다고 한다. 이상수李象秀, 1820~1882는 '교룡이 성이 나서 달리는 모양 같다. 필치의 씩씩하고도 아름다움은 명필 왕희지도 이에서 더 할 수는 없으니 실로 이 산 가운데 보물이다'라고 평하였다. 양사언의 글씨는 이것 외에 '소동령령 풍패청청疎洞泠泠風佩淸淸', '만폭동萬瀑洞'이 새겨져 있다고 이유원은 말하는데 언제 확인할 수 있을까.

김수증은 「풍악일기楓嶽日記」에서 양사언의 글씨에서 수십 보를 올라가 수건애手巾崖 아래에 '천하제일명산天下第一名山'이라는 여섯 글자를 크게 쓰고 석공에게 새기도록 했다고 밝혔다. 김창즙은 '천하제일명산' 여섯 글자가 팔분체로 새겨져 있는데, 나의 백부이신 곡운선생의 필적이라고 확인해주었다. '만폭동' 글자 곁에는 삼신산의 신선들이 이곳에 와서 경치에 도취되어 떠날 생각을 잊고 바둑을 두며 놀았다는 '삼산국三山局'이 새겨져 있다.

김창협의 만폭동에 대한 감동은 아직도 전해진다.

> 만폭동은 전체가 거대한 반석을 기저로 하되 암석이 모두 옥처럼 하얗다. 시냇물은 비로봉에서 내려와 여러 골짜기를 통해 함께 흐르는 줄기가 앞다투어 내달려서 모두 이 만폭동에 모여든다. 만폭동의 바위 중 험준하게 들쭉날쭉하고 얼기설기 얽혀 평탄하지 않은 것은 이리저리 어지럽게 흩어져 계곡물과 기세를 겨룬다. 물이 돌을 만나면 세차게 흘러 후려치며 온갖 변화를 다 보인 뒤에야 성난 기세를 누그러뜨려 천천히 흐른다. 평탄한 시내가 되고 얕은 여울이 되었다가 중간에 낭떠러지를 만나면 또 떨어져 폭포가 되고, 폭포 아래에서는 또 물이 고여 못이 된다.

흑룡담망보덕암

「유금강록遊金剛錄」은 신즙申楫이 강원도사로 재임할 때 금강산을 유람하고 지은 글이다. 1627년 6월부터 7월까지 산을 유람했는데 7월 2일 일정은 보덕암 일대다. 동풍이 일어나자 나는 듯이 떨어지는 폭포수가 공중에 어지럽게 날리면서 구름과 안개를 이루어 오래 머물 수가 없었다.

보덕굴普德窟은 골짜기의 남쪽 절벽 위에 있다. 승려가 인도하여 계곡을 건너고 잡초를 헤치며 겹겹이 쌓인 돌 비탈길을 올라갔다. 3층 용마루를 우러러보니 날아갈 듯이 반쯤은 공중에 있다. 10여 길 되는 긴 구리기둥은 절벽을 파서 세워졌다. 쇠를 가로로 걸쳐 판을 만들고 그 위에 누각을 세웠다. 쇠사슬로 문의 위와 아래를 묶었는데 한 가닥은 바위에 붙이고 한 가닥은 기둥에 붙였다. 큰 쇠사슬로 굴 위의 바위 모서리에 붙이고, 누각을 따라서 늘어뜨려 굴 아래 바위 모서리에 붙였다. 큰 쇠사슬을 누각 동쪽 모서리에 부착하여 누각을 둘렀다. 한 가닥은 누각 서쪽 모서리에 부착해 흔들리지 않게 했다. 누각 한 칸에 관음보살을 봉안했는데, 이것이 보덕普德이다.

보덕굴의 동쪽에 돌을 쌓아 25층 층계를 만들었다. 층계가 끝나는 곳에 암자가 동굴 뒤에 있다. 관람하는 사람은 먼저 암자로

김홍도, 〈흑룡담망보덕암〉, 《금강사군첩》

김응환, 〈보덕암〉, 《해악전도첩》

부터 굽은 층계를 따라 내려가 층계가 끝나면 동굴의 누각에 들어간다. 누각 위 판자는 삐걱대며 소리가 나서 사람을 놀라게 한다. 좌우에 이름을 써서 새긴 사람을 이루 다 셀 수 없다. 암자 곁 보덕굴 지붕 위에 탑이 안치되어 있는데, 돌을 갈아서 조그마한 수레바퀴 모양으로 만들었다. 주변에 범어로 글자를 새겨놓았는데 큰 것은 너른 평상 같고 작은 것은 장기 같다. 쇠몽둥이로 돌을 꿰어 놓은 것이 구슬을 꿴 모양 같다. 골짜기 주변에는 벼랑이 우뚝 서 있다. 골짜기를 흐르는 물은 폭포가 된다. 세찬 천둥이 포효하는 것 같아서 말을 분간할 수 없다. 자세하게 묘사하여 마치 현장을 직접 답사하는 것 같다.

627년에 보덕普德이 굴을 이용하여 절을 창건하였고, 1115년에 회정懷正이 중창하였다. 회정은 관세음보살의 화신인 보덕각시가 수행하던 곳이 보덕굴임을 깨닫고 굴에 머물면서 열심히 기도를 행하였다. 많은 이적들이 나타나자, 이곳을 관음기도도량으로 삼아 참배하였다.

보덕굴은 흑룡담의 동쪽 절벽 위에 있다. 절벽의 한쪽 면이 잘려져 지탱할 땅이 없어서 수십 길의 구리기둥을 박아서 받치고, 크고 작은 두 개의 쇠사슬로 묶어 놓았다. 서까래와 난간이 모두 절벽의 바위에 연결되었으나 지탱하게 하는 것은 구리기둥뿐이다. 바람이 불면 집채가 그때마다 흔들렸다. 흑룡담의 물빛은 짙은 쪽빛이다. 수십 보를 거슬러 올라가니 반석과 맑은 못이다. 못 위쪽 와룡담은 보덕굴의 아래에 있다. 굴에는 우물이 없어 아래에 있는 와룡담의 물을 길어다 마셨다.

노수신의 보덕굴 시는 다음과 같다.

험한 벼랑은 바람에 넘어지려 하고 斷崖風欲踣
비탈길은 새도 주위에서 날기를 시름하네 回磴鳥愁緣
난간은 외로운 구리쇠 기둥을 누르고 檻壓孤銅柱
처마는 반벽의 하늘에 닿았다 簷磨半壁天
폭포는 용처럼 서려서 쌓인 눈을 뿌리고 龍蟠灑積雪
바위는 사자처럼 일어나서 향 연기를 보낸다 獅起送香煙
이곳서 나누는 스님과 속인의 대화는 是處閑忙話
부생이란 참으로 우연한 것이라 하네 浮生儘偶然

분설담

만폭동에서 물길을 따라 북쪽으로 올라가면 청룡담 · 세두분 · 백룡담이 차례로 모습을 드러낸다. 물은 영롱하고 맑으며, 바위는 희고 깨끗하다. 다시 북쪽으로 올라가도 계속 연못이 이어진다. 이른바 팔담이다.

아래부터 흑룡담 · 비파담 · 벽하담 · 분설담 · 진주담 · 귀담 · 선담 · 화룡담이 정신을 못차리게 만든다. 첫 번째 못부터 마지막 못까지 거리는 10여 리이다. 너럭바위가 높기도 하고 낮기도 하며, 가파르기도 하고 완만하기도 하다. 푹 패인 것이 절구와도 같고, 구유와도 같으며, 홀 같기도 하고, 웅덩이 같기도 하다. 이빨처럼 들쑥날쑥하기도 하고, 층계처럼 층져서 꺾이는 듯도 하다. 그 사이를 흐르는 물은 격렬히 부딪치거나, 꺾여서 돌아 흐른다. 퍼져서 흩어지거나, 휘돌아 흘러가다 고여서 못이 되고, 아래로 떨어져 폭포가 된다. 물동이를 기울인 듯, 하얀 무지개가 드리운 듯, 한 필의 명주를 펼쳐놓은 듯, 밝은 구슬을 뿌려놓은 듯하다. 소리는 패옥이 울리는 듯, 공중에서 음악이 연주되는 듯, 큰 종을 두드리는 듯, 우레 같은 북이 울리는 듯하다.

김귀주金龜柱는 팔담 가운데서 분설담을 가장 기이한 곳이라 평하였다. 1767년 8월과 9월 사이에 금강산을 유람하고 기록한 「동유기」에서 한 말이다. 가장 기이한 분설담을 세밀화로 그려냈다.

김홍도, 〈분설담〉, 《금강사군첩》

김응환, 〈분설담〉, 《해악전도첩》

얼마 지나지 않아 앞에 큰 바위가 보인다. 계곡 가운데 떨어질 듯 깎아지른 모습이다. 바위 아래에 층층의 바위가 경사지게 드리워져 있고, 아래에 못을 이루었다. 물이 층층 바위를 따라 얕게 펼쳐져 빠르게 흐른다. 비스듬히 못 가로 쏟아지는데 물거품을 내뿜으며 어지러이 날린다. 멀리 열 걸음 밖에까지 흩뿌리고, 메아리는 가파른 바위에서 울린다. 물이 떨어지며 바람이 일어나 잠깐 서 있어도 모발이 어느새 시원해진다. 두건을 벗고 맨발로 가파른 바위 밑으로 가서 굽어보니, 올려다보는 것보다 더욱 기이하다. 화중和仲이 '신령스러운 바람이 불어 추워지네[靈風颯作寒]'라는 구절을 짓고서 나에게 대구를 맞추어 보라고 한다. '소나기가 휘날려 눈이 되었네[急雨翻成雪]'라고 응수하였다. 화중이 크게 기뻐하여 붓을 들어 큰 전서체로 아래층의 너럭바위에 썼는데 글자의 크기가 자리만 하였다.

흑룡담부터 팔담이라 칭하기도 하고, 청룡담부터 십담이라 부르기도 한다. 모두 모양을 가지고 이름을 붙인 것이다. '용龍' 자가 들어간 네 개의 담潭은 용의 소굴을 가리킨다. 밝고 맑은 물결은 진주담과 분설담의 참으로 뛰어난 승경이라고 이유원은 품평했다. 남한조南漢朝는 「금강산소기」에서 가장 빼어난 것이 모두 열 한 개인데, 진주담 · 분설담이 더욱 뛰어나다고 보았다. 채제공蔡濟恭은 「분설담의 기세가 가장 웅장하다」를 짓는다.

미친 듯 일어나는 흰 포말은 사람을 홀리는데 顚狂素沫欲迷人
이곳저곳 웅덩이 빚어 놓은 뜻은 참신도 하지 交錯鎔潭立意新
밝은 태양 높이 떴어도 여기만 유독 깨끗하고 白日高臨偏灑落
긴 무지개 높이 드리우니 준순주逡巡酒 익어 가네 長虹陡折熟逡巡

솟구쳐 흩어지매 학이 문득 놀라 날개를 퍼득이고 騰散忽驚翻鶴翅
맹렬히 부딪치매 용 비늘 상할까 때로 두려워라 猛舂時恐損龍鱗
향기 피어나는 만폭동에 꽃이 떠서 흘러오니 生香萬壑浮花到
봄에 미처 유람 못 했어도 아쉬울 것 없어라 不恨吾遊未及春

바위에 앉아 분설담을 보고 있노라면 어느덧 선경으로 들어간다. 쇄락灑落은 기분이나 몸이 상쾌하고 깨끗한 상태를 말한다. 티끌이 하나도 없는 쇄락한 곳에서 신선이 잠깐 사이에 빚는다는 술인 준순주逡巡酒는 익어간다. 비록 꽃 피는 봄날의 유람이 아닐지라도 미련이 없다. 물 위에 떨어져 흘러오는 꽃을 보면 아득히 멍해진다.

진불암

암자 동쪽에 진짜 부처같이 생긴 바위가 있어서 진불암眞佛庵이란 이름을 얻었다. 탐방객의 시선을 끈 것도 당연히 부처같이 생긴 바위였다. 화가의 시선도 바위를 향한다. 화면 가운데 위치한 것은 암자가 아니라 바위다. 울창한 나무 사이로 암자가 보이고 마당에 앉아 있는 두 선비는 담소를 나누고 있다. 커다란 부처같이 생긴 세 개의 바위는 선비가 자그맣게 보일 정도로 크다. 김

김응환, 〈진불암〉, 《해악전도첩》

창협金昌協이 보았을 때 암자는 깊고 오묘하며 그윽하고 특이하였다. 어디도 비교할 만한 곳이 없었다. 옆에 있던 스님은 내금강에서 오직 진불암과 영원암만이 가장 깊숙한 곳에 위치하여 인적이 드물다고 하였다.

어유봉魚有鳳이 진불암을 방문한 때는 1733년 9월이었다. 만폭동에서 서성이다가 고적을 답사하고자 하면서 어찌 진불암과 수미대 등을 보지 않고 마하연으로 갈 수 있느냐며 진불암으로 향했다.

> 암자는 원통동 북쪽 10리쯤에 있다. 웅호봉의 한 지맥이 남쪽으로 떨어져 나가서 절 뒤쪽의 주봉이 되었다. 암자 앞 서북쪽 모퉁이에 커다란 두 개의 바위가 있다. 오른쪽 바위는 다섯 길쯤 되고, 왼쪽 바위는 세 길쯤 되는데 층층이 쌓여 우뚝 솟은 모습이 마치 미륵불 형상 같다. 진불암이라는 이름을 얻은 것은 여기에서 연유한 듯하다.

어유봉보다 먼저인 1714년에 이하곤李夏坤의 발걸음이 있었다. 수미암에 들려 붓을 적셔 성명을 쓰고, '천하제일명산天下第一名山·산중제일암자山中第一庵子'라고 썼다. 글쓰기를 마치자 수미대에 올라 자연스레 만들어진 석탑 네다섯 개를 실컷 보고서야 아래로 내려왔다. 잠시 후 암자 앞으로 난 길을 따라 구불구불 내려갔다. 늘어진 등나무와 고목 사이로 가서 시내를 건너고 서쪽으로 가서 진불암에 들어갔다. 썩은 기와와 끊어진 서까래가 무성한 풀 사이에 이리저리 널려 있고 사람의 정취는 없다. 유독 뜰가에 바위 세 개가 우뚝 서 있어 마치 사람이 손가락을 세우고 있는 듯했다. 이하곤이 방문했을 때는 부처를 닮은 바위만이 암자를 지키고 있었다. 1759년에 김종정金鍾正이 찾았을 때는 잠깐 쉬면서 앞 사람들이 이름 써놓은 것을 읽어야만 했다.

김창흡은 내금강 깊숙한 곳까지 찾아와 시를 한 수 남긴다.

진불암은 둘도 없는 뛰어난 지경 眞佛無雙界
높은 바위엔 푸른 기운 엉겨 있네 高巖縹氣凝
구름은 폭포 찾는 손님 맞이하고 雲迎尋瀑客
다리는 솔잎 먹는 승려를 막는다 橋斷食松僧
벽돌 사이엔 낙엽이 쌓여 있고 篆甃塡紅葉
서까래 머리엔 등덩굴 뻗어 있네 璇題蔓紫藤
알겠노라 장엄한 진불암의 창건 莊嚴知所創
멀리 세조 임금으로부터 된 것을 緬矣自光陵

세조의 왕위 찬탈 때문에 방랑길에 나선 김시습도 이곳을 찾았다. 시도 짓는다. "돌을 근거로하여 참된 부처라 이름하고, 암자에는 노인이 좌선하며 살고 있구나." 세상사는 얄궂다. 진불암은 나중에 세조의 원찰이 된다.

진주담

이경석李景奭은 금강산을 유람 중이었다. 진주담眞珠潭을 구경하고 위쪽 폭포를 구경하였다. 진주담 폭포에는 미치지 못하였으나 폭포 아래에 못을 이루고 있고, 못 가운데 큰 돌이 마치 거북이가 머리를 들고 있는 것 같아서 '귀담龜潭'이라 하였다. 너럭바위 위에는 유람 온 사람들의 이름을 많이 새겨 놓았다. 이경석이 승려들에게 말하기를, "산을 유람하면서 힘 있는 사람들이 다투어 이름을 새기면 기암괴석이 마침내 온전한 모습을 지킬 수 없을 것이다. 이것을 처음 시작한 사람은 양봉래일 것이다. 나는 이름을 쓰지 않은 것을 쓴 것이라 여기고, 이름을 새기지 않은 것을 새긴 것이라 여기는데 여러분들은 어떻게 생각하시는가."라고 하였다. 천오 스님등이 손을 모으고 말하기를, "지금 가르침을 들었으니, 감히 마음속에 새기지 않을 수 있겠습니까."라고 하였다. 1651년 9월에 기록한 「풍악록楓嶽錄」의 한 대목이다.

명산대천에 이름을 새기는 것에 대해 조식曺植, 1501~1572은 "대장부의 이름은 사관이 책에 기록해 사람들의 입에 오르내려야 하는데, 구차하게도 산속 썩지 않는 돌에 이름을 새겨 억만년을 전하려 한다."고 비판하였다. 박지원朴趾源, 1737~1805도 금강산을 유람할 때 동구 들어서자마자 사람들이 이름을 써 놓은 것을 보고

「발승암기髮僧菴記」에서 비판한 바 있다.

대부분은 그러하질 않았다. 오른쪽 바위에는 '진주담'이라는 글씨가, 왼쪽 바위에는 진주폭포를 의미하는 '수렴'을 새겼다. 이 곳을 찾은 많은 문인들이 시문를 짓던 바위라고 하여 '문장동천' 이라는 글도 새겼다. 신즙이 1627년에 진주담에 이르니 골짜기 물이 폭포수가 되어 떨어지는데 진주 만 섬이 공중에서 흩어져 떨어지는 것 같았다. 못 가의 너럭바위는 수십 명이 앉을만 했다. 유람한 사람들이 성명을 새겨 놓았는데, 강담姜紞 · 조즙趙濈 · 조우인曺友仁 · 이분李芬 · 김세렴金世濂 · 김상적金尙績 · 박안효朴安孝 · 오행건吳行健 등은 아는 사람이었다.

송시열이 쓴 글씨와 시도 있었다. 글자 획이 굳세고 강건한 것으로 정평이 났다.

물외에서 단지 지금 질탕하게 노닐 뿐 物外祇今成跌宕
인간 세상 어느 곳인들 시끄럽지 아니하리 人間何處不啾喧
맑은 시내 흰 바위가 정취를 함께 하는데 淸溪白石聊同趣
광풍제월光風霽月같은 마음 별도로 전하네 霽月光風更別傳

윤준尹鐫이 한 곳에 이르니 맑게 흐르는 물이 옥을 뿜어내듯 솟아오르기도 하고 쏟아내기도 한다. 흰 돌이 반석처럼 깔려 있어서 앉기도 좋고 걸터앉기도 좋다. 진주라고 한 것은 무엇 때문이냐고 물으니, "대개 펼쳐진 바위 위로 물이 흘러가는데, 어떤 돌은 우묵하여 가운데 구슬을 담고 있는 것이 늙은 조개가 진주를 머금고 있는 것과 꼭 같기 때문입니다."라고 하였다. 윤준은 "그렇군요. 그럴듯한 생각입니다."라고 하였다.

김홍도, 〈진주담〉, 《금강사군첩》

김응환, 〈진주담〉, 《해악전도첩》

정기안은 「유풍악록遊楓嶽錄」에서 팔담의 뛰어난 경치를 평한다. 금강산 중에서 웅혼雄渾하기로는 화룡담이고, 청려淸麗하기로는 벽하담이며, 맑고 산뜻하며 빼어나고 청량하여 사람들을 편안하게 하여서 돌아갈 생각을 잊게 하는 것은 진주담이라고 보았다. 나머지 여러 못들은 서로 우열을 가리기 어려운데 사과, 배, 귤, 유자가 각각 그들만의 맛을 지닌 것과 같은 이치라고 평하였다.

마하연

화룡담에서 1리쯤 떨어진 곳에 마하연摩訶衍이 숨어 있다. 범어로 '마하摩訶'는 대大의 뜻이고 '연衍'은 승乘의 뜻이어서 대승암大乘庵이라고도 부른다. 암자 뒤로 병풍을 친 듯한 중향성을 끼고 있고, 앞에는 혈망봉, 담무갈봉 등 여러 봉우리들이 빙 둘러싸고 있다. 홀로 우뚝 솟아 까마득히 외진 곳, 경계가 그윽한 곳, 조용하고 시원하여 속세의 마음을 모두 사라지게 하는 곳이다. 시내에는 피라미가 없고, 산에는 들새가 없으며, 솔개 · 꿩 · 까치 등도 모두 감히 이곳에 이르지 못할 정도로 높고 외진 곳이다. 가끔 새끼 곰이 소나무와 바위 사이에 거꾸로 매달린 것이 보이고, 석양녘에 수풀 밖으로 갈까마귀 몇 마리가 날아다닐 뿐이다.

암자에서 유명한 것은 나무다. 홍여하는 「송악만록」에서 뜰 가에 나무가 전나무나 회나무와 비슷한데, 가을이면 누렇게 잎이 지고 봄이면 잎이 새로 나서 거기에 사는 승려들은 계수나무라 불렀으나 아니라고 보았다. 김창협은 삼나무와 전나무가 울창한데, 그중 한 그루는 줄기가 곧고 껍질이 붉으며 잎은 삼나무 잎을 닮았다고 보았다.

암자에서 보는 경치는 정양사에서 보는 것과 비교되곤 한다. 이병운李秉運의 「동정일기」를 읽으면 주변의 산을 하나씩 꼼꼼히 묘사한 것이 지나칠 정도다.

> 암자는 산 중의 가장 가운데에 있다. 좌우의 돌부리가 천 가지로 기이하고 백 가지로 괴이하다. 뛰어오르는 듯 솟구치는 듯, 앉은 듯 누운 듯, 굽어보고 올려다보는 듯 웅크린 듯, 관을 쓴 듯 삿갓을 쓴 듯, 도롱이에 삿갓을 쓴 듯 의관을 입고 면류관을 쓴 듯하다. 머리를 떨구고 조는 듯, 홀을 바르게 잡고 종종걸음으로 나아가는 듯, 성내다가 돌아보며 흘겨보는 듯, 두 손을 맞잡고 공손히 서있는 듯, 종종걸음으로 나아와 읍을 하는 듯하다. 새가 날개를 펼치고 날아오르는 듯, 달리는 짐승이 귀를 늘어뜨린 채 끌고 가는 듯, 구름이 샘에서 용솟음치는 듯, 파도가 부딪쳐 뒤집히는 듯하다. 나는 처음엔 '금강산 전체가 모두 얼음처럼 맑고 옥처럼 깨끗하다'고 들었는데, 산에 들어와 바라보니 암석은 기괴하고 우뚝하여 높고 크기만 하다. 구석구석 탐방하여 밟아보고서야 비로소 그것이 천하에 이름나서 좌우로 응수하고, 크고 작은 것에 놀라며, 동쪽으로 쳐다보면 기뻐서 이만한 것이 없다고 생각되다가도, 서쪽을 굽어보면 문득 다시 서글퍼져서 갑자기 실의하게 되니 참으로 가관이다. 듣고서 추측하거나 상상으로 미칠 바가 아님을 깨닫게 된다.

금강산 일만이천 봉을 이처럼 다양하게 묘사할 수 있을까. 그것도 전부를 보고 표현한 것이 아니라 마하연에서 바라본 봉우리만 묘사한 것이다. 김홍도의 그림은 암자 뒤편만을 그렸으니 암자 앞쪽은 알만하다.

김홍도, 〈마하연〉, 《금강사군첩》

김응환, 〈마하연〉, 《해악전도첩》

기기묘묘한 봉우리와는 달리 암자의 그윽하고 조용한 탈속脫俗한 경지를 고려시대의 이제현은 「마하연암」을 통해 그려냈다.

산중이라 해는 정오이건만 山中日亭午
아직도 이슬 짚신 적시네 草露濕芒屨
낡은 절엔 거주하는 중 없고 古寺無居僧
흰 구름만 뜰에 가득하여라 白雲滿庭戶

높은 곳에 암자가 있어 늘 구름에 쌓여있다. 대낮에도 구름이 물러갈 줄 모른다. 스님도 어딜 갔는지 텅 비어있다. 고요한 정적만 흐른다.

백운대

화면을 둥글게 에워싼 봉우리는 하늘을 찌를 듯하다. 자세히 보면 제각각이다. 가운데를 향한 봉우리는 중간에서 멈춘다. 발 밑으로 구름이 피어오른다. 주변의 경관이 한눈에 들어오는 조망처는 백운대白雲臺다. 일별하면 백운대를 오르는 선비를 발견하지 못할 정도로 작게 그렸다. 금강산 안에선 인간은 개미와 같을 뿐이다.

마하연에서 만회암을 거쳐 백운대에 오르는 여정은 내금강의 진수를 감상하는 코스다. 결코 녹록하지 않은 등반이다. 오재순吳載純이 오를 때는 20여 고리로 된 두레박줄이 바위에 드리워져 있었다. 손으로 두레박줄을 한 칸씩 붙잡고 발로 바위틈을 딛고서 산마루로 향했다. 동쪽으로 구불구불 이어진 등마루 좌우는 깎아지른 듯했다. 길은 겨우 한 폭 비단과 같았다. 버선발로 가는데도 몸을 곧추세우고 숨을 죽이며 감히 마음을 놓을 수 없었다. 수십 보를 가서 비로소 백운대의 정상에 이르렀다. 중향성을 가까이서 보니 더욱 밝고 희게 빛나고, 높이 솟아 넓게 펼쳐졌다. 백운대에서 중향성을 보는 것은 일대 장관이었다. 「해산일기海山日記」에 과정이 상세하다.

안석경安錫儆은 백운대에서 바라본 경치를 「동행기」에 파노라마처럼 기록하였다.

> 백운대 동북쪽으로 중향성의 진면목이 보인다. 뾰족뾰족한 바위가 무리 지어 죽 늘어서 성가퀴처럼 연이어졌다. 신선이 흰 학을 타고 날아오르며 춤추는 듯하고, 여러 부처가 하얀 연꽃에 앉아 솟아 나온 듯하다. 머리를 장식한 여인들이 꽃처럼 둘러서서 임금을 모시는 듯하고, 갑옷을 입은 병사들이 물고기를 꿴 듯이 벼랑을 타고 올라가는 것 같다. 괴이한 모양과 특이한 모습이 성하고 생동적이어서 눈을 휘둥그레지게 하였다. 남쪽에는 정면으로 혈망봉이 있는데, 봉우리의 구멍으로 환하게 햇빛이 통한다. 금수대와 담무갈봉도 보인다. 북쪽으로 가섭봉이 중향성 뒤로 보인다.

1714년에 이하곤李夏坤의 등반기는 「동유록」에서 볼 수 있다. 나무를 얽어 사다리를 만들고 양옆에는 각각 아래로 드리워놓은 넝쿨을 붙잡고 발을 옆으로 디디고 올랐다. 바로 하백운下白雲 뒤쪽 기슭이다. 좌우로 바위벽이 천 길 높이로 깎아지른 듯 서 있고, 가운데로 칼등 같은 좁은 길이 나 있다. 보기만 해도 전율이 일어나 올라가지 않았다. 북쪽으로 길을 꺾어서 가다가 중백운中白雲에 도착해 잠시 쉬었다. 암자 뒤를 따라 1리를 가서 상백운上白雲에 도착했는데, 암자는 중향성 아래에 있다. 기이하고 빼어난 봉우리가 여기저기 뒤섞여 서로 치솟아 있다. 마치 많은 옥이 들어있는 창고에 들어온 듯 휘황찬란하여 그 모습을 형언할 수 없다. 정양사에서 본 것과 비교하면 더욱 기이했다. 멀리서 바라보는 것은 가까이에서 보는 것과 색깔이나 모양이 같지 않기 때문이다.

김응환, 〈백운대〉, 《해악전도첩》

김창흡은 백운대에 오른 감흥을 시로 표현했다.

하늘은 험해서 올라갈 수 없는데 天險不可升
높은 백운대 하늘에 닿아 있네 高臺薄層旻
쇠줄을 끌어당겨 부여잡고서 攀援由鐵鎖
간들간들 곡예하며 올라갔네 裊裊以致身
휘몰아치는 바람 만 길이나 쌓였는데 長風萬仞積
내려다보니 파란 먼지가 생기네 降望生蒼塵
(중략)
인간 세상 비좁아서 슬픈 마음 생기지만 悲生人世小
일신이 가벼우매 웃음이 나오는구나 笑發身軀輕

묘길상

오재순吳載純이 금강산을 유람하고 남긴 「해산일기海山日記」를 작성한 시기는 1748년 윤7월이다. 21일에 서둘러 아침밥을 먹고 비로봉으로 향하였다. 가마를 타고 2리 쯤 가서 묘길상妙吉祥에 도착했다. 수석이 꽤 기이했다. 뻥 뚫린 계곡의 규모가 넓으니 역시 아름다웠다. 옛날에는 암자가 있었으나 터만 남고, 북쪽 절벽 위에 불상이 새겨져 있었는데 매우 크고 웅장하였다. 오재순이 유람할 때는 이미 암자는 터만 남고 암벽에 새긴 불상만이 남아 있었다. 성현成俔, 1439~1504이 방문할 당시만 해도 묘길상암妙吉祥庵이 있었다.

구름 자욱해 사방 산은 어둑하고 靄靄四山冥
그림 병풍은 들쭉날쭉 벌여 있네 參差列畫屛
선방은 참으로 적적하기만 한데 禪居眞寂寂
마음은 저절로 성성해지는구나 心地自惺惺
오솔길엔 단풍 숲이 서로 비치고 路映丹楓樹
소나무엔 백학의 깃이 번득이네 松飜白鶴翎
가사 입은 스님은 나와서 읍하고 袈裟僧出揖
서로 대하여 반갑게 맞아주누나 相對雙眼靑

김홍도, 〈묘길상〉, 《금강사군첩》

김응환, 〈묘길상〉, 《해악전도첩》

조위경趙緯經, 1698~1780은 「금강유산기金剛遊山記」에서 "10리를 가니 거대한 석벽이 있고, 벽면에 미륵상을 새기고 곁에 '묘길상' 세 글자를 새겨 놓았다. 글자의 높이는 모두 한길 남짓하였으며 너비도 비슷했다. 판서 윤사국尹師國이 쓴 글씨다." 유학자들은 불상보다 글씨에 관심이 더 컸던 것 같다. 김귀주金龜柱는 울창한 숲속 큰 절벽에 신장이 1장 8척인 불상을 새겨놓았고, 앞쪽에는 석대를 쌓았으며 석대 위에는 광명등을 안치해 놓았다고 적었다. 송환기宋煥箕는 길옆 암벽에 미륵의 형상을 새겨 놓고 묘길상이라고 하였는데, 그 모습이 매우 장대하여 처음 보면 놀랄 만하다고 하였다. 윤휴尹鑴는 묘길상에 대해 비판적이었다.

> 한 곳에 이르니 석조탑이 해를 가리고 있고 바위 사이에 장육상丈六像을 조각해 놓았는데 이는 나옹의 작품이라고 한다. 아, 불도들이 허황한 짓들을 하여 이 명산의 맑은 운치를 모두 더렵혔으니 가탄스러운 일이다.

「풍악록楓岳錄」에 실린 글이다. 그는 마하연에서 만난 스님을 보고, 도에 대하여 무엇인가 들은 것이 있어서가 아니고, 다만 하기 어려운 일을 하는 것을 고상한 것으로 생각한다고 보았다. 유학자로서 대도는 듣지 못하고 은미한 일이나 캐고 괴이한 짓이나 하여 후세에 무엇인가 남겨 보려고 하는 자들과 다를 것이 없다고 경계한다.

마하연에서 동쪽으로 시내를 따라 내무재령쪽으로 가면 묘길상을 만날 수 있다. 거대한 암벽 새긴 마애불이다. 앞면에는 삼단의 돌계단이 있고, 돌계단 위에 석등이 하나 있다. 묘길상은 아미

타여래를 조각한 것이라 한다. 우리나라에서 가장 크고 대표적인 마애불로 알려졌다.

강세황은 「단원기檀園記」에서 고금의 화가들은 한 가지만 잘하고 여러 가지를 다 잘하지 못하는데, 김홍도는 못하는 것이 없었다고 말한다. 그 중 불화佛畫에 이르기까지 모두 묘품에 해당되어 옛 사람과 비교할지라도 그와 대항할 사람이 거의 없었다고 했다.

안문점망비로봉

이하진李夏鎭은 1664년에 휴가를 얻어 사촌 형님들과 같이 금강산을 유람하고 「금강도로기金剛途路記」를 지었다. 내금강을 먼저 구경하고 외금강으로 향하던 중이었다. 날이 저물어 내수재內水岾에 도착했다. 내산과 외산이 나누어지는 고갯길 큰 바위 위에 앉아 시를 한 수 지었다.

김응환, 〈안문점망비로봉〉, 《해악전도첩》

좋았도다 중향성이여 好在衆香城
은근했도다 만폭동이여 殷勤萬瀑洞
어찌 한 번 유람한 것으로 吾人一去來
감히 산의 경중을 말하랴 敢謂山輕重

내금강의 대표적인 산인 중향산과 계곡인 만폭동을 들고 있지만 장안사와 표훈사, 정양사, 영원암, 마하연 등을 이미 들렀다. 명경대와 백탑동, 천일대와 금강대, 진주담과 비로봉을 다 거친 후였다. 명소를 다 다녔다고 하지만 아직도 미진하다. 금강산에 대해 감히 이러쿵 저러쿵 품평할 수 없다. 이하진과 달리 김창협은 감히 품평을 한다. 내금강은 바위가 많고 흙은 적으며, 외금강은 흙이 많고 바위는 적다. 내금강은 바위가 많기 때문에 희고 가파르며 외금강은 흙이 많기 때문에 푸르고 웅장하다. 이것이 내금강과 외금강의 차이점이라고 품평을 했다.

고개의 명칭은 다양하다. 내수재內水岾는 내무재령內霧在嶺이라고도 한다. 안문점雁門岾이란 이름도 많이 쓰인다. 내금강과 외금강을 가르는 분수령이기 때문인 것 같다. 내수재는 지세가 매우 높으며 서쪽으로 중향성이 보인다. 남북으로 늘어서서 뻗은 암석이 큰 병풍을 펼쳐놓은 듯 벽처럼 서 있다. 하얗게 눈이 쌓인 듯하다. 북쪽으로 머리를 쑥 내민 듯한 것이 비로봉이다. 비로봉 정상은 평평하고 넓으며 시루를 덮어놓은 형상이다. 기이하고도 장엄하여 표현할 길이 없다고 「동유기」에서 김창즙金昌緝은 말한다. 김응환의 그림은 고갯마루에서 비로봉을 바라보고 그린 것이다. 마음 같아서는 비로봉까지 가고 싶었지만, 여정이 빠듯하기 때문에 화폭에 담는 것으로 만족해야한 했다.

직접 비로봉에 오른 사람도 있었다. 1761년에 안석경은 비로봉을 등정하고 「동행기」를 남긴다. 글을 읽는 것만으로도 정상에 오른 감격을 느낄 수 있는 것은 글의 힘이다.

> 비로봉 아래 여러 봉우리와 중향성 대여섯 봉우리를 가까이서 굽어보니 모두 바위 봉우리다. 귀신이 조각하고 쇠를 쌓고 은을 입힌 듯, 햇빛을 받자 찬란하게 빛나며 사람을 향해 춤추며 날아오른다. 오른쪽은 내산으로 봉황이 날고 용이 튀어 올라 날개를 퍼득이고 구불구불 서린듯하다. 기이한 변화와 만 가지 모양을 헤아릴 수 없다. 머리와 뿔이 나타났다 사라지고, 날개와 갈퀴가 오므려졌다 펼쳐지며, 문채가 감춰졌다 드러나는 것만 보인다. 왼쪽은 외산으로 사자가 장난치고 호랑이가 움키는 듯하다. 기복에 일정함이 없고 진퇴에 방향이 없어 웅혼하고 사나운 기세가 쉴새없이 몰아부친다. 얼굴을 들고 이빨을 드러낸 것을 보면 나약한 사람은 기겁하기에 충분하다. 정오가 되자 하늘이 맑게 개었다. 사방 먼 곳을 둘러보니 동해가 하늘에 맞닿아 있다. 넓고 큰 모습이 대단하구나! 시력이 미칠 수 있는 곳은 관북에서 영남까지다. 물가 벼랑이 수천 리나 이어지고 큰바람이 물결을 일으키니 섬들이 넘실거린다. 자라는 가라앉고 오리는 날아오른다. 그 밖의 아득한 바다는 끝까지 볼 수 없다. 이것이 해와 달을 목욕시키고, 큰 대지를 담아 만물을 자라게 하는 조화의 성대한 근본이구나!

■

금강산 외금강

세월 오래되어 쌓인 기운 물을 뿜었네

만경대

만경대萬景臺는 주변의 경관을 잘 조망할 수 있는 곳이 가질 수 있는 이름이다. 설악산에도 만경대가 여러 개이다. 대승폭포 위에 있는 만경대는 잘 알려지지 않은 곳이다. 김창협金昌協은 1696년 8월에 인제의 한계산을 유람하고 「동정기」를 남긴다. 대승폭포에서 한두 시간 동안 앉았다가 대승암으로 갔는데, 자리 잡은 지대가 매우 높고 호젓하여 마음에 들었다. 아침을 먹고 만경대로 향하였다. 바위 벼랑은 매우 높고 가팔라서 아래를 내려다봐도 땅이 보이지 않고, 위로는 더욱 깎아지른듯하여 겨우 한 사람만 앉을 수 있었다. 올라가 산속 여러 바위 골짜기들을 보니 마치 손바닥을 들여다보듯 훤히 보였다.

1671년에 금강산을 유람하고 김창협은 「동유기」를 남긴다. 금강산에서도 만경대에 올랐다. 만경대로 향하여 수백 보를 가는데 갑자기 안개가 일어 앞을 분간할 수가 없었다. 비 때문에 길이 막히게 될까 염려하여 돌아왔다. 다음날 비가 개어 날씨가 맑아지자, 일행이 모두 크게 기뻐하며 간절히 만경대를 오르고 싶어 했다. 중들은 한목소리로 하늘이 맑기는 하나 바람이 매우 세므로 높은 곳에 올라서는 안 된다고 하였으나, 말을 듣지 않고 가마를 재촉하여 강행군을 하였다. 서쪽에서 북쪽까지 이어진 봉우리가

김응환, 〈만경대〉, 《해악전도첩》

시야를 가려 멀리 볼 수가 없고, 남쪽으로 산들이 마치 작은 흙무더기들처럼 봉긋봉긋 겹쌓여 있다. 동쪽으로는 큰 바다가 하늘에 닿아 끝없이 펼쳐져 있다. 비록 비로봉에 오르지는 못하였으나 장관이었다. 한참 동안 앉았으려니 바람이 더욱 거세져 사람을 날려 떨어뜨릴 듯하였다. 서로 붙들고 의지하여도 안정되지 못하였다. 마침내 글씨를 쓸 만한 바위를 골라 함께 유람한 자들의 이름을 기록하고 내려왔다.

이서李漵, 1662~1723의 「동유록」에 있는 만경대 등정기를 보자. 만경대에 올라 미처 두루 살펴보기도 전에 갑자기 큰 바람이 서쪽에서 일어 구름을 몰고 고개를 넘어 왔다. 산과 골짜기가 자욱하고 어두워 경관을 볼 수 없다. 안개는 시간이 흘러도 걷힐 조짐이 없어 매우 근심스러웠다. 잠시 후 바람이 점점 거세져 구름을 불어 흩어버리더니, 큰 바다 위에 이르러 구름이 점점 사라져 줄어들었다. 바람이 불자 구름도 사라져 줄어들었고, 바람이 다시 불자 구름도 다시 사라져 줄어들었다. 어느 한 곳에 이르러 구름이 나뉘어 조각이 되었고, 그 조각들은 각각 바람을 따라 사라져 줄어들다가, 어느 한 곳에 모여 사라져 흩어지더니 아무것도 남지 않았다. 날이 저물고 바람이 조용해지자 확 트인 사방을 조망하니, 강릉 · 삼척과 영남의 여러 곳들이 차례차례 남쪽으로 늘어서 있고, 끝없는 동해 바다는 동쪽으로 드넓게 펼쳐졌다. 아래로 여러 봉우리가 빽빽하고 뾰족하게 솟아 있어, 마치 백옥 같은 연꽃이 사방을 빙 둘러싸고 있는 것 같았다. 멀리 은선봉의 여러 경관을 바라보니 구름 너머에서 보일 듯 말 듯 하여 백옥경 속에 들어온 듯 황홀하였고, 광한전 속에 있는 듯 의연하였다. 바람에 나부끼는 듯 광대하고 끝없어 마치 하늘로 올라가 허공에 기대고 있는 듯하였다.

윤증尹拯은 「만경대에서 율곡의 '장입내산將入內山 시'에 차운하다」란 시를 남긴다.

처음으로 만경봉에 오르고 보니 初登萬景峰
별안간 속세와는 동떨어졌네 倏與塵寰絶
손을 들어 비로봉이 저기냐 묻고 擧手問毗盧
용연에 대해 다시 말을 하누나 更從龍淵說
위아래로 너무나 높고 깊으니 上下極高深
저곳을 다 보아야 쉴 수 있으리 了此方休歇

은선대 12폭포

금강산의 4대 폭포로 구룡폭포, 비봉폭포, 십이폭포, 옥영폭포 조양폭포)를 꼽는다. 십이폭포는 채하봉 남쪽 벼랑을 타고 층층으로 떨어지면서 이루어진 것인데, 그 층이 12개이므로 십이폭포라 한다. 폭포의 자랑은 높이다. 총 높이는 289m, 길이 390m이다.

김홍도, 〈은선대십이폭〉, 《금강사군첩》

십이폭포의 전경을 다 보려면 맞은편 벼랑인 은선대나 불정대에 올라가야 한다. 안석경顔錫儆은 불정대에 올랐다. 수천 길 우뚝하게 허공에 선 불정대에서 폭포를 관망하였다. 12폭포는 홀연히 무지개가 날고, 용이 아름다운 봉우리들을 걸치고 뛰어 오르며 다투는 듯하였다. 전체 중에 6, 7할만 보이는 것이 아쉬웠다.

정철도 불정대에 올라 십이폭포를 보고 「관동별곡」에서 다음과 같이 읊었다. 십이폭포를 바라보면서 이태백이 여산폭포를 바라보고 감탄하여 지은 시에 견주었다.

썩은 외나무다리를 건너 불정대에 올라가니
천 길 절벽을 하늘 가운데 세워 두고
은하수 큰 굽이를 마디마디 베어내어
실처럼 풀어내서 베처럼 걸었으니
그림에서는 열두 굽이지만, 내 보기에는 더 여럿이라
이태백이 이제 있어 다시 의논하게 되면
여산 폭포가 여기보다 낫다는 말은 못 할 것이다

십이폭포의 진면목을 보려면 은선대에 올라가야 한다. 비탈길이 험준하여 승려들이 큰 줄로 가마를 묶어서 끌고 정상에 도달하였다. 북쪽으로 산을 바라보니 가운데 절벽이 열려 있는데 매우 웅장하고 우뚝했다. 폭포가 바위 정상으로부터 떨어지는데 층층이 흘러내려 열두 층이 되었다. 시작과 끝을 헤아려보니 몇 천자나 되는지 알 수 없고, 구불구불하며 날아 움직여 형세가 손에 잡힐 듯했다. 마침 물이 적어 하늘에서 은하수가 쏟아지는 것과 같은 모습을 보지 못하고, 겨우 한줄기 물이 청산을 갈라놓은 것

밖에 되지 않은 것이 한스러웠다. 바람이 거세어 절벽의 골짜기를 뒤흔들었다. 사람들이 모두 갓을 벗고 바위를 껴안을 정도여서 걸음을 멈춰 돌아 볼 수가 없었다. 어유봉魚有鳳의 「유금강산기」에 실린 내용이다.

이식李植은 폭포를 보고 망연자실하였다. 감격을 「십이폭포」에 담았다.

일억 길 봉래산의 얼굴 한 쪽에 億丈蓬山面
누가 열두 겹의 폭포를 새겨 걸었는가 誰剜十二重
용솟음치는 산골 샘물 한데 모여서 群崖泉觱沸
외줄기 폭포수로 절구질하며 떨어지네 一道瀑舂容
벽력같은 울림 이보다 큰 소리 또 있으랴 霹靂寧爭響
채색 노을빛 속에 신비한 자취 다투누나 雲霞不祕蹤
애오라지 금속정에 기대어 서서 聊凭金粟頂
옥 비늘 용의 모습 내려다 보노라 俯瞰玉鱗龍

금속金粟은 유마거사의 전신이었다는 금속여래다. 이식은 불정대를 이렇게 바꿔서 표현한 것이다. 불정대 위에 올라서서 바라보면 흰 무지개가 걸려있는 것처럼 보이기 때문에 붙여진 이름이다.

외선담

1714년에 금강산을 찾은 이하곤李夏坤은 일찌감치 길을 나섰다. 만폭동에 들어가 청룡담과 흑룡담을 보고 몇 리를 가서 진주담에 도착했다. 시내 왼쪽으로 지름길을 잡아 보덕굴에 올랐다. 다시 못 가에 이르러 오래도록 앉아 구경하였다. 백여 보를 나아가서 벽하담에 도달했다. 여러 못에 견주어보아도 웅장하고 아름다웠다. 다시 수십 보를 나아가니 귀담이다. 못에 바위가 있는데 거북과 닮아서 그렇게 불렀다. 또 선담과 화룡담이 보인다. 선담은 모양이 배와 비슷하여 이름을 취하였고, 화룡담은 물빛이 어둡고 검어서 용이 숨어 있는 듯하기 때문에 이름을 얻었다. 「동유록」에 이후의 일정이 자세하다.

내금강 만폭동에서 물길을 따라 북쪽으로 올라가면 청룡담 · 세두분 · 백룡담이 차례로 모습을 드러낸다. 다시 북쪽으로 올라가면 계속 연못이 이어진다. 팔담은 아래부터 흑룡담 · 비파담 · 벽하담 · 분설담 · 진주담 · 귀담 · 선담 · 화룡담이다. 첫 번째 못부터 마지막 못까지 거리는 10여 리이다. 흑룡담부터 팔담이라 칭하는데, 청룡담부터 십담이라 칭하기도 한다.

김홍도, 〈선담〉, 《금강사군첩》

김응환, 〈외선담〉, 《해악전도첩》

외금강에도 선담船潭이 있다. 개울 양쪽을 가로지른 큰 바위벽 아래 구유같이 우묵하게 파인 곳에 맑은 물을 담고 있는 것이 선담이다. 내금강의 선담과 구별하여 외선담이라고도 한다.

김창협의 '구연동을 거쳐 진견성암을 찾아간 데 대한 기문' 중 선담 부분이 실려 있다. "만경대에 오르려고 절을 나서 서북쪽으로 시내를 따라 3리를 가자 선담이 있다. 큰 바위의 중간이 움푹 패인 모양이 마치 배처럼 보이는데, 가로는 두 길, 세로는 절반쯤 된다. 냇물이 가운데로 떨어지는데 높이가 거의 한 길 남짓이다. 물은 배의 네 모퉁이와 높이가 같아진 뒤에야 다시 바위 모서리를 따라 아래로 떨어져 작은 웅덩이를 이룬다. 여기서부터 위로 몇 리까지는 폭포와 못을 이룬 곳이 더욱 많은데, 물과 바위가 매우 맑고 웅장하여 거의 만폭동에 비견될 정도다. 다만 시내 좌우에 어리비칠 봉우리와 절벽이 적은 점이 흠이다."

선담을 지나 진견성암에 도착했는데 관천貫天이라는 스님을 만난 이야기가 흥미를 끈다. 스님이 묻고 나는 대답한다.

> "암자에 거처한 지 거의 10년이 되도록 바깥 사람이 온 일은 전혀 없었는데, 나그네는 어디서 왔습니까?"
>
> "우연히 좋은 곳을 찾다가 자신도 모르게 깊이 들어오게 되었습니다."
>
> "금년에도 이곳을 지나간 길손이 없었습니까?"
>
> "여름에 젊은 서생 하나가 지나갔고, 그밖에는 온 사람이 없습니다."
>
> "노사老師께서는 이곳에 거처하신 오랜 세월 동안 무슨 일을 하셨습니까?"
>
> "달리 한 일은 없고, 그저 아침저녁으로 향을 사르며 예

불을 드리거나 종일토록 가부좌를 틀고 면벽하였습니다."

"잠도 자고 음식도 드셨습니까?"

"밤중에 1경 동안 선잠을 자고, 하루에 솔잎과 물 한 사발을 먹을 뿐입니다."

그의 안색을 보니 굶주리거나 피곤한 기색이 거의 없다. 방안을 보니 다른 것은 없고 오직 맑은 물 한 바가지와 솔잎 한 주머니뿐이다. 계율을 실천하는 그의 고행은 실로 게으른 자들을 일깨우기에 충분하였다.

중내원

선담船潭의 상류는 만폭동과 우열을 가리기 어려울 정도로 빼어나다. 20리를 가서 크고 작은 재를 넘은 다음 절벽을 따라 5리를 가면 만경대가 있다. 금강산의 면모를 볼 수 있는 곳이다. 돌아서 크고 작은 재를 넘어서 북쪽으로 5리를 가면 중내원中內院이 나타난다. 봉우리들이 마치 물결 위에 있는 섬과 같다. 지대가 높고 깊은 곳이여서 자주 구름과 안개에 싸이곤 한다. 맑은 날에는 어디에도 비길데 없는 좋은 전망대가 된다. 남쪽으로 만경골이 아름답게 내려다보이고 동쪽으로 망망한 동해가 아득히 바라보인다. 서쪽으로 높은 차일봉의 일부와 백마봉의 동쪽 면이 보인다. 옆에 큰 바위는 한 사람이 밟아도 움직이고 백 사람이 밟아도 역시 조금 움직인다.

유점사에서 머물던 사명당이 제자들과 함께 중내원에 들어가 수행에 몰두하고 있었다. 왜군이 임진왜란을 일으켜 강원도 땅에도 진출하였고, 유점사까지 쳐들어왔다. 사명당은 젊은 스님 한 사람을 유점사에 보내 적군의 동정을 살펴보게 하였다. 그곳에 다녀온 스님이, "왜군들이 유점사에 들어와 미처 피난하지 못한 스님 수십 명을 결박해 놓고 값비싼 보물을 내놓으라고 다그치며 그들을 위협하고 있습니다."라고 보고하였다. 이 소식을 접한 사명당은 우선 사람 목숨부터 살려야겠다고 하면서 주저 없이 유점사로 급히 내려갔다. 직후에 승병을 조직하였다.

석법종의 「유금강록」은 중내원을 신선이 사는 것으로 묘사한다. “중내원으로 들어갔다. 숲속의 시냇물은 소용돌이를 치며 흐르고, 바위틈의 샘물은 매우 차갑다. 여러 종류의 나무가 뒤섞여서 무성한 것도 있고, 시든 것도 있다. 온갖 풀도 무성하게 자라서 꽃이 핀 것도 있고, 진 것도 있다. 텃밭에는 붉은 영지와 아름다운 꽃들이 뒤섞여 있다. 참으로 신선이 살 만한 곳이다.”

신광하申光河는 1778년에 만경대에 가려고 중내원에 머물렀다. 사찰에 불이 났는데, 바람이 크게 부니 불도 점점 거세졌다. 새벽녘에 불이 더욱 거세지자 원통암·신계사의 승려들이 연기와 불꽃을 무릅쓰고 골짜기를 막아서서 크게 소리 지르며 불을 껐다. 「동유일기東遊紀行」에 실린 글이다. 화재로 폐허가 되고 급기야는 폐찰이 되는 현장을 보는 것 같다.

김창흡이 암자에 들렀다가 시를 남긴다.

나무와 돌 모두 푸르고 파리한데 木石俱蒼瘦
빈 암자엔 흐린 볕이 비치누나 空庵淡景斜
구름은 응당 부엌을 지킬 것이고 雲應守廚臼
바람은 저절로 가사를 펄럭이리라 風自拂袈裟
문욕을 끊어 당초 사심이 없으니 泯絶初無我
오래 머무는 데가 바로 나의 집 淹遲已是家
높은 창문 넓은 바다 마주하니 高窓收闊海
번쩍번쩍 물결에서 꽃이 피네 閃閃浪生花

김응환, 〈중내원〉, 《해악전도첩》

김응환의 그림 속 중내원은 바위 사이에 겨우 자리를 잡았다. 암자보다 큰 바위가 주인인듯하다. 유람객도 암자에는 관심이 없고 바위 구경에 여념이 없다. 또 주변은 어떤가. 온통 바위로 이루어진 봉우리만 보인다. 빈틈에서는 나무가 자란다. 중내원 주변은 온통 바위와 나무뿐이다.

효운동

유점사에서 안문점雁門岾을 향해 올라가면 구연동과 효운동이 합쳐지는 곳을 만나게 된다. 오른쪽 골짜기가 효운동曉雲洞이다. 항상 새벽 구름에 잠겨있어 이름을 얻게 되었다. 발걸음을 옮기면 구룡소, 쌍확소, 은선대, 칠보대 등 명소들이 차례로 등장한다.

계곡을 막고 서있는 바위 사이로 물이 쏟아져 내려서 소용돌이 치는 큰 못은 구룡소이다. 주변과 물속에는 아홉 개의 큰 돌확이 패여 있다. 유점사가 세워지기 전에 연못이 있었다. 그곳에 살던 아홉 마리의 용이 구룡소의 아홉 개의 돌확에 잠깐 들렀다가 구룡연으로 갔다고 한다. 패여 있는 돌확과 긴 홈은 마치 용의 흔적 같다. 못 옆 바위에 효운동이란 글자가 새겨져 있다.

최익현崔益鉉은 여러 친구와 금강산을 유람하던 중 효운동에서 시를 짓는다.

새벽 구름 사라진 곳에 길이 열리니 曉雲收處路微開
끊어진 골 폭포 소리 땅을 움직이네 絶壑長川動地來
옛날 떠난 구룡이 가까이 있는 듯하여 前去九龍知近在
한 걸음 두 걸음 저절로 빨라지네 行行笻屐十分催

1796년에 유정문柳鼎文은 서둘러 아침밥을 먹고 금강산을 향해 앞으로 나아갔다. 숲이 우거진 산기슭은 등나무넝쿨과 칡넝쿨이 얽혀 있어 항상 그늘 속이다. 때때로 큰 나무가 쓰러져 있기도 하다. 가로로 놓여 있는 나무는 말을 세워놓은 것 같다. 산길이 점점 더욱 험해지면서 종종 엎어지고 넘어졌으나, 빼어난 경관이 번갈아 나타나 아픔을 느끼지 못했다. 선담의 수석과 효운동의 맑은 연못, 칠보대에서의 조망은 모두 감상할 만했다. 「유금금강록」 중 유점사에서 안문점으로 올라가는 과정을 기록한 글이다.

안문점에서 유점사를 향해 내려오는 길은 이유원의 글이 자세하다. "5리를 내려오면 초막 두 개가 설치되어 있는데, 점심청點心廳이라 칭한다. 마하연으로부터 유점사에 이르는 30리 지점, 점심청으로부터는 10리 지점에 칠보대가 있다. 비로봉 후면에서 근자에 바위 두 개가 떨어져 나가 지금은 오보대가 되었다. 북쪽에는 은선대가 있는데, 바라보면 12층 폭포가 높아서 흰 구름 같다. 아래에는 입암立巖이다. 15리를 가면 구멍이 아홉 개 뚫린 바위가 있다. 옛날에 아홉 마리의 용이 살던 곳이었는데, 유점사에서 용이 일어나서 구룡연으로 옮겨 간 것이다. 바위에는 효운동이란 글자가 새겨져 있다." 은선대에서 12폭포를 보는 것은 장관이었기 때문에 유람객들의 필수 코스였고, 길가에 있는 구룡소는 전설을 들려주던 명소였다.

김홍도의 그림은 구룡소가 배경이다. 멀리 보이는 안부는 안문점일 것이다. 못 주변에 보이는 패인 바위는 용의 흔적이다. 지나가는 유람객의 크기와 비교해봐도 바위의 크기를 짐작할 수 있

김홍도, 〈효운동〉, 《금강사군첩》

김응환, 〈효운동〉, 《해악전도첩》

다. 구룡소 옆으로 잔교가 놓여 있다. 아슬아슬한 길을 김홍도는 통과하고 있는 중이다. 홍석주는 김홍도의 그림을 보고 느낌을 적는다.

바위 위 위험한 난간 끊어진 다리 에워싸고 石上危樓擁斷橋
유람객은 도끼 자루 썩었을까 두려워하네 行人恐是爛柯樵
계곡에선 물소리 새벽에 산에 낀 구름 鳴泉出洞山雲曉
꿈에 옥퉁소 소리 들으며 화양華陽으로 들어가네 夢入華陽碧玉簫

화양은 어디를 가리키는 것일까? 금강산일 것 같다.

유점사

금강산을 유람할 때 양반들은 직접 오르지 않았다. 가마를 타거나 말을 탔다. 가마를 메는 자들은 대부분 승려였다. 금강산의 승려는 전국에서 오는 양반들의 가마를 메느라 곤욕이었다. 1618년에 정엽鄭曄은 고성에서 유점사로 향하였다. 승려 수십 명이 와서 맞이하는데 모두 푸른 눈과 야윈 모습으로 속세 사람들과 달랐다. 가마를 멘 승려들이 비 오듯 땀을 흘리니 나의 몸집이 크기 때문에 고생을 하는 것 같다. (중략) 세 번째 고개에 오르니 장안사의 승려들이 미리 와서 기다리는데 수가 적다. 부득이하게 유점사 승려들에게 가마를 메게 하니 매우 고통스러워했다.

1627년에 신즙申楫은 금강산으로 향했다. 가마를 메는 유점사 승려 10여명이 다리에서 기다리고 있었다. 말을 두고 다리를 건너서 가마를 타고 갔다. 승려들은 땀을 줄줄 흘린다. 한 사람의 어깨로 혼자 맡기가 힘들어 5리를 가서 바꾸고 3리를 가서 바꾸었다.

1672년에 윤휴尹鑴의 유람이 「풍악록」에 기록되어 있다. 마하연을 출발하여 내수재[內水岾] 등성이에 이르니 승려 오륙십 명이 와서 대기하고 있었다. 유점사 중들이 우리가 왔다는 소식을 듣고 가마꾼을 교체하기 위하여 온 것이다. 내금강에는 사찰이 많

김응환, 〈유점사〉, 《해악전도첩》

아도 중들의 생활이 모두 빈곤하여 가마를 메는 중을 각 사찰에서 모아왔다. 여기 와서는 모두가 유점사 중들인데 메는 솜씨들이 잽싸고 빨라 마치 준마가 낯익은 길을 달리듯 하였다.

외금강 입구에 위치한 유점사는 유람하는 이들의 베이스캠프 역할을 했다. 유산기의 대부분은 그들이 아니면 작성되지 못하였을 것이다. 유람객이 하룻밤 숙박하는 곳으로 등장하는 유점사의 역사는 유구하다. 고려 시대 민지閔漬의 유점사기에 의하면, 서역의 월지국에서 일찍이 53구의 부처가 무쇠 종을 타고 와서 안창현의 포구에 도착하였다. 관리가 부하들을 거느리고 가니 부처는 보이지 않고 나뭇가지에 종을 걸어 놓고 쉰 흔적만 있었다. 이리저리 부처를 찾던 중 종소리가 나는 곳으로 가니 못 위에 느릅나무가 있었다. 종을 느릅나무 가지에 걸어 놓고 부처들은 언덕에 앉아서 이상한 향기를 풍겼다. 이에 부처 앞에 나아가 예배하고, 돌아가서 왕께 알렸다. 그 자리에 절을 창건하여 부처들을 봉안하면서 유점사의 역사는 시작된다.

유점사에서 가장 큰 건물은 연화사이다. 이곳은 만일회萬日會를 열던 법회장소였다. 31본산 시대에 산내 · 외 말사 60개의 절을 관장하였던 금강산 제일의 사찰이었다. 기행문과 시에 수없이 등장하지만 노수신의 시가 마음에 와 닿는다.

산중에는 세속 친구가 없는지라 山中無俗侶
구름과 학과 벗 삼아 함께 지내노라니 雲鶴與同過
오솔길은 가다가 다했나 의심하고 幽逕行疑盡
들꽃은 만져 보니 몹시 사랑스럽네 閑花把愛多
산새들은 계절을 따라 울어 대고 林禽啼節序
암자는 연기 놀 속에 늙어 가누나 庵子老煙霞
점차 산 밖을 향해 나가더라도 漸出外山外
내 몸에 세속 일 가해지겐 말아야지 莫令塵事加

김홍도와 김응환은 내금강에서 유점사로 향하면서 여러 명승을 두루 구경하고 회양부 관아로 다시 돌아오겠다고 약속하였다. 강세황은 몇 폭의 진경을 대강 그려고 회양으로 먼저 돌아갔다.

오송대

김응환과 김홍도 일행은 유점사를 출발하자마자 바로 고갯길로 접어들었다. 박달나무가 많아 박달고개다. 박달고치라고도 부르고, 성불령이라고도 한다. 금강산의 어느 고개가 평탄하겠는가. 박달고개도 높고 험하다. 고개 서북쪽의 불정대佛頂臺는 바위가 불쑥 솟아오른 절벽이 골짜기에 뿌리를 내리고 있다. 나무를 가로질러 불정대로 건너가면 몇 사람이 앉을 수 있다. 아득히 계곡에서 물소리가 올라온다. 동쪽을 보면 바닷물이 맑고 깨끗하게 보인다.

불정대는 은선대와 함께 십이폭포를 관망할 수 있는 전망대로 유명했다. 겸재 정선은 '불정대'에서 본 십이폭포를 그렸다. 김홍도는 '은선대'에서 본 십이폭포를 그렸다. 그래서일까. 김홍도는 불정대에 오르지 않고 지나친다. 전망대 자체만 보면 불정대는 기이한 암석으로 반듯한 대의 형태를 이루고 있고, 은선대는 평범하지만 십이폭포를 정면에서 볼 수 있다는 점에서 불정대보다 낫다.

몇 리 내려가면 풍혈風穴이 기다린다. 여름이면 굴 안에서 시원한 바람이 불어나오므로 풍혈이다. 이의현李宜顯의 발걸음이 풍혈에 이르렀을 때, 위에는 석이버섯이 많이 자라고 있었다. 안에는 작은 석불을 안치하였는데 5, 6명은 들어갈 만한 넓이였다. 들어가 조금 쉬다가 이름을 쓰고 나왔다.

불정대의 왼쪽에 있는 봉우리는 학소대다. 봉우리에 학들이 날아와 둥지를 틀어서 이름을 얻었다. 푸른 절벽으로 둘러싸인 학소대는 예로부터 불정대와 자웅을 겨뤘다. 학소대 아래쪽 오송대로 넘어가는 모퉁이는 외달곶外達串이다. 좁은 길모퉁이에 바위가 다리처럼 생겨서 외달곶이라고 불렀다.

1733년 9월에 어유봉魚有鳳은 박달고개를 넘었다.

> 풍혈대風穴臺를 구경하는데 바위 밑이 항아리 입구처럼 벽이 갈라져 있다. 가운데는 텅 비어 있어서 항상 바람이 뿜어져 나왔다. 손을 넣어보니 얼음을 만진 듯이 차가웠고, 낙엽을 던지니 둥둥 떠돌다 빙빙 돌며 나오는데 기이하였다. 조금 앉았다가 출발하여 오송대五松臺에 올랐다. 오송대는 달리 기이한 것은 없고 바위가 조금 평평하고 소나무가 나란히 서 있을 뿐이다. 큰 고개를 겨우 반쯤 지난 뒤 앉을 만한 바위를 만났기 때문에 오송대라 일컫는 듯했다. 승려가 말하기를 "높이가 내산의 개심대開心臺와 같습니다."라고 하였다.

김홍도가 그림으로 남긴 오송대가 등장한다. 절벽이 불정대보다 낫다는 평을 받는 오송대지만 유람객의 눈엔 별로였던 것 같다. 흔한 시 한 편 없다. 유람기도 오송대를 언급하는 데 인색하다. 이의현李宜顯은 오송대에 오르니, 졸졸 흐르는 시냇물과 솔바람 소리가 역시 아름다운 정취가 있다고 찬미하였다. 1767년에 김귀주金龜柱도 이곳을 지나고 있었다. 몇 길 선바위가 있고, 아래에는 돌다리와 큰 소나무 두 그루가 있었다. 승려가 말하기를 "이것은 오송대로서 세 그루 소나무가 지금은 없습니다."라고 하

김홍도, 〈오송대〉, 《금강사군첩》

였다. 큰 소나무가 다섯 그루 있어서 오송대라고 했지만 두 그루만 남아 있었다. 김홍도가 이곳을 찾았을 때는 낙낙장송 한 그루만이 시내 옆에 있었다. 주변은 바위와 소나무만 보일 뿐이다. 이의현의 말대로 눈으로 감상하는 곳에서 흐르는 시냇물과 솔바람 소리를 듣는 곳으로 변해 있었다.

치폭

산을 유람하는 사대부들이 물을 즐기는 가장 보편적인 방법은 탁족濯足이다. 물에 발을 담그는 것으로 유산기에 자주 등장한다. 여름에 유람할 때 피로를 풀고 더위를 쫓는데 가장 좋은 방법이다. 그뿐만 아니라 탁족은 정신 수양의 한 방법이었으며, 상징적인 의미도 지니고 있다. 탁족을 하면 마음이 깨끗하게 씻긴다고 여겼다. 탁족이라는 용어는 『맹자』의 "창랑의 물이 맑음이여 나의 갓끈을 씻으리라. 창랑의 물이 흐림이여 나의 발을 씻으리라."는 구절에서 취한 것이다. 굴원의 고사에서 유래한 이 구절은 물의 맑음과 흐림이 그러하듯 인간의 행복과 불행은 스스로의 처신 방법과 인격 수양에 달려 있다는 것이다.

탁족에 만족하지 못하고 계곡에서 목욕을 한 이도 있다. 1485년 금강산을 유람하던 남효온은 보덕굴 근처 계곡에 드러누워 물장구를 쳤다. 1493년 이원은 금강산 화룡연에서 목욕을 하였다. 목욕이 아니라 물놀이를 즐기기도 했다. 이의현李宜顯은 「금강산을 유람한 기록」에서 물놀이를 자세하게 기록하였다.

> 와폭이 반석으로 흘러내려 십여 길을 지나 작은 석담石潭에 모이고 그 아래에 또 못이 있다. 두 명의 어린 승려가 저고리

김홍도, 〈치폭〉, 《금강사군첩》

김응환, 〈상발연〉, 《해악전도첩》

와 바지를 다 벗고 홑바지 차림으로 상류에 앉았다가 흐르는 물을 따라 곧바로 내려간다. 돌은 미끄럽고 물은 내달리니 빠르기가 마치 나는 화살과 같다. 눈 깜짝할 사이에 두 승려가 석담 가운데에서 가라앉았다 솟아올랐다 하다가 몸을 뒤집어 폭포를 향하여 앉는다. 실로 물놀이 가운데 가장 기이한 것이다. 거의 십여 차례나 두 승려로 하여금 교대로 치달리게 하였는데, 아무리 보아도 싫증이 나지 않는다.

산문으로 기록한 것에 그치지 않고 「승려들이 폭포타기 하는 것을 구경하다」란 시를 남겼으니 무척 인상적이었던 것 같다.

동자승 쌍쌍이 굽이진 웅덩이에서 노는데 鶖子雙雙戲曲渦
물결 따라 요리조리 빠르기가 북과 같구나 隨流巧轉疾如梭
공중에 번갯불처럼 번뜩이는 것을 보았는데 空中飛電看翻閃
돌 위에 부딪는 파도 잠깐 사이에 일어나네 石上衝波起頃俄
일생동안 익혀 여러 번 시험해 보았으니 慣習一生曾屢試
백 바퀴를 달려도 어찌 실수하리오 奔馳百匝詎成蹉
여량이 옛날 몽장의 기록에 보이지만 呂梁昔見蒙莊記
이 기이한 광경만은 못하리라 比此奇觀未足多

윤증尹拯도 「발연암」이란 시에서 스님들의 물놀이를 언급하였다. 외금강의 발연에는 발연사 승려들에 의해 일찍부터 물놀이가 전해왔다. 발연에 있는 폭포에서 나뭇가지를 타고 내려오는 것이었다. 승려들이 하는 것을 보고 남효온은 직접 시도하였다. 이후에 발연사를 찾은 사대부들은 거의 모두 이 놀이를 재현하였으며, '치폭馳瀑' 또는 '수희水戲'라 부르며 큰 구경거리로 삼았다. 발연의 물놀이와 동석動石의 유적은 절경이라 부를 만하다고 말할 정도였다.

발연

이서李溆는 점심을 먹고 바로 발연사로 가다가 만상대萬象臺에 올랐다. 만상대는 효양대孝養臺·효양고치孝養高峙라고도 한다. '효양孝養'이라 이름한 것은 진표율사가 이 고개를 넘어 어머니에게 효도하고 봉양했기 때문이었다. 발연사는 770년에 진표율사가 세웠다고 한다. 전설에 의하면 진표율사가 골짜기에 들어오자 발연소에 살던 용이 절터를 잡아주었다고 한다.

발연사 부근에 불상을 새긴 큰 바위는 재미암이다. 진표율사는 어머니를 위하여 매일 먹을 것을 조금이라도 마련하여 드리곤하였다. 지극하게 모시는 데 감동된 부처는 바위에서 하루에 한되씩 쌀이 흘러내리게 하였다. 그 때문에 이 바위 이름을 재미암이라고 부르게 되었다. 절 왼쪽에 진표율사의 유골을 안장하였다. 두 그루의 소나무가 무성하게 마주 보고 있는데 잘라내도 다시 뿌리에서 싹이 나온다고 한다.

1712년에 김창즙金昌緝은 발연사를 찾았다. 삼층 폭포가 흘러내리고 폭포마다 못이 있는 형태였다. 위의 두 폭포는 길이가 각각 한 길 남짓하였으며, 아래의 폭포는 대여섯 길인데, 모두 가로로 쏟아졌다. 위의 두 못은 전체가 바위고 폭이 몇 길이나 되며, 모양이 발우 같았다. 발연이라는 이름은 여기에서 비

김홍도, 〈발연〉, 《금강사군첩》

김응환, 〈하발연〉, 《해악전도첩》

롯된 것이다. 발연사를 지나면 물이 다한 곳에 폭포암瀑布菴이 있다. 옆에 작은 폭포가 있기 때문에 폭포암이다. 물가에 있는 바위에 '봉래도蓬萊島' 세 글자가 새겨져 있는데 양사언의 필적이다. '봉래도'란 글씨만 새겨진 것이 아니라 시 전편이 새겨져 있다. 양사언의 문집에는 「발연 너럭바위 위에 쓰다」란 시가 실려있다.

백옥경과 白玉京
봉래섬엔 蓬萊島
아득한 연파는 예스럽고 浩浩煙波古
따스한 풍일風日은 좋구나 熙熙風日好
푸른 복사꽃 아래 한가로이 오가며 碧桃花下閑來往
학 등의 피리 소리 천지는 늙어가네 笙鶴一聲天地老

허균의 『성소부부고』에 실을 정도로 유명한 시이고, 이익도 『성호사설』에 양사언의 대표적인 시로 들었다. 아래 바위에 다음과 같은 시가 보인다. "아침엔 현포에 저물녘엔 봉래산에, 산달 걸린 발연동이요, 청풍 어린 계수대라, 동해를 굽어보며 마고에게 절하고, 삼십륙 동천에 돌아가노라[朝玄圃 暮蓬萊 山月鉢淵瀑 香風桂樹臺 俯臨東海揖麻姑 六六壺天歸去來]"라고 했는데 또한 양사언의 글씨다.

1755년에 유정원柳正源은 고성으로 가려고 골짜기를 빠져나오다 발연을 지나게 되었다. 물이 맑은 발연에서 한참을 서성이다가 시 한 수를 지어 경치를 묘사하였다.

발연의 깨끗한 물이 맑고도 맑으니 鉢淵之水淸而淸
바리때 같은 모양이라 발연이라 하였네 形似鉢形因以名
발연에 잠긴 용이 나타나기만 하면 鉢裏藏龍須出見
내 너를 타고 봉래산 영주산으로 가리 吾將乘爾下蓬瀛

김홍도의 「발연」 그림은 지금 화첩에서 혼자 떨어져서 미국에 있다.

신계사

김귀주金龜柱가 천불동을 향하다가 고성에서 북쪽으로 17리 떨어진 양진역養珍驛에 들렀다. 지나다가 온천에 들렀는데 두 개의 탕이 있었다. 물을 떠서 손을 대어보니 따뜻한 기운에 손끝이 찌릿할 정도였다. 승려가 말하기를 "이곳의 탕이 처음에는 12개로 나라 안에서 가장 뛰어났습니다. 그렇기 때문에 벼슬아치들의 목욕이 끊이지 않아 고을에 끼치는 폐해가 매우 심하여 10개의 탕을 메워버리고 남아있는 것은 아래 두 개뿐입니다."라고 하였다. 벼슬아치들이 즐겨 찾는 명소가 된 온천의 폐해이다. 공무로 오가는 관리들만 들린 것이 아니라, 금강산을 유람한 후 피로를 풀기 위해서 찾았다. 고을 사람들은 급기야 탕을 메워버리고 말았다.

신익성申翊聖의 「유금강소기」에 신계사가 불타 없어진 이유에 대해서 적었다. 인근 역의 노비가 말을 몰고 험한 곳을 다니는 유람객 때문에 절에다 불을 질렀다고도 한다. 말을 몰고 다녔다고 하지만 가마를 메는 고초를 에둘러 말했을 것이다. 온천과 금강산 유람 때문에 벌어진 일이었다.

외금강 유점사와 신계사 사이의 백천교는 가마를 타고 금강산 유람 온 자들이 나귀로 갈아타는 곳으로 유명했다. 정선의 그림에 잘 표현되었다. 한쪽엔 고깔을 쓴 중들이 가마를 내려놓고 쉬는 것이 보인다. 중앙에는 갓을 쓴 선비들이 넓은 바위 위에 앉아 계곡의 물을 바로 보거나, 바위 위에 서서 주위 경관을 둘러본다. 반대편엔 이들이 탈 말 4필이 대기하고 있는 것을 그렸다. 서영보徐榮輔는 백천교에 이르러 다시 가마를 두고 말을 탔다는 기록을 남겼다. 유점사는 금강산 유람객의 가마를 메느냐고 골머리를 앓았지만, 신계사도 마찬가지였다. 신계사는 금강산 초입이면서 구룡연을 유람하는 길목에 있어서 유람객들로 항상 붐볐다. 구룡연 비탈길은 가파르고 미끄러워 가마를 멘 중들이 소처럼 땀을 흘리고 숨을 헐떡거렸다. 가마승이라는 말이 있듯이 가마는 중들의 차지였다.

김응환, 〈신계사〉, 《해악전도첩》

김창즙金昌緝은 발연사에서 출발하여 신계사에 이르렀다. 신계사는 위치가 넓고 시원스럽게 트여 사방이 천여 보 정도 되었다. 서남쪽에는 바위 봉우리가 연달아 뻗어 있는 모습이 마치 병풍 같았다. 형세가 높고 장엄하며 푸른빛이 도는 흰색으로 윤이 났다. 주봉은 매우 높고도 날카로워 마치 홀을 꽂아둔 듯하였고, 왼쪽에도 바위 봉우리 하나가 우뚝하게 솟아 있다. 이름난 절이지만 피폐해진 지 오래였다. 근래에 새로 지어 몇 개의 승방을 지었고, 법당은 기둥만 서있을 뿐이었다. 구룡연으로 유람을 가기 위해서 발연사 중이 가마를 가지고 와서 기다렸다.

신계사는 내금강의 정양사와 더불어 주변의 경관이 뛰어났다. 유람객들은 앞쪽의 봉우리와 절벽의 푸르름을 언급하곤 했다. 검푸른 봉우리가 비스듬히 둘러 있어 마치 가을하늘에 창을 벌여 세운 듯하다고 표현했다. 대개 외금강은 흙이 많은데 이 골짜기의 봉우리는 다 드러낸 채 뾰족하게 솟은 것이 많았다. 안석경安錫敬이 신계사로 들어갔다. "신계사는 서쪽으로 뛰어난 봉우리를 등지고, 왼쪽에도 아름다운 봉우리를 끼고 있다. 오른쪽은 구정봉 기슭으로 기이한 봉우리와 수려한 절벽이 울쑥불쑥 중첩되어 온갖 형상을 조각한 듯하다. 이때 비가 내리려고 구름이 일어났다. 높은 곳, 낮은 곳, 얕고 깊은 곳이 매우 아름다운 모습으로 빛을 발하며, 머리와 뿔, 폐부가 하나하나 드러난다." 「동행기」의 일부분이다.

옥류동

금강산은 귀한 사람, 천한 사람, 어리석은 사람, 지혜로운 사람 구분 없이 모두 오르고 싶어 한다. 우리나라 사람만 그런 것이 아니라 중국 사람들도 평생의 소원이라는 말이 있을 정도다. 정기안鄭基安은 어려서부터 한 번 유람하리라는 뜻을 가졌으나 끝내 이루지 못하였다. 1742년에 강원도 도사都事에 제수되면서 유람할

김응환, 〈옥류동〉, 《해악전도첩》

기회를 얻었다. 삼일포를 유람하고 외금강의 입구인 신계사에 도착하여 하룻밤 묵었다. 다음날은 옥류동 유람부터 시작하였다. 수정같이 맑은 물이 구슬이 되어 흘러내린다고 하여 옥류동이다. 계곡에서 특별한 장소는 옥류담, 옥류폭포, 무대바위다. 옥류담은 긴 배 모양이다. 옥류담 위 옥류폭포는 너럭바위 위로 흘러내린다. 무대바위는 옥류동 한가운데에 놓인 큰 바위이다. 많은 시인들과 화가들이 무대바위 위에 올라 옥류동을 노래하고 그림을 그렸다. 옥류동 어딘가에 양사언이 '옥류동문玉流洞門'이라고 새겼다고 하는데 찾을 길 없다. 「유풍악록」 중 옥류동 부분이다.

> 골짜기가 조금 넓어졌다. 가운데로 큰 시내가 흐르고, 시냇가에는 큰 바위가 평평하게 펼쳐졌다. 빛깔은 깨끗하고 표면은 미끄러워 수백 명이 앉을 만하다. 이곳이 이른바 옥류동이다. 거닐며 배회하고 머물러 완상하기에 알맞다. 돌아갈 길이 멀어 실컷 구경하지 못하고 술만 한 순배 돌리고 일어났다.

동일한 장소를 유람한 김창즙金昌緝은 「동유기」에 다음과 같이 묘사한다. "폭포가 옆으로 쏟아지는데 20길은 된다. 아래는 못이 되었는데 넓이는 다섯 길이며, 길이는 수십 길이다. 물이 맑아 바닥이 보인다. 못의 좌우는 모두 바위로 둘러싸여 푸르고 윤이 나며 높고 깨끗하다. 폭포 위는 바위가 평평하고 넓어 마치 커다란 대자리를 펼쳐놓은 듯하다. 빛깔이 매우 밝고 깨끗하여 좋아할 만하다."

황경원黃景源은 옥류동으로 향하여 들어가니 돌길은 험하지만 물은 구불구불 이어져 흥이 났다. "옥을 묶은 듯 치솟은 봉우리 저녁 어스름 속에 섰는데, 가까운 못물엔 선명하게 가을 숲 비치네. 산문은 흰 구름과 구별할 수 없고, 여울에선 맑은 경쇠소리 절로 생기네."라고 시를 읊었다. 옥류동에 도착해서 또 한 수를 짓는다.

맑은 그림자는 찬 물 위에 떠있고 清影汎寒水
하얀 봉우리는 허공에 벌여 있네 皓峰列太虛
산들바람에 젓대를 불고 輕風橫笛後
밝은 달빛 아래 갓끈을 푸네 明月散纓初
늦가을 높이 나는 새 울음 울고 高鳥鳴秋晩
비온 뒤 단풍은 더욱 짙어가네 新楓變雨餘
그 모습이 벽하담과 비슷하니 霞潭正彷彿
집 한 채 두지 않은 것 아쉬워라 惜不置精廬

수정같이 맑은 물이 폭포를 이루며 구슬처럼 흘러내린다고 하여 옥류동이라는 이름이 붙었다. 바로 앞에는 금강산에서 가장 크고 맑다는 옥류담이 있고, 위에는 비스듬히 누워 쏟아지는 옥류폭포가 보이는 데서 황경원은 시를 지었다.

김응환은 가까운 경물을 여러 장면으로 나누어 그렸다. 금강산 초입에서는 장안사동구, 만천교, 장안사를 각각 그렸다. 백탑동에서는 문탑, 증명탑, 백탑을 그려 탑의 특징을 강조했다. 옥류동에서는 옥류동, 연주담, 비봉폭, 무봉폭, 구룡폭을 연달아 그렸다.

연주담

옥류동 계곡에서 옥류교를 지나서 한참 가면 왼쪽으로 연못 두 개가 연속되어 나타난다. 옛날 선녀들이 실수로 흘리고 간 두 알의 구슬이 변하여 생겼다는 말이 있을 정도로 아름답다. 흘러내리는 물이 파란 구슬을 연달아 꿰어 놓은 듯하여 연주담連珠潭이다. 연주담 위에는 연주폭포가 걸려 있다.

유정문柳鼎文은 1796년 5월에 금강산을 유람하고 「유금강록」을 남겼다. 그 중 옥류동의 연주담 부분이다.

> 여명 무렵에 더욱 흐려져서 비가 내릴 징후가 될까 염려스러웠다. 해가 거의 장대 두 개 높이로 떠오르자 구름이 사라지고 안개가 흩어져 온갖 모습이 나타났다. 이에 기뻐서 가마를 불러 시내를 따라 길을 갔다. 천석이 아름다움을 다투고 산봉우리가 빼어남을 다투어 구경하느라 겨를이 없다. 앞을 탐하느라 뒤를 놓치고 뒤를 탐하느라 앞을 놓친다고 한 옛사람의 말이 오늘을 위해 준비한 것 같다. 앙지대仰止臺를 지나 감사굴監司窟에 이르자 큰 바위가 골짜기에 비스듬히 누워 있다. 가운데가 뚫려 구멍이 되었는데 유람객은 이곳이 아니면 지나갈 수 없다. 또 연주담을 지나 옥류동에 이르렀다. 흰 바위가 평평하게 깔려 있고 물이 바위 위로 흐른다. 흩어져 펼쳐지며 졸졸 흐르는 것이 마치

백옥의 소반 위에 만 섬의 구슬을 굴리는 것과 같다. '옥류玉流'라는 두 글자 외에는 다시 형용할 수가 없다.

장소의 착오가 있었던 것 같지만 옥류동의 풍광을 제대로 묘사하였다. 이병운李秉運은 1796년 2월에 유람하고 「동정일록」을 남겼다. 가마를 타고 구룡연으로 향하니 점점 봉우리와 계곡이 깊고 험해졌다. 10리를 가서 옥류동에 도착했다. 계곡 바닥의 하얀 돌은 반듯하여 패이거나 일그러진 것이 없다. 수십 길의 계곡물은 평평하게 흘러 마치 종이와 같더니, 위아래로 곧장 쏟아져 몇 개 깊은 못을 이룬다. 좌우에는 바위들이 빽빽하다. 사람 이름을 써놓아 거의 빈 곳이 없다. 편안히 앉아 한참을 보내다가 모두 성명을 써서 승려에게 새기게 했다. 오후에 용연으로 향했다. 5리를 가니 비봉폭포가 보이고, 물길을 따라 조금 내려오면 연주담이다.

연주담을 노래한 시는 찾아보기 힘들다. 아래 옥류동과 위의 비봉폭포의 위세에 눌려 관심을 덜 가져서인가. 다행이 곽종석郭鍾錫의 시가 남아 있다.

그윽한 계곡에 구슬을 던진 순舜 임금 當日投珠舜壑幽
세월 오래되어 쌓인 기운 물을 뿜었네 年深積氣解噴漚
볼 때는 움켜 구할 수 있으나 사라지니 看時可掬求還滅
계곡에 임한 상망象罔은 근심하고 있네 幾度臨溪象罔愁

김응환, 〈연주담〉, 《해악전도첩》

황제가 곤륜산에 갔다가 돌아오는 길에 잃어버린 구슬을 여러 사람에게 찾게 하였으나 모두 못 찾고 무심無心을 뜻하는 상망象罔이 찾아내었다는 이야기가 『장자』에 실려 있다. 시에서 상망은 무심한 상태가 아니다. 유주담에서 구슬을 찾으려는 욕심이 가득하다. 그렇기 때문에 구슬을 찾을 수 없어 근심에 빠진 것이다.

무봉폭포

무봉폭포는 누운 듯이 흐르다가 아랫부분에서 날리는 폭포가 되었다. 꼭대기에 기이한 돌이 마치 춤추는 봉황과 같아서 무봉舞鳳이라 이름을 붙였다. 옆에는 10여 길 되는 층진 바위가 있으니, 구성대九成臺이다. 이유원이 『임하필기』에서 한 말이다. 무봉폭포는 비봉폭포의 서남쪽 봉황담 위쪽에 있는 폭포다. 여느 폭포와 달리 누운 폭포의 모습이다. 비봉폭포보다 물이 많아 폭포처럼 보이지 않지만, 물방울을 날리며 흘러내리는 모습이 마치 봉황새가 춤추는 모양이다. 가까이에 있는 비봉폭포와 대조적이다. 비봉폭포는 저 멀리 파란 하늘에 우뚝 서 있는 산봉우리를 넘어 쏟아져서 장쾌함을 보인다면, 무봉폭포는 부드러움을 보여준다.

곽종석郭鍾錫은 무봉폭포를 청절기고淸絶奇高한 아름다움으로 표현한다.

봉황이 오색 술 토하며 푸른 층계서 춤추니 鳳吐流蘇舞碧層
숲에 안개 저녁에 내렸다 새벽에 올라가네 林霏夕降曉烟升
바람과 우레의 기세 적다고 싫어 마라 莫嫌少了風雷勢
맑디맑고 기고奇高함은 넘볼 수 없네 淸絶奇高未可凌

김응환, 〈무봉폭〉, 《해악전도첩》

유소流蘇는 깃발이나 가마 등에 달던 술을 말한다. 폭포가 깃발이나 장막 등에 다는 오색의 실로 만든 수술처럼 보였다.

금강산은 신선이 사는 선산仙山으로 천하에 이름이 났다. 아름다운 경치에 대하여 복된 인연이 없으면 구경하지 못한다는 말이 전해져 온다. 송병선宋秉璿은 항상 한 번 구경하고자 하는 소원이 있었으나 직접 보지는 못하고, 오직 꿈속에서나 상상한 것이 30년이 되었다. 1868년 3월 늦봄에 숙부가 동지들과 동쪽으로 유람할 것을 도모하였고, 송병선도 따라 나섰다. 「동유기」 속 무봉폭포에 대한 부분은 다음과 같다.

북쪽으로 조금 올라가자 비봉폭포에서 가까운 곳에 무봉폭포가 있다. 물이 떨어지는 곳에 못을 이뤘는데 검푸르면서도 깊다. 비봉폭포와 무봉폭포는 물길이 다르지만 마주 흘러 아래서 합쳐진다. 무봉폭포의 물은 구룡연에서 왔다. 아홉 용은 서려 있고 두 봉황은 날고 춤추는 것을 묘사한 것이다.

무봉폭포를 읊은 한시를 찾기 어렵다. 가까운 곳에 규모가 큰 비봉폭포가 있어서일 것이다. 반갑게도 강운姜橒은 무봉폭포를 노래했다.

가을 되어 대나무에 열매 달리자 海篁秋有實
봉황새 산 북쪽에 날아 내려왔네 飛鳳下山陰
넘어질 듯 절벽은 천 길이나 솟았고 倒壁千尋勢
못을 기울인 것은 만 리의 마음이네 傾湫萬里心
경치는 시끄러웠다 고요해지니 境因喧處寂
못에 이르니 고요하고 깊구나 潭到靜中深
움직이고 쉬며 서로 묘하게 원인이 되니 動息相因妙
다시 모름지기 여기서 이곳 물 근원 찾네 還須箇裏尋

아뿔싸. 제목은 무봉폭포지만 내용은 비봉폭포를 노래한 것이다. 비봉폭포와 무봉폭포가 가까운데 있고 봉황을 뜻하는 한자가 같으니 혼동하였던 것이다.

비봉폭포

구룡연에 이르지 못했는데 未到九龍淵
먼저 비봉폭포를 만났네 先逢飛鳳瀑
흰 눈 높은 하늘에서 흩뿌리니 玉雪灑九霄
나부끼며 푸른 하늘에서 내리네 飄飆下空綠
높은 바람 솔솔 불어오니 天風颯然來
구슬 부서지며 얼굴로 떨어지네 珠屑落人目

이상수李象秀는 비봉폭포를 보고 이렇게 노래했다. 하늘 높은 곳에서 떨어지는 폭포를 망연히 쳐다보며 한참 동안 있었다. 어느 순간 구슬처럼 부서지는 물방울이 얼굴에 떨어지자 정신을 차렸다.

송환기宋煥箕는 구룡연을 구경하러 가다가 도중에 비봉폭포를 만났다. 가마에서 내려 지팡이를 짚고 시냇물을 따라 서쪽으로 수백 보를 갔다. 길을 꺾어 북쪽으로 가서 징검다리를 건넜다. 동쪽 벼랑을 따라 몇 리를 지나자 서쪽 봉우리의 깎아지른 절벽이 몇천 자인지 알 수 없는데, 물이 꼭대기에서 쏟아졌다. 날아올라 춤추며 꿈틀거리는 것이 실타래를 흩어놓은 듯하고, 비단을 드리운 것 같기도 하다. 바람을 맞으면 떨어지는 물방울이 연기가 떠다니고 안개가 몰려오는 것 같다. 쉬면서 마주하고 보니 매우 기이한 절경이었다. 「동유일기」에 비봉폭포를 만났을 때의 감동을 기록하였다.

조위경趙緯經은 「금강유산기」에서 "다시 5리를 가니 비봉폭포가 있는데, 천 길 경사진 절벽에 거꾸로 매달려 부딪히며 흘렀다. 기세가 격렬하고 소리가 커서 은하수가 하늘에서 떨어지는 것보다 못하지 않았다."라고 비봉폭포를 봤을 때 장대한 규모에 대하여 놀랐다. 유정문柳鼎文은 「유금강록」에서 다음과 같이 묘사했다. "앞으로 5리를 가서 만 길 깎아지른 절벽에 작은 폭포가 날듯이 흘러내리는 것을 쳐다보았다. 가늘면서도 하나하나 또렷하여 마치 연실 같기도 하고 빗발 같기도 하다. 비봉폭포라고 하였다. 폭포 아래에 2층의 바위 웅덩이가 있는데, 물을 받아 못이 되었다. 거울처럼 푸르고 맑아서 물고기가 헤엄을 치고 햇빛이 밑에까지 비추어 그림자가 바위 위에 비쳤다."

물방울이 날리며 떨어지는 모습이 마치 봉황새가 나는 것 같이 아름답다고 하여 비봉폭포라는 이름을 얻었다. 봉황 바위가 날개를 편 봉황새와 같다고도 한다. 구룡폭포 · 십이폭포 · 조양폭포와 함께 금강산 4대 폭포의 하나다. 이유원은 물줄기를 차를 달이는 연기에 비유했다.

최익현崔益鉉 1882년 4월에 금강산을 유람하였다. 「4월 3일에 여러 친구와 금강산을 향하여 떠나다」란 시 속에 명소 곳곳을 수록하였는데, 구룡동, 옥류동 다음으로 비봉폭포가 한 자리를 차지하였다.

김홍도, 〈비봉폭〉, 《금강사군첩》

김응환, 〈비봉폭〉, 《해악전도첩》

봉황이 여산에 들어간 뒤 찾을 길 없는데 飛入廬山不可尋
개중에 서른 여섯 봉우리가 스스로 소리하네 箇中六六自然音
원래 고상한 생활 일반 새와는 달라 本來棲息殊凡鳥
항상 구름 밖 천 길 마음에 살고 있네 雲表展來千仞心

구룡연

1748년 윤 7월에 일찍 일어나 구룡연九龍淵으로 향했다. 두레박 줄에 매달려 석벽을 오르내리기도 하고, 위태로운 벼랑 위로 가기도 하며 모두 대여섯 곳을 지났다. 문득 소리가 들린다. 우레 소리 같기도 하고 바다가 진동하는 것 같기도 하다. 몇 보 올라가자 두 벼랑 사이에 천 길 하얀 눈 같은 명주가 드리워진 것이 문득 보인다. 언뜻 보면 그것이 물이라는 것을 알 수 없다. 아래는 못이 되어 폭포수를 받아들인다. 다가가니 문득 서늘한 바람이 인다. 검은 빛 절벽이 하늘로 솟아 사방을 두르고, 성근 소나무와 오래된 회나무가 그 사이를 비추며 이어져 있을 뿐, 한 치 땅도 보이지 않는다.

구룡연을 구경하고 나서 서쪽 언덕을 따라 오솔길을 올랐다. 서북쪽으로 거의 5리를 올라가 높은 산마루에 이르렀다. 아래로 팔담이 보인다. 첫 번째 못은 꽤 깊고 넓다. 두 번째 못은 산기슭에 의해 막혀 보이지 않는데 조금 기울어진 것이 마치 비스듬한 항아리 같다고 한다. 세 번째 못은 폭포가 조금 높지만 못은 깊지 않다. 네 번째 못은 꽤 넓고 물가에 어지러운 바위가 쌓여 있다. 다섯 번째 못은 매우 작으면서도 지극히 교묘하다. 바깥쪽은 약간 네모지지만 안쪽은 둥글고 검은 빛이다. 여섯 번째 못은 다

김홍도, 〈구룡연〉, 《금강사군첩》

김응환, 〈구룡연〉, 《해악전도첩》

섯 번째 못보다 크며 반듯하고 둥글며 깊고 푸르다. 오른쪽으로 꺾어 구불구불 가면 일곱 번째 못과 여덟 번째 못이다. 모두 얕고 그다지 둥글지 않으며 떨어져 있기 때문에 외연外淵이 된다. 오재순의 「해산일기海山日記」 속 기록이 눈으로 보는 듯하다.

황경원黃景源은 이원령이 김창흡이 지은 「구연시」를 토대로 그림을 그린 후 글을 부탁하자 「구룡연기」를 짓는다. 아홉 개의 연못을 총정리하는데 "내가 생각하기에 비로봉 동서쪽은 계곡물이 많지만 구곡이 가장 맑으면서 웅장하다. 초연初淵은 맑고 깨끗하여 그 빛이 밝다. 제2연은 홀로 높아서 그 모습이 기이하다. 제3연은 그윽하고 나무가 무성하여 그 빛깔이 검푸르다. 제4연은 툭 트이고 밝아 그 모습이 아늑하다. 제5연은 격렬하게 쏟아져 그 형세가 빠르다. 제6연은 고요하고 아름다워 신운神韻이 순수하다. 제7연은 그윽하고 아득하여 그 풍취의 여운이 길다. 제8연은 잔잔하고 조용하며 그 소리가 멀리까지 간다. 제9곡은 여러 못의 물이 모여 폭포가 되어 그 기세가 늠름하다. 구름과 천둥이 일어 천지가 어두워지는 변화는 제9곡에 있고 초연에는 있지 않다. 그러나 초初라는 것은 양이 싹트는 것이고, 구九라는 것은 양이 가득 찬 것이니, 싹트지 않고 가득 차는 경우는 없다. 구곡에서 구름과 천둥이 일어 천지가 어두워지는 것은 바로 초연에서 시작된 것이다."라고 총평한다.

그가 봤던 김창흡의 시는 초연부터 구연까지 아홉 수다. 이것으로 흥취를 다 표현하지 못했는지 김창흡은 또 「구룡연가」를 짓는다.

물 힘차게 비로봉에서 떨어지니 水落毗盧峯
만 길의 골짝이 쿵쿵거리누나 鞫鞫萬仞壑
(중략)
첫째 못은 보는 이 무서워 가까이 못하고 初淵觀者慄未逼
끝의 못에 가서는 모두 머리끝 쭈뼛하네 及至終淵髮皆肅
모발은 쭈뼛하고 발은 서슴거리며 髮森森步躩躩
송림에 몸 기대니 발 밑은 폭포러라 松林倚身足底瀑
산유하는 승려들 개인 날을 노래하느라 冥遊諸僧歌霽日
예측 못할 바람과 우레도 까맣게 잊고 있네 爾忘風雷閃不測
바다는 넓디넓고 바위 구멍은 좁디좁은데 滄瀛苦闊巖竇小
못의 구름 비 되어 동국에 패연히 내린다오 淵雲爲雨沛東國
누가 알랴 못의 용은 바다 용이 아닌 줄을 誰知淵龍非海龍
누가 알랴 아홉 못은 한 집이 아닌 줄을 誰知九淵非一宅

만물초

온정을 지난 다음 15리쯤 떨어진 지점에 있는 육화대를 경유하여 10리를 갔다. 우뚝 솟은 것이 다섯 개고 길이는 모두 열 길쯤 되는 입암이란 바위에 올랐다. 그 위에 앉으면 구만물초舊萬物草가 보인다. 동북쪽으로 3리를 돌아서 사항獅項을 지나면 신만물초新萬物草가 나타난다. 구만물초가 보이는 부분은 등 쪽이고, 신만물초가 보이는 부분은 얼굴 쪽이다. 세상에서 이른바 "조물주가 사람과 만물을 만들어 낼 때 기초한 것이다."라는 곳이다. 조위경趙緯經, 1698~1780은 일찍부터 금강산을 한 번 구경하는 것이 소원이었다. 일상의 책무에 골몰하느라 결국 이루지 못하던 어느 날 뜻을 같이 하는 사람들과 함께 동쪽 관동 지역의 여러 명승을 두루 유람하기로 결의하였다. 「금강유산기金剛遊山記」가 결과물이다. 30여 리를 가서 사항獅項에 오르니 온갖 형상이 앞에 펼쳐졌다.

> 갑옷에 투구를 쓴 장군 같은 것, 붓을 비녀로 꽂은 학사學士 같은 것, 도사의 모자 같은 것, 붉은 가사를 입은 것, 칼춤을 추는 것, 날개를 달고 있는 듯, 홀을 갖고 노는 듯, 두건을 쓴 듯, 낚싯대를 드리운 듯, 광주리를 낀 듯, 정수리를 꾸민 듯, 긴 다리 같은 것, 벌목꾼 같은 것, 산도깨비 같은 것이 보인다. 또 학의 정강이, 세모난 창, 꿩의 날개,

장식한 창, 빛나는 해, 나부끼는 바람, 종과 편경, 솥과 화로, 돛과 돛대, 옹기와 시루, 술독과 술잔, 들보와 기둥, 다리 모양으로 나는 기러기, 작은 수레와 같다. 또 구름을 거느린 신룡, 바람을 일으키는 맹호, 늙은 표범, 신령한 무소, 누운 양, 웅크린 현贙, 괴상한 기夔, 구슬피 우는 원숭이, 붉은 정수리의 학, 구포九苞, 날개 치는 것, 아스라한 둥지, 숫 비둘기, 기러기와 같다. 또 물 위로 피어난 연꽃, 눈 속에서 꿋꿋한 매화, 수선화, 감귤나무, 천죽, 목련, 사당沙棠, 회나무, 단풍 숲, 낭간琅玕, 애납艾蒳과 같다. 천태만상의 바위들이 각기 이름을 가지고 있다. 황홀하고 현란하며 지극히 깨끗하고 순수하게 희다. 비교하자면 태고적 눈과 순수함을 다투는 듯하여 우주간의 기이한 볼거리이다. 지금 본 것은 구만물초이다. 신만물초도 있다고 하는데 직접 보지 못해 아쉬웠다.

*현(贙) : 범

*기(夔) : 고대 전설에 나오는 동물로, 다리가 하나이고 뿔이 달리지 않은 소의 형상을 했다고 한다.

*구포(九苞) : 아홉 가지 색깔의 깃털을 지닌 봉황을 말한다.

*사당(沙棠) : 곤륜산에서 나는 나무로 그 열매를 먹으면 몸이 물에 뜨고, 배를 만들면 물에 가라앉지 않는다고 한다.

*낭간(琅玕) : 전설 속에 나오는 신선들의 나무로 그 열매가 옥과 같다고 한다.

*애납(艾蒳) : 소나무 껍질에 돋는 이끼를 이른다.

추사秋史 김정희金正喜는 "만물초는 볼 만한 것이 없고 한갓 절에 폐단만 끼친다."라 하며 시를 지어서 신계사에 걸었다. 그의 편지글은 다르다. "금강산의 안팎을 통틀어 말하자면, 구룡연과 만폭팔담이 제일이고, 천일대 · 헐성루는 진기한 구경거리이며, 수미탑은 기괴한 구경거리이고, 마하연은 10일 동안을 머물러 있어도

김홍도, 〈만물초〉, 《금강사군첩》

김응환, 〈만물초〉, 《해악전도첩》

싫증나지 않는 곳이며, 영원동 또한 구경하지 않을 수 없는 곳입니다. 이 밖에도 그윽한 골짜기나 기이한 동굴과 하나의 암석이나 한 줄기의 계곡도 곳곳마다 있지 않은 데가 없어 스스로 일단의 볼 만한 것이 갖추어져 있어서 명성을 탐할 만한 곳이 많거니와, 만물초가 더욱 좋습니다." 만물초가 으뜸이라고 생각했으면서 왜 볼 만한 것이 없다고 했을까. 만물초로 인해 고생할 스님들 때문이었으리라. 사대부들이 유산遊山할 때 어깨에 메는 가마를 타곤 했다. 가마꾼은 스님들의 차지였으니 추사의 마음 씀씀이를 알 수 있다.

회양 철원

지나가는 수레 멈추니 석양이 나지막하네

취병암

밥을 재촉하여 먹고 일찍 출발하였다. 10리를 가서 칠송정에 닿았다. 서쪽으로 비스듬히 수백 보를 가서 취병대翠屛臺에 이르렀다. 맑은 물과 푸른 절벽이 나름대로 운치가 있다. 세속에 전하기를 바위 밑에 용혈龍穴이 있어 볼 만하다고 하는데, 물이 그 위를 덮은 채 뿜어 나오고 있어 볼 수 없다. 실망하며 돌아오니 스님이 옆에 있다가 웃으면서 "금강산에 들어가면 곳곳이 모두 이와 같아 이 정도는 모두 돌아보지도 않고 지나갈 것이니 서운해할 필요 없습니다."라고 하였다. 이길보李喆輔의 「동유록」에 실린 취병대와 관련된 부분이다.

취병암은 취병대로도 불렸다. 김홍도는 취병암이라 쓰고 화폭에 담았다. 양쪽 산 사이로 흐르는 물이 기본 구도다. 산에는 기묘한 바위가 솟아올랐다. 사이에 넓은 골짜기로 물이 쏟아진다. 굉음이 들리는 듯하다. 물 가운데로 바위가 이어져서 거친 물결과 씨름을 한다. 한 지역의 승경이라고 할 만하다.

김창협金昌協은 「동유기」은 취병대를 글로 그린 작품이다. "부사의 맏아들이 취병대의 뛰어난 경치를 극찬하며 가보도록 부추겼다. 회양부에서 10리쯤 떨어진 곳인데, 수석이 매우 웅장하고 아름다웠다. 경치는 대략 두 산이 마주 솟아 병풍처럼 구불구불

이어지고, 그 안은 다시 널찍하게 트여 하나의 큰 골짜기를 이루었다. 북쪽에서 흘러온 시냇물이 매우 힘차게 내달리고, 시내 가운데 오목한 큰 바위가 있다. 마치 기울어진 항아리처럼 생겨 물이 들어가 졸졸 소리를 내며 수레바퀴처럼 돌다가 다시 천천히 흘러나왔다. 안을 들여다보니 색이 짙푸른데 밑바닥까지는 볼 수 없다. 이 바위를 속칭 '용가마[龍鑊]'라고 한다. 시내 동쪽에 푸른 벼랑이 깎아지른 듯이 서 있는데, 소나무, 삼나무, 단풍나무, 잣나무가 위를 뒤덮어 우거진 것이 그림 같다. 돌 위에 앉아 술을 한 순배 돌리는데, 종자가 잣과 머루를 따다 주기에 다 먹었다. 그물을 던져 수십 마리의 물고기를 잡으며 볼거리를 제공해 주었다. 시간 가는 줄 모르고 놀다가 저녁이 되어서야 돌아오니 해는 서산으로 지려 하였다."

시는 어떻게 표현했을까. 김득신金得臣은 1604년에 태어나 문명을 크게 떨쳤다. 그는 어릴 때 천연두를 앓아 지각이 발달하지 못해 노둔한 편이었다. 김득신의 아버지는 이러한 아들을 질책하기보다 격려했다. "학문의 성취가 늦는다고 성공하지 말란 법이 없다. 그저 읽고 또 읽으면 반드시 대문장가가 될 것이다. 공부를 게을리하지 마라." 김득신은 아버지의 가르침을 따랐다. 그때부터 책을 잡으면 수없이 반복하여 읽었다. 스스로 『사기』를 천 번 읽었다고 말할 정도였다. 시에 있어서 표현의 사실적인 묘사에 중점을 두어 '사경핍진寫景逼眞'의 정신을 강조해 왔으며 노력을 들여 다듬고 고쳤다. 평자들도 서경시에 뛰어나다고 입을 모았다. 「취병대에 도착하다」를 살펴본다.

김홍도, 〈취병암〉, 《금강사군첩》

험한 길 찾아 나서 보니 行尋艱險路
치우친 곳에 취병대 있네 偏倚翠屏臺
모습은 창같이 뾰족하고 峯勢尖如戟
강물은 우레처럼 소리치네 江聲吼若雷
몇 년 꿈속에서 그리워하다 幾年孤夢費
오늘에야 두 눈이 직접 보고 今日兩眸開
승경 유람을 기록하기 위해 欲記茲遊勝
내 지금 시 짓느라 고생하네 儂今累句裁

단발령

마의태자가 이 고개에서 삭발하였다 하여 단발령斷髮嶺이라 하였다. 널리 알려진 이야기다. 다른 이야기가 더 흥미를 끈다. 양대박梁大樸은 고개에 올라 금강산을 바라보면 머리를 깎고자 하는 생각이 들기 때문에 이렇게 이름이 지어졌다고 보았다. 비할 데 없이 높고 시야는 넓게 트였다. 바람이 불어 구름이 모두 걷히니 옥비녀 같은 봉우리를 하나하나 셀 수 있을 정도다. 속세에서 금강산을 생각하기만 하고 볼 수 없어서, 매양 한 번만이라도 단발령에 올라 진면목을 시원하게 보기를 기원했다. 양대박은 단발령에 오른 것으로도 만족하였다. 지팡이에 의지해 금강산을 바라보며 갈 길을 잊을 정도였다.

1664년 8월에 이하진李夏鎭은 단발령에 섰다. 드디어 금강산이 보인다. 아득하고 은은하게 곧바로 하늘 끝에 닿아 있는 것이 아닌가. 꼭대기는 모두 흰색이어서 매달려 있는 폭포가 눈을 뿜어내는 듯하고, 층층 얼음이 해에 비치고 있는 듯하다. 중향성 · 비로봉 · 혈망봉 · 망고대 등 산봉우리들이 차례로 눈앞에 늘어서 있다. 붉은 잎은 비단을 펼쳐놓은 듯하고, 채색된 구름은 맑고 깨끗하여 황홀하게 하였다. 산에 들어가지는 않았지만 이미 저절로 가볍게 떠오르는 듯한 느낌이 들었다. 술을 몇 잔 돌리고 시를 지었다.

김응환, 〈단발령〉, 《해악전도첩》

「풍악만록」을 지은 홍여하洪汝河는 고갯마루의 단풍나무가 인상적이었다. 단발령에 올라 단풍나무를 보니 높이가 수 십 장이고, 잎은 옅은 황색이었다. 금강산에 도착하니 도리어 이렇게 큰 나무들은 보이지 않는다. 단풍나무는 여러 종류가 있다고 세밀하게 관찰했다. 하나는 옅은 황색이고, 하나는 짙은 붉은색이다. 짙은 붉은색은 잎이 비교적 뾰족하고 성글다. 두 가지는 잎이 녹색일 때 분별할 수 없다. 또 한 종류가 있는데 잎은 짙은 붉은색과 비슷하지만 푸른 빛이 서리를 맞아도 변하지 않는다고 고찰 결과를 말한다.

문인이라면 단발령에서 한 수 시를 짓지 않은 사람이 없었다. 금강산을 떠나는 사람은 아쉬움을, 금강산을 향해 가는 사람은 들뜬 심정을 노래했다. 노수신盧守愼은 어떤 감정일까.

제일 봉 꼭대기 오르니 기갈을 달랠 만해라 第一峯頭慰飢渴
인간에 이런 별천지가 참으로 있네그려 人間信有別乾坤
옥산이 무너져 가니 구름 뿌리 움직이고 玉山頹去雲根動
설령의 찬 기운 속 학의 날개 번득이네 雪嶺寒來鶴翼翻
높이 우뚝 버텨 선 산봉은 장로가 된 듯 嵂崒孤撑爲長老
죽 벌여 선 작은 산은 아손 같기도 해라 巑岏羅立似兒孫
문득 우습다 탐진치가 누구의 뜻이던고 貪癡却笑何人意
속세 벗어나 우선 늦깎이가 되어야겠네 遐擧先須作晚髡

옥산玉山은 본디 선경에 있다는 산인데, 흔히 흰 구름 또는 거대한 파도의 뜻으로 쓰인다. 여기서는 흰 구름을 가리킨 것이다. 구름 뿌리란 본디 깊은 산중에서 돌에 부딪쳐 나오는 구름을 가리키며, 바로 산석山石을 가리키기도 한다. 여기서는 흰 구름이 흩어지자 바위가 드러나는 모습이 마치 움직이는 것처럼 보이는 것을 형용한 말이다. 설령雪嶺은 눈 쌓인 산봉을 가리키고, 학의 날개란 바로 멀리 보이는 눈빛을 가리킨다. 탐진치貪瞋癡는 욕심, 성냄, 어리석음 이 세 가지를 말한다. 수행하는 사람에게 가장 해독을 끼치기 때문에 삼독三毒이라 칭하기도 한다. 여기서 누구의 뜻인가라고 한 것은 곧 저자 또한 탐진치를 마음속에 지니고 있음을 의미한다.

맥판

봉래蓬萊 · 방장方丈 · 영주瀛洲는 삼신산으로 신선이 사는 산이다. 권근權近이 명나라에 사신으로 갔을 때 명나라 태조가 금강산 시를 지어 올리라고 명하면서, 중국 사람들은 옛날부터 고려에 태어나서 금강산 한 번 보기를 소원했다고 할 정도로 유명세를 떨쳤다. 삼신산 중에서 봉래인 금강산이 가장 아름답다는 것을 확인할 수 있다. 임홍량任弘亮은 평소 일만 이천 봉을 그리워하여 오고 가는 꿈을 꾸면서도 '저렇게 좋은 경치는 대단한 인연이 아니고는 엿볼 수도 없으리라.'라고 중얼거리곤 했다. 1688년에 마침 금강산에 가까운 고성 군수에 제수되어서 발령지로 가다가 금강산을 유람하게 되는데, 금성과 회양 사이에 맥판麥坂을 넘게 된다. 맥판을 넘어 화천관和川館에서 쉬면서 시를 지었다.

겨우 험준한 맥판을 넘었더니 麥坂纔踰險
화천 가는 길 또 멀기만 하네 和川路更長
나그네 가는 길 감흥이 없는데 客行無興緖
다만 금강산은 가까워지네 秖是近金剛

고성에 도착하여 공무를 보다가 맑은 날 총석정을 구경하기도 했는데, 고성 군수에서 파직되었다는 소식을 듣게 된다. 핑계 김에 관동지방의 명승고적을 두루 유람하면서 감회를 시문으로 나타낸 것이 「관동기행」이다.

1740년에 맥판을 넘은 이철보李喆輔는 「동유록」에 여정을 기록하였다.

> 30리를 가서 신안점新安店에서 말을 먹였다. 창도점과 신안점 사이에 언덕이 우뚝 솟아 있는데, '보리菩提'라고 하며 속칭 '보릿고개[麥坂]'라고도 한다. 보릿고개 아래는 화천火川이 콸콸 소리를 내며 화천和川에서 흘러온다. 남쪽 언덕에서 가마를 타고 굴곡진 길을 따라 내려가 화천가에 도착하였다. 여기서는 가마에서 내려 배를 탔으며, 배를 정박한 뒤에는 다시 가마를 타고 북쪽 언덕을 따라 굴곡진 길을 올라갔다.

그림 속 나그네는 언덕 꼭대기에 도착하였다. 보기에는 험하지 않아 보이지만 고개를 오르내리는 사람은 쉽지 않았던 것 같다. 고개 밑 강에는 다리를 놓았다. 그림 속 다리를 건너는 소의 모습이 영락없이 풍속화에 등장하는 장면이다. 서유구는 『임원경제지』에서 김홍도는 민간에서 벌어지는 풍속을 그렸으니, 땔나무를 팔고 오이를 파는 모습, 봇짐 지고 구걸하는 걸인, 형형색색으로 모두 제각기 공요로움을 다하였다고 평하였다. 다리가 놓았지만 여름과 가을에는 물이 불어나서 다리가 떠내려가곤 했다. 그곳 사람들이 말하기를 "여름과 가을 사이에 물이 불어나면 유람객들은 대부분 발이 묶이게 되는데, 이 때문에 그 험함이 온 나라에서 이름나게 되었다고 합니다."라고 하였다.

김수항金壽恒은 신안으로 가는 도중 맥판에서 선조께서 쓴 시에 차운하여 시를 지었다.

적막하고 황량한 숲에 석양 걸려 있고 寂寞荒林暮景懸
몇몇 집 울타리가 역정 앞에 서 있구나 數家籬落驛亭前
산이 맥판에 이어지니 혹시 길 없나 山連麥坂疑無路
땅이 봉래에 가까우니 별천지 있으리라 地近蓬萊別有天
먼 변경에서 나그네 된 신세 가련하니 關塞自憐成遠客
바다 구름 어디에서 신선들을 찾아볼까 海雲何處問群仙
수레 멈추고 아득한 저 너머 바라보니 停車試望蒼茫外
만여 리 찬바람 쏴아 하고 불어오구나 萬里泠風一颯然

김홍도, 〈맥판〉, 《금강사군첩》

금강산이 가깝다니 기대가 되기도 하지만 눈에 보이는 것은 황량한 숲이다. 앞에 있는 맥판은 산속으로 사라진다. 길이 없어진 것은 아닐까. 바람 부는 길에선 나그네는 앞 길이 근심스럽기만 하다.

피금정

1788년에 강세황姜世晃은 아들이 회양부사로 부임하자 한동안 회양에 머문 적이 있었다. 그곳에 머물며 금강산을 유람하며 작품을 남겼다. 회양으로 가는 도중에 금성 남대천에 자리 잡은 피금정披襟亭을 화폭에 남겼는데, 금강산을 가려면 반드시 거쳐야 했던 곳이다. 선인들의 시와 그림의 제재가 된 피금정에 올라 시도 한 수 짓는다. 「금성 피금정을 지나며」를 남겼다.

강 언덕 우거진 고목 사이 정자 있는데 江岸陰陰古木齋
지나가는 수레 멈추니 석양이 나지막하네 征車暫住夕陽低
바빠서 피금정서 옷깃 헤치고 앉질 못하고 忽忽未暇披襟坐
뒷날 약속 남겨 두고 짤막한 시 쓰노라 後約留憑短句題

같은 해에 김홍도는 한양으로 돌아가다가 피금정에 올라 화폭을 꺼냈다. 울창한 숲 사이에 정자를 조그맣게 그렸다. 피금정이 그림의 제목이지만 나무가 주인공인 듯하다. 정자 왼쪽은 남대천이고 오른쪽은 벌판이다. 벌판이 주인공인 것 같기도 하다. 정자 주변의 울창한 숲도 눈에 띈다. 큰 비로 남대천이 범람하여 수해를 입게 되자 고을의 창고를 풀어 백성을 구제하는 데 힘쓴 한편, 냇가에 방축을 쌓고 나무를 심은 것이 무성한 숲이 되었다.

김홍도, 〈피금정〉, 《금강사군첩》

강세황은 김홍도와 관계가 모두 세 번 변하였다고 고백했다. 처음에는 단원이 어려서 문하에서 그림을 배울 때 그의 재능을 칭찬하기도 했다. 중간에는 관청에 같이 있으면서 아침저녁으로 함께 거처했다. 나중에는 예술계에 있으면서 지기知己로 지냈다. 피금정에서 시간에 차이를 두고 두 지기가 방문하였던 것이다.

1775년에 이종욱李鍾郁은 피금정에 오른 일을 「동유기」에 기록하였다.

> 현의 서쪽 시냇가에 신록의 버드나무가 빙 둘러싼 정자가 있다. 정자에 올라가니 육각의 용마루 기와가 녹음 속에서 가물거렸다. 물어보니 옛날 금성 현감이 건축한 것인데, 피금정이란 세 글자 편액만 걸려 있고 앞선 이들이 지은 시는 없다. 술을 몇 잔 마시고 박군에게 말하기를 "이 같은 명승

에서 시 한 수를 짓지 않는다면 한스러울 것이다."라 하고, 이에 절구 한 수를 읊었다.

그림 속의 나무는 단일 수종으로 보이는데 물가에 적합한 버드나무였다. 정자가 보이지 않을 정도로 무성하게 자랐다. 정자는 특이하게 육각으로 만들어졌다. 편액만 있고 시가 걸려 있지 않다는 것은 지어진 지 오래되지 않았거나 중수하는 과정에 사라졌다는 것을 의미한다.

피금정 주변을 잘 묘사한 것은 김귀주金龜柱의 「동유기」다. 피금정에 오르니 긴 시내와 무성한 숲이 5리에 걸쳐 빛났다. 육면의 처마와 난간은 그림 속의 모습 같았다. 시내 서쪽 부교浮橋에서는 멀리 지는 햇빛을 바라볼 수 있고, 동남쪽 여러 봉우리는 하나하나 뾰족하게 솟아있다. 한참 동안 난간에 기대어 피곤함을 잊었다. 정자가 길가에 있기 때문에 짐을 이고 지고 가는 자들이 모두 쉬어가는 곳으로 삼곤 했다.

이서李漵는 1700년에 금성읍에 도착했다가 피금정에 올라 경치를 즐겼다. 홍이 일자 시 한 수를 지어 이 일을 기록했다.

가을바람에 홀로 오니 호방한 흥취 일고 匹馬秋風逸興飛
석양녘에 진묵역 승려는 되돌아갔다네 夕陽眞默一僧歸
피금정 위에서 옷깃을 풀고 앉아있자니 披襟亭上披襟坐
두어 곡 맑은 노래 저문 물가 떨어지네 數曲淸歌落晩洲

정자연

1623년 계해반정으로 인조가 등극하였다. 황근중은 늙고 병들었으니 어찌 구차하게 작은 공이라도 있기를 바라겠느냐며, 관찰사에서 물러나 철원에 은거했다. 창랑정을 짓고 노년을 즐기면서 명성을 얻게 되었다. 청렴결백한 몸으로 세상과 타협할 수 없어, 멱라수에 몸을 던질 수밖에 없었던 굴원을 생각하면서 정자의 이름을 지었을 것이다. '창랑의 물이 맑으면 내 갓끈을 씻으리라. 창랑의 물이 흐리면 내 발을 씻으리라.'라는 대목을 떠올렸을 것이다. 정자를 지은 곳은 한탄강 가였고, 그때부터 정자 앞 연못처럼 깊은 강을 정자연亭子淵이라 부르게 되었다.

금강산으로 가는 길목이라 시인묵객들이 들리곤 하였다. 이현석李玄錫, 1647~1703은 아우 이현조와 함께 1692년에 금강산을 유람하였다. 이때 정자연에 들렀다가 황근중의 증손이 기문을 청하자 「협선정기挾仙亭記」를 지어준다. 정자연 옆에 위치한 협선정에 대한 기문이다. 황근중이 지은 창랑정이 중건되면서 이름이 바뀐 것이다. 정자의 이름은 또 한 번 바뀐다. 오재순吳載純, 1727~1792이 1758년에 「정연기亭淵記」를 지을 때 정자의 이름은 선유정仙游亭이었다.

정자연 주변은 소금강으로 불릴 정도로 뛰어난 풍경을 자랑한다면서 이중환李重煥, 1690~1752은 또 다른 시각으로 정자연 일대를 평가한다. 정자연을 중심으로 한 지역을 산수와 땅에서 생산되는 이익이 좋은 곳으로 지목하였다. "황씨들이 대대로 살고 있는 평강의 정자연은 철원 북쪽에 위치해 있으며 큰 들판 가운데 산이 솟아 있고, 큰 시내가 안변의 삼방치에서 서남쪽으로 흘러내려오다가 마을 앞에서 더욱 깊고 커져 작은 배들이 다닐 만하다. 강언덕 석벽이 병풍 같고 정자와 축대와 수목의 그윽한 경치가 있다."라고 기술하였다.

문인들의 입과 글을 통해 묘사되고 알려지게 된 정자연은 정선鄭敾, 1676~1759의 그림을 통해 명성을 조선에 떨치게 된다.

고목은 푸르게 양쪽 언덕에 섰고 老木蒼蒼兩岸出
외딴 마을 적막하고 시내만 흐르네 孤村寂寂一溪流
무릉동 골짜기 안에서 피리 부니 武陵洞裏人吹笛
칠리탄 어귀에서 배에 기대네 七里灘頭客倚舟

이병연은 정자연 그림을 보고 이렇게 제화시를 지었다. 이병연의 눈에 먼저 들어온 것은 강 양쪽 언덕에 늘어선 오래된 나무들이다. 소나무가 대부분이고 사이에 버드나무가 가지를 드리우고 있다. 절벽을 마주보고 있는 언덕엔 집 몇 채가 숲속에 있다. 물끄러미 강을 바라보고 있는 집이 보인다. 아마도 '협선정'일 것이다. 『금강산도권』에 실린 정자연은 더 사실적이다. 마을 앞 절벽은 주상절리가 발달한 곳이다. 강 위 아래에 놓인 다리는 정선의 그림에선 볼 수 없었다. 오른쪽은 여울을 표현하였다.

작자미상, 〈정자연〉, 《금강산도권》

한참 그림을 바라보노라니 그림 속에서 피리소리가 들려오는 것 같다. 정자연이 있는 일대 협곡을 무릉동武陵洞이라 불렀다. 어디서 부는지 피리소리가 골짜기를 울린다. 피리소리를 듣던 칠리탄七里灘 어귀에 있던 배 위의 나그네는 아예 배를 강가에 대고 감상 삼매경에 빠진다. 칠리탄은 동한의 은사 엄광이 은거하며 낚시질하던 여울로 은사의 거처를 의미하곤 한다.

북관정

김홍도가 금강산 일대를 그린 그림들을 본떠 그린 그림에 시문을 붙인 19세기의 『와유첩臥遊帖』에 철원의 북관정北寬亭이 삽입되어 있다. 김홍도도 북관정을 그렸음을 마루어 짐작할 수 있다.

> 東동州쥐 밤 계오 새와 北븍寬관亭뎡의 올나ᄒᆞ니,
> 三삼角각山산 第뎨一일峰봉이 ᄒᆞ마연 뵈리로다.
> 弓궁王왕 大대闕궐 터희 烏오鵲쟉이 지지괴니,
> 千쳔古고 興흥亡망을 아ᄂᆞᆫ다, 몰ᄋᆞᄂᆞᆫ다.

철원에서 하룻밤을 새우고 날이 새자마자 북관정에 오르니, 임금님이 계신 서울의 삼각산 제일 높은 봉우리가 보일 것 같구나. 옛날 태봉국 궁예왕의 대궐터였던 곳에 까마귀와 까치가 지저귀니, 한 나라의 흥망하던 역사를 아느냐? 모르느냐? 정철鄭澈의 「관동별곡」 중의 일부다.

북관정은 철원 관아에서 북으로 200보 떨어진 지점에 있어서 공무를 보러 왔다가 오르기 쉬웠다. 언덕에 위치하여 북으로 광활한 들이 한눈에 들어온다. 멀리 수백 리 밖 북한 땅까지 조망할 수 있다. 바로 이러한 형세 때문에 북관北寬이란 이름을 얻었다.

작자미상, 〈북관정〉, 《금강산도권》

북관정에서 바라본 뛰어난 풍경이 철원을 유람하는 시인묵객들이 입에 자주 오르내렸다. 조우인曺友仁은 철원의 명소를 읊었는데 삼부연폭포, 고석정, 송대소 등과 함께 북관정을 들 정도로 철원을 대표하는 명소였다.

북관정터에 오르면 멀리 고원 너머로 김일성 고지와 피의 능선이 펼쳐진다. 6 · 25전쟁 당시 치열한 전투가 벌어진 낙타고지가 손에 잡힐 듯하다. 이뿐만이 아니다. 광활한 대지가 앞에 펼쳐져 있다. 대지 위에 궁예가 세운 성이 있었다. 북관정에 오른 이들은 한결같이 궁예를 떠올렸다. 정철도 궁예를 언급했고, 조우인도 궁예왕의 옛 도읍지를 명소로 꼽았다.

윤휴尹鑴, 1617~1680는 1672년에 금강산 유람을 떠났다. 금강산 가는 길목에 철원에 들렀다. 아침에 북관정에 오르니 넓은 평야가 백 리나 펼쳐져 있다. 서쪽으로 금학산이 우뚝 솟았으며 보개산으로 연결된다. 들 가운데 서너 개 옹기종기 언덕이 있는데 그것은 보개산이 뻗어 나온 종적이라고 하였다. 간단히 술 한 잔 나누고 작별했는데, 그때 마침 시원한 바람이 스치고 지나간다. 높은 산 가파른 절벽 위에는 이미 가을빛이 역력하였다. 시상이 떠올라 시를 짓는다.

내 봉래산 구경의 꿈 안고 我夢蓬萊好
가다가 북관정 올라 보니 行行登北觀
중간에 산들이 확 트이고 萬山忽中闢
감돌아 물이 흐르는 곳 一水何縈灣
광활한 곳 궁예의 옛터인가 曠蕩弓王宅
우뚝 솟아 있는 보개산이로세 穹隆寶蓋山
(중략)
흥망 몇 번 되풀이 되었을까 興亡機翻覆
국가 치란도 마찬가지라네 治忽迭相看

단순히 경치를 구경하는 데서 그친 것이 아니라, 궁예를 떠올리며 역사를 회고하는 곳이 북관정이다.

그림목록

		김홍도	김홍도	김응환	미상	홍석주
		금강사군첩	해동명산도첩	해악전도첩	금강산도권	제단원해산첩
여주	신륵사				●	
	청심루				●	
	문류헌				●	
영월	청허루					●
평창	청심대	●			●	●
	월정사	●			●	
	사고	●			●	●
	상원	●			●	●
	중대	●			●	
강릉	대관령	●			●	●
	천연정				●	●
	구산서원	●				●
	경포대	●	●	●	●	
	호해정	●	●		●	
	창석정				●	
	매학정				●	
	활래정				●	
	취적정				●	
	모선재				●	
삼척	죽서루	●		●	●	●
	능파대	●	●		●	
	무릉계	●			●	●
	용추				●	
울진	성류굴	●	●			
	망양정	●		●		
	월송정	●	●	●		

		김홍도 금강사군첩	김홍도 해동명산도첩	김응환 해악전도첩	미상 금강산도권	홍석주 제단원해산첩
양양	낙산사	●	●	●	●	
	관음굴	●	●		●	
속초	토왕폭	●				
	계조굴	●	●		●	
	와선대	●	●		●	●
	비선대				●	
	속초 영랑호				●	
고(간)성	청간정	●		●	●	●
	가학정	●			●	●
	고성능파대				●	
	감호			●	●	
고성	영랑호		●	●	●	●
	현종암	●	●	●	●	●
	대호정	●		●	●	●
	해산정	●	●	●	●	
	해금강전	●	●	●	●	●
	해금강후	●	●		●	
	삼일포	●	●	●	●	●
	백정봉			●		
통천	옹천	●	●	●	●	
	문암	●	●			
	금란굴				●	
	총석정	●	●	●	●	
	환선정	●		●	●	
	천도				●	
흡곡	시중대	●			●	

		김홍도	김홍도	김응환	미상	홍석주
		금강사군첩	해동명산도첩	해악전도첩	금강산도권	제단원해산첩
내금강	만천교			●		
	장안사동구			●		
	장안사	●		●	●	
	명경대	●		●	●	●
	백천동			●		
	명운담	●		●	●	
	수렴폭			●		
	문탑	●		●		
	백탑			●	●	
	증명탑	●		●		●
	영원암	●		●	●	
	삼불암	●	●	●	●	
	금강문			●		
	백화암부도	●		●	●	
	표훈사	●		●	●	
	정양사					●
	헐성루			●	●	
	용곡담			●		
	원통암	●		●	●	
	자운담			●		
	수미탑	●		●	●	
	만폭동				●	
	흑룡담망 보덕암	●		●	●	
	분설담	●		●	●	
	진불암			●		
	진주담	●		●	●	●
	마하연	●		●	●	
	백운대			●		

		김홍도	김홍도	김응환	미상	홍석주
		금강사군첩	해동명산도첩	해악전도첩	금강산도권	제단원해산첩
내금강	묘길상	●		●	●	
	안문점망 비로봉			●		
외금강	만경대			●		
	은선대12폭	●			●	
	외선담	●		●	●	
	중내원			●		
	효운동	●		●	●	●
	유점사			●	●	
	오송대	●				
	상발연(치폭)	●	●	●	●	
	하발연(발연)	●	●	●		
	신계사			●	●	
	옥류동			●	●	
	연주담			●		
	무봉폭			●		
	비봉폭	●		●	●	
	구룡연	●		●	●	●
	만물초	●	●	●	●	
회양 철원	취병암	●	●			
	단발령			●	●	
	맥판	●	●			
	피금정	●	●		●	
	정자연				●	
	북관정				●	

찾/아/보/기

ㄱ

ㄴ

ㄷ

ㅁ

ㅂ

ㅅ

ㅇ

ㅈ

ㅊ

ㅌ

ㅍ

ㅎ